박경리와 전쟁

토지학회 총서 | 03

박경리와
전쟁

토지학회 편저

마로니에북스

편집자의 말

　토지학회에서는 <토지학회 총서> 1, 2권에 이어 이번에 총서 3권을 발행한다. 총서 1권과 2권은 <토지>의 '공간'과 '서사구조'를 주제로 한 연구물을 엮었다. 이번에 내놓는 총서 3권은 박경리의 문학활동 초기에 발표한 작품을 연구 대상으로 삼고 있다. 박경리 초기 문학의 중심주제는 전쟁이다. 작가의 원체험으로서 전쟁의 의미를 담은 연구물과 1950년대 한국사회의 단면을 보여줄 전쟁체험 연구물은 독자들에게 생명의 존엄성을 다시 생각해 볼 기회를 제공하게 될 것이다. 작가에게 '전쟁'은 한(恨)으로 남은 억울함을 넘어, 고발하지 않으면 안 되었던 절박한 체험이었다. 그리고 그 기억은 초기 소설에 고스란히 녹아있다. 이러한 이유로 박경리 소설에 드러난 '전쟁체험'은 연구자들의 중요한 연구주제로 관심을 받아왔다. 그 결과 전쟁체험은 다양한 관점에서 연구되고 있다.

이번 총서에는 박경리 소설의 전쟁체험 관련 연구물 중 일곱 편의 글을 선정하였다. 앞의 세 편은 <흑흑백백>, <불신시대>, <전도>, <회오의 바다>, <벽지>, <표류도> 등 박경리 초기 소설에 등장하는 '전쟁미망인'과 관련한 연구 성과물이다. 그리고 한 편은 초기 단편 소설에서 장편 소설로 넘어가는 과도기 작품인 <애가>와 <표류도>를 연구한 것이다. 마지막 세 편은 <시장과 전장>을 대상으로 한 연구이다.

서재원의 「박경리 초기소설의 여성가장 연구」는 박경리 초기소설에 등장하는 '전쟁미망인'인 여성주체의 입장에서 어떻게 여성으로서 정체성을 확립하고, 형상화되고 있는지 분석하고 있다. 김은하는 「전쟁미망인 재현의 모방과 반역」에서 전쟁미망인이 가부장적 사회에서 혐오담론을 생산해내는 존재로 평가되었다는 전제하에, <표류도>는 혐오대상으로 낙인찍인 전쟁미망인의 눈에 비친 한국사회의 부조리를 풍자한 사회비판서라고 지적한다. 허연실은 「1950년대 박경리 소설의 '근대'와 '여성'」에서 박경리 소설 속 여성 인물들이 겪고 있는 갈등이 전쟁 이전에 이미 존재했다는 점에 주목한다. 그리고 여성문제를 전쟁과의 연대기적 연관성 안에서 파악하는 것이 아니라 '근대'라는 시대적 자장 안에서 새롭게 접근하고 있다.

유임하의 「박경리 초기소설에 나타난 전쟁체험과 문학적 전환」은 박경리 소설이 초기 단편에서 장편으로 나아가는 양식의 문제에 주목한다. <애가>와 <표류도>를 1950년대에서 1960년대로 넘어가는 과도기적 작품으로 보고, 이들 소설이 전후 사회에 대한 조망과 통찰의 확대를 보여주며 전쟁체험의 문제를 객관화, 사회화시키고 있다고 평가한다. 이덕화의 「<시장과 전장>의 주인공들의 자의식」은 박경리 소설이 주관적 세계에서 객관적 세계로 나아가고 있다는 점에 공감하며 이를 <시장과 전장>을 통해 구체적으로 규명하고 있다. 한점돌은 「<시장과 전장>과 아나키즘」에서 <시장과 전장>을 아나키즘 소설로 규정하고 한국전쟁에서 격돌한 개인주의와 전체주의의 문제성이 전란을 거치면서 아나키적 이상으로 나아감을 밝히고 있다. 박은정의 「<시장과 전장>의 생존 서사」는 '전쟁'에서 살아남는 문제에 주목하고 있다. 한국전쟁에서의 생존 문제를 '이념'이라는 '사회적 문제'와 '시장'이라는 '경제적 문제' 차원에서 분석한 연구이다.

이상의 수록 글의 면면을 통해서도 드러나듯이 박경리 문학과 전쟁 체험은 작가의 문학세계는 물론 근대사회로의 이행기 한국사회의 단면을 적나라하게 보여준다. 현재까지도 이어지고 있는 전쟁의 폭력성과 끈질긴 생명의 존엄성은 오늘을 살아가는 우리에게 경종을 울린다. <토지총서> 3권에 글을 싣게 해주신 필자들께 감사드리며 여기 실린 일곱 편의 글이 앞으로 박경리 소설 연구의 확장은 물론 새로운 출발점이 되기를 기대한다.

책임편집 장미영, 박은정

차례

박경리 초기소설의 여성가장 연구

전쟁미망인 담론을 중심으로

서재원

1. 서론

기존 문학사 속에서 1950년대는 전쟁의 직접성에 초점이 맞추어져 모든 것이 파괴되고 불구가 된 '폐허의 모습'으로 형상화 되었다. 그러나 2000년대에 들어 1950년대를 새롭게 보려는 연구가 시작되었고 연구자들은 전방에서의 '전쟁 담론' 대신 후방에서의 '일상 담론'에 관심을 갖기 시작했다. 이런 연구 결과, 1950년대는 해방 후 근대국민국가 건설의 방향을 둘러싸고 전개된 이념대립과 정치적 갈등이 한국전쟁과 분단을 계기로 종식되고 미국이 주도하는 자본주의 세계질서에 본격적으로 편입되던 시기로 규정되고 있다.

1950년대에 관한 다양한 담론 가운데에 국가가 주도한 한국적 근대화의 추동력 가운데 하나인 여성의 삶에 관심을 쏟는 여성담론도 본격화되고 있다. 1950년대의 여성담론은 가장 문제적인 여성주체로 아프레 걸[1], 전쟁미망인, 양공주, 자유부인 등을 구성하였다.

이 가운데 전쟁미망인은 전쟁으로 인한 파괴와 상실의 경험을 온몸으로 경험하고 있다는 점에서 문제적이다. 문학 작품 속에도 전쟁미망인의 모습은 지속적으로 형상화되어 왔다. 당대에는 남성작가들의 시선을 통해 전쟁미망인이 그려지고 있으며, 후대에는 유년기의 전쟁 기억을 통해 전쟁미망인이 표현되어 왔다. 그러나 실제 전쟁미망인 당사자인 여성주체의 입장에서 형상화된 작품은 많지 않은데, 박경리[2]의 초기소설을 주목하는 이유는

---

1) "1950년대 중반 댄스홀과 같은 곳에 출입하며 허영과 사치를 일삼고 정조관념이 없는 가운데 타락한 성윤리를 보여주는 여성 집단을 아프레걸(Apres-girl)이라고 불렀다." (권보드래 외, 『아프레걸 사상계를 읽다』, 동대 출판부, 2009, 79쪽.)
2) 한국소설사 속에서 박경리는 <토지>의 작가로 자리매김 되어 있다. 박경리는 1955년에

바로 이 때문이다. 박경리 소설[3]은 '전쟁미망인의 실존'이라는 여성의 구체적 체험을 당사자의 시각으로 서사화하고 있다는 점에서 1950년대 전쟁 체험을 서사화한 다른 작가들과 변별되는 특징을 드러낸다.

그동안 박경리의 초기소설에 대해서는 "자기 존재의 회복이라는 측면에서 전후 상황을 극복하려는 노력을 하고 있으나, 소설의 인물이 외부의 폭력으로부터 자신을 지키려는 노력에 치중한 나머지 자신의 내면세계에 갇혀 있다"[4]라고 평가되어 왔다. 그 동안의 박경리 초기 소설에 대한 평가는 작가의 주관적 체험이 강하게 드러나 있음을 비판하는 논의가 집중적으로 부각되고 있다. 물론 박경리 초기 소설에 내면성이 드러나는 것은 부인할 수 없는 사실이다. 그러나 그 내면성을 단순히 사회의식의 결여로 일대일 대응하여 부정적으로 평가하는 것은 온당하지 않다. 최근 들어 박경리 초기소설[5]과 관련되어 다양한 시각에서 의미 있는 연구가 축적되고 있다.

최근 1950년대와 여성의 문제[6]에 관한 연구가 연구자들의 관심의 대상

단편 <계산>으로 등단하여 40여 편의 단편소설과 25편의 장편소설을 발표하고 2008년에 타계하였다.

3) 특히 도시 중산층 잡지인 『여원』은 신진여성작가인 박경리에게 전폭적인 지지를 보내고 있었다. 1958년 4월호에는 「문학을 하며 산다는 것」이라는 제목으로 한말숙과 박경리 두 작가의 대담이 실려 있다.

4) 김윤식, 정호웅 공저, 『한국소설사』, 예하, 1993, 340-341쪽.

5) 백지연, 「박경리 초기 소설 연구-가족 관계의 양상에 따른 여성인물의 정체성 탐색을 중심으로」, 경희대학교 석사학위논문, 1995.
정희모, 「1950년대 박경리 소설과 환멸주의」, 『박경리』, 새미, 1998.
장미영, 「박경리 소설연구 – 갈등 양상을 중심으로」, 숙명여자대학교 박사학위논문, 2002.
고지혜, 「박경리 소설의 낭만적 특성 연구」, 고려대학교 석사학위논문, 2008.

6) 김복순, 「전후 여성교양의 재배치와 젠더정치」, 『여성문학연구』18, 2007.
김양선, 「전후 여성문학 장의 형성과 여원」, 『여성문학연구』18, 2007.
임은희, 「1950-1960년대 여성 섹슈얼리티 연구」, 『여성문학연구』18, 2007.

이 되고 있다. 특히 자본주의 근대국가의 재건이라는 관점에서 1950년대의 여성 주체를 살피는 논의는 연구의 지평을 일정 정도 넓히는 데 기여하였다. 이런 논의들은 여성적 경험, 여성적 사고를 복귀시켜 기존의 남성/여성 대립구도에 은유되어 있는 위계적 이항대립구도를 해체하는 것을 목표로 한다. '일반화된 타자'였던 여성에서 벗어나 일반적 타자이면서도 계급, 민족, 인종 등이 중층적으로 개입된 '구체적 타자7)의 경험을 복원시킨다. 이런 구체적 타자의 복귀라는 시각을 견지할 때, 박경리의 초기소설은 1950년대를 읽어낼 수 있는 중요한 텍스트로 자리매김 될 수 있다.

특히 1950년대의 역사적 의미를 여성사와 연관시켜 실증적 자료를 통해 전쟁이 끝나도 "여성에게는 평화가 없음"을 밝혀낸 논의8)나 1950년대 지배적 여성담론이 여성성을 호명(呼名)하는 과정에서 작동되는 담론의 정치적 기제를 분석하여 가부장적 담론 권력의 의도를 규명하여 "젠더화된 근대 인식과 여성성의 재현9)"으로 보는 시각은 주목할 만하다.

이 논문에서는 박경리의 초기소설이 한국 전쟁이라는 격심한 변화 가운데에서 '전쟁미망인'10)인 여성주체가 여성정체성을 확립하고 자기

장미영, 「여성 자기서사의 서사적 특성 연구」, 『여성문학연구』18, 2007.
7) '일반화된 타자'와 '구체적 타자'는 세일라 벤하비브의 개념이다. 벤하비브는 '중립적 주체'에 대한 대안으로 구체적 남/녀 타자의 개념을 발전시켰다. (우즐라 마이어, 송안정 역, 『여성주의 철학입문』, 철학과 현실사, 2006, 271-273쪽.
8) 이임하, 『여성, 전쟁을 넘어 일어서다』, 서해문집, 2004.
9) 이명순, 「1950년대 한국 여성담론 연구」, 경희대학교 석사학위논문, 2010.
10) 필자가 그 당시 보편적인 명칭이었던 '전쟁미망인'을 쓰지 않고 '여성가장'을 논문의 제목으로 선택한 것은 가부장적인 호칭에 대한 거부 때문이다. 그러나 필자가 쓰는 여성가장은 전쟁미망인과 같은 의미로, 논의 중 두 단어를 함께 쓰고자 한다. 주로 기존 담론을 논의할 때는 전쟁미망인이라는 단어를, 박경리 소설을 분석할 때는 여성가장이라는 명칭을 쓸 것이다. 필자는 여성적 시각에서 명칭에 대한 학계의 합의가 이루어질

변화를 모색하는 과정을 형상화하고 있다는 판단에서 논의를 시작한다. 이런 시각에서 박경리가 1950년대에 발표한 초기 소설11) 가운데 전쟁 미망인(여성가장)의 서사가 드러나는 작품을 대상12)으로 하여 박경리 초기 소설의 전쟁미망인(여성가장)이 갖는 의미를 살펴보고자 한다.

2. 전쟁미망인 담론과 박경리

당대에 전쟁으로 남편을 잃은 여성들을 '전쟁미망인' 혹은 '전재미망인' 이라 하였다. 일반적으로 남편을 잃은 여자를 '과부' 혹은 '미망인'이라고 부르는데, 과부는 '(자식의) 홀어미'라는 의미를, 미망인은 '(남편의) 죽지 아 니한 아내'라는 뜻을 지니고 있다. 이 두 가지 호칭은 모두 여성을 주체에 의해서가 아니라 남편이나 자식 같은 타자와의 관계에 의해 '결핍된 존재' 로 규정하는 가부장 사회에서의 명명법을 적나라하게 드러내고 있다.

한국전쟁을 계기로 여성들은 생계유지를 위해 다양한 경제활동에 종사 하게 되었다. 여성노동의 범주는 행상이나 좌판 등의 영세 상업이나 도시 에서의 서비스업, 가사노동의 연장인 삯바느질과 식모살이, 방직공장 여공

필요가 있다고 본다.
11) 대부분의 논자들은 박경리의 소설을 초기, 중기, 후기로 나누고 있다. 초기는 단편과 <표류도>를 쓴 1950년대를 중기는 <시장과 전장>, <파시>, <김약국의 딸들> 등 장편 을 본격적으로 쓴 1960년대를 후기는 <토지> 집필 시기를 이르고 있다. 이에 본고에 서 박경리의 초기소설은 1950년대 발표된 소설을 지칭하는 것으로 사용하고자 한다.
12) 박경리 초기 소설 가운데 단편으로는 <黑黑白白>(『현대문학』, 1956), <영주와 고양이> (『현대문학』, 1957), <不信時代>(『현대문학』, 1957)와 장편 <표류도>(1959)를 텍스트로 선정하고자 한다.

등으로 다양화 되었다.13) 이렇듯 한국전쟁 이후 전쟁미망인은 가족의 생계를 위해 생활전선에 뛰어들 수밖에 없는 상황이었다.

그런데 사회는 전쟁미망인들에게 '보호'14)와 '감시'라는 이중의 시선을 견지하고 있었다. 전쟁미망인을 바라보는 '보호'의 시선이 경제적 문제와 관련된다면, '감시'의 시선은 섹슈얼리티의 문제와 관련되는데, 이는 모두 가부장적 질서에 균열을 가져온 전쟁미망인을 봉합하기 위한 시도로 볼 수 있다.

보호의 시선부터 살펴보면, 여성들이 남자들의 영역인 공적 세계로 진출하면서 여성의 경제, 사회적 활동은 가부장적 권력과 부딪히게 되었다. 가부장 사회는 여성 가장을 공적 영역의 구성원으로 받아들이지 않았다. 이는 남성과 여성을 공적 영역과 사적 영역으로 분리하여 인식하였던 가부장제 이데올로기에 기인한다. 사회는 여성의 노동과 사회활동을 폄하15)함으로써 여성들의 사회활동을 제한하고자 했다. 이 때문에 전쟁미망인의 노동 활동은 가부장제의 고정된 시선의 규율에 갇히게 되었다.16)

또한 감시의 시선을 살펴보면, 가부장제는 남편의 부재로 인해 개별 가부장의 통제에서 벗어난 전쟁미망인의 섹슈얼리티를 감시와 규제의 대상으로 바라보았다.17) 이런 우려는 미망인의 성적 욕구가 발현되어 문란

---

13) 이임하, 『여성, 전쟁을 넘어 일어서다』, 서해문집, 2004, 99쪽.
14) 「돌봐 주어야 할 50만 미망인」, 『서울신문』, 1958.2.10.
15) '직업여성'이라는 말이 직업을 가진 여성이 아니라 성매매(술집, 까페, 다방 등 서비스업 전반) 여성을 은유하는 의미로 쓰인 것이 대표적인 예이다.
16) 이명순, 앞의 논문, 55쪽.
17) "무질서, 무궤도, 음란, 패륜이 죽엄보다 모지른 생활 위에 탁류처럼 쏟아져 흐르는 것이 전쟁이 끼쳐주는 생산물이다. 인류의 운명은 거침없이 기형의 에레지를 연출하게

한 성문화로 가부장적 질서를 와해할지도 모른다는 위기로부터 비롯되었다. 이는 두 가지 형태의 담론을 생성해냈는데, 하나는 미망인들의 재혼을 종용하는 담론이고 다른 하나는 현모양처 같은 이상적 여성 이미지를 구성해내는 담론이다. 이 담론이 모두 전쟁미망인을 다시 가부장적 체제 안으로 재포섭하려는 시도임에는 분명하다.

1950년대 한국 소설 가운데 전쟁미망인을 그려낸 대표적인 작품으로 염상섭의 <미망인>을 들 수 있다. 1953년에 발표된 <미망인>은 전쟁미망인 명신을 둘러싼 두 남자의 서사를 배치함으로 전쟁미망인을 '보호의 대상'과 '유혹의 주체'로 형상화하고 있다. 그러나 소설에서 전쟁미망인은 자신의 삶을 열어가는 능동적 존재가 아니라 남성 주체에게 의지함으로 살아갈 수 있는 수동적 존재로 형상화 되고 있다. 불완전하고 수동적인 전쟁미망인 명신은 재혼을 통해서 다시 가부장적 가정의 온전한 구성원으로 인정받게 된다. 소설을 통해 알 수 있듯, 염상섭은 전쟁으로 인해 기존의 도덕률과 윤리의식이 현실 구속력을 상실하면서 여성들이 타락해가는 모습에 지속적으로 관심을 기울였다. 염상섭은 전통적인 가족 관계를 재구성함으로써 미망인의 윤리적 문제를 해소할 수 있다고 생각하였다.[18]

이에 비해 박경리는 초기 소설 속에서 전쟁미망인을 자신의 삶을 개척

되는 여성은 그 무자비한 생활환경 속에서 정조의 혁대를 팽개쳐 버리고 자기도 모르게 무서운 타락에 육신을 던져버리게 되는 것이다. 전국 30만 명에 달하는 전쟁미망인들, 기아 실아 사생의 고아들은 눈물겨운 전쟁의 유산이다. 더럽혀진 윤리의 깨어진 거울 같은 아푸레-여성들의 수는 어느 나라의 공창의 수보다도 많을 것이라고 생각된다." (이명온, 「민주여성의 진로」, 『신천지』, 1952.7, 98쪽.)

18) 김종욱, 「한국전쟁과 여성의 존재양상 – 염상섭의 <미망인>과 <화관> 연작」, 『한국근대문학연구』, 2004, 246쪽.

해가는 주체로 형상화하고 있다. 박경리의 초기 소설에 등장하는 <흑흑백백 (黑黑白白)>의 혜숙, <영주와 고양이>의 민혜, <암흑시대(暗黑時代)>의 순영, <표류도>의 현회 등은 모두 전쟁 중에 남편을 잃고 홀어머니와 아이를 부양하는 전쟁미망인(여성가장)이다. 여성가장[19]은 여성이며 가장이라는 이중의 함의를 담고 있는 용어로, "가족의 생계를 책임지고 있는 여성"으로 정의할 수 있다. 이처럼 박경리 소설 속의 여성가장은 '가장'으로 겪는 가족의 생존이라는 막중한 의무와 '여성'으로 겪게 되는 차별로 인한 모멸[20]이라는 이중의 어려움에 직면하게 된다.

물론 전후 소설에 등장하는 대부분의 주체들은 '가장'으로서 가족의 생존을 책임져야한다는 것에 대한 공포감을 느낀다. 그러나 남성가장의 경우와 달리 여성가장에게는 '여성'이라는 이유만으로 감내해야 할 또 하나의 어려움이 존재하고 있었는데, 그것은 바로 도덕적이며 성적인 편견이었다.

<흑흑백백>의 여성가장 혜숙이 취직을 못하게 된 이유는 교장의 오해에 기인하는데, 그 오해란 바로 여성에 대한 성적 편견에 기인한다. 교장은 우연히 여자가 남자와 결혼을 할 수 없는 상황에서 임신을 하게 되었다는 이야기를 엿듣게 되는데, 그 여자는 바로 그린 색 외투를 입은 혜숙의 후배

---

19) 여성가장이란 가족을 대표하여 생계를 이끌어가는 여성으로 정의할 수 있다. 한국전쟁을 전후하여 여성들은 남성 부재의 현실 속에서 스스로 생존해야 했으며 전쟁에 홀로된 50만 명 이상의 여성가장들은 100만 명이 넘는 자식과 부모를 부양하기 위해서 어떤 형태로든 생계목적의 노동에 종사해야했다. (이임하,『여성, 전쟁을 넘어 일어서다』, 서해문집, 2004.)

20) "동란이 끝난 지 얼마 되지 않았던 당시는 모두가 참 어려웠다. 그 중에서도 전쟁고아, 전쟁미망인 이라는 호칭에 업신여김이 포함되어 있는 통념이 가시지 않던 땅" (박경리,『꿈꾸는 자가 창조한다』, 나남, 1994, 115쪽.)

였다. 공교롭게도 혜숙이 후배의 그린 색 외투를 빌려 입고 면접을 보러 가게 되면서, 교장은 혜숙을 부도덕한 여자로 오해한다. 아이러니컬하게도 이 소설의 교장이야말로 학교 돈을 횡령하고 자신의 제자이자 학부모인 여자와 불륜의 관계를 맺고 있는 인물이다. 오해에 기인하기는 하지만, 교장의 시각 속에는 가부장적 사회의 여성에 대한 도덕적 편견이 작동하고 있다. 박경리가 이 소설에 '흑과 백'이라는 두 가지 색을 이용하여 제목을 붙인 것과 연관시켜 알 수 있듯 '교장의 비난'이라는 담론을 통해 도덕적으로 '옳은 것과 그른 것'이 전도된 상황을 보여주며, 그 이유가 가부장 사회의 여성에 대한 성적 편견 때문이라는 것을 보여주고 있다.

1950년대의 전쟁미망인 담론을 살펴볼 때, 전쟁미망인인 여성 주체의 시각으로 서사화 되고 있는 박경리 초기 소설은 의미 있는 텍스트이다. 박경리 소설에 나타나는 여성가장은 '가장'으로 가족의 생존을 책임져야 하는 경제적 고통과 함께 '여성'으로 겪게 되는 성적 편견으로 인한 '이중의 어려움'의 삶을 살아가는 모습을 보여주고 있다.

3. 가장(家長)의 공적 세계와 생명의식의 발견

박경리 초기 단편 중 <불신시대>는 '아이의 죽음'이라는 소재를 담고 있으면서도, 물신주의가 지배하는 속악한 1950년대에 대한 비판적 시선을 발견해내는 뛰어난 작품이다. <불신시대>는 전쟁 중에 남편을 잃은 여성가장이 병원의 무관심으로 아홉 살인 아들을 잃게 되는 상황을 담고 있다.

9.28 수복 전야. 진영의 남편은 폭사했다. 남편은 죽기 전에 경인도로 에서 본 인민군의 임종 이야기를 했다. 아직도 나이 어린 소년이었더 라는 것이다. 그 소년병은 가로수 밑에 쓰러져 있었는데 폭풍으로 터 져 나온 내장에 피비린내를 맡은 파리떼들이 아귀처럼 덤벼들고 있 더라는 것이다. 소년병은 물 한 모금만 달라고 애걸을 하면서도 꿈결 처럼 어머니를 부르더라는 것이다. 그것을 본 행인 한 사람이 노상에 굴러있는 수박 한 덩이를 돌로 짜개서 소년에게 주었더니 채 그것을 먹지도 못하고 숨이 지더라는 것이다.[21]

인용문은 남편으로부터 전해들은 이야기로, 전쟁 중에 "어머니를 부르다 죽은 소년병"을 묘사한 부분인데, 남편과 아들의 죽음을 예고하는 복선으 로 나타난다. 전쟁은 끝났지만, 아들의 억울한 죽음이라는, 전쟁보다 더한 악몽을 겪으며 살아가는 여성가장을 통해 전후의 속악한 사회상황을 보여 주고 있다.

<불신시대>는 육체를 치료하는 '병원'과 영혼을 구원하는 '종교'의 타락 을 통해 물신주의가 만연한 1950년대 전후 상황을 고발하고 있다. 우선 병원의 추악함을 보면, 사고가 난 아이는 병원으로 옮겨지는데, 의사는 엑 스레이도 찍어보지 않고 중요한 뇌수술을 하다가 아이를 죽게 만든다. 병원의 비도적적인 행위는 돈을 벌기 위해 주사 한 병 분량에서 삼분지 일만 놓아주거나, 의사도 아닌 자가 진찰을 하거나, 간호원이 소독도 하 지 않은 손으로 주사를 놓는 등 일일이 열거할 수 없을 정도로 많이 묘 사되고 있다. 사람의 목숨을 다루는 병원마저도 사람의 목숨을 담보로

---

21) 박경리, <불신시대>, 앞의 책, 6쪽.

장사를 하는 1950년대 한국 현실의 추악한 단면을 보여주고 있다.

다음으로 종교의 속악함을 들 수 있다. 여성가장 진영은 비록 신을 믿지 않지만 아이와 모친을 위하여 종교의 힘에 위로를 받으려 한다. 그래서 친척아주머니를 따라 성당에 나간다. 그러나 진영은 신자라면 누구나 할 수 있는 포교를 위로랍시고 하는 상투적인 태도와 노골적인 헌금의 강요에 혐오감을 느낀다. 성당을 다녀온 후 진영의 모친은 아이의 위패라도 절에 모시려 한다. 진영은 모친을 위해 절에 가지만 중은 종교인으로의 최소한의 예의도 보이지 않고 시주금을 적게 내는 진영을 노골적으로 푸대접한다. 이 모든 현실에 분노를 느낀 진영은 절을 나오며 슬픔을 느낀다.

결국 <불신시대>는 여성가장이 병원의 무관심으로 아이를 잃고 아이를 애도(哀悼)하기 위해 종교에 의탁하려다가 더욱 상처 입는 모습을 형상화하고 있다. 여성가장은 생명을 지키기는 고사하고 죽음으로 내모는 병원과 영혼을 어루만지지 못하고 돈만 밝히는 종교의 속악함을 비판하고 있다. 작가는 물신주의와 속악함이 넘쳐나는 1950년대 한국사회를 "불신"이라는 용어로 결론지으며, 육체의 상처(傷處)도 영혼의 상흔(傷痕)도 모두 협잡과 거래의 대상이 되는 1950년대 한국 현실의 속악함을 강도 높게 비판하고 있다.

그러나 여성가장은 자신의 슬픔에 주관적으로 함몰되지 않고 객관적으로 바라볼 수 있는 냉정한 관찰자적 시선을 확보한다. 그 객관적인 관찰자적 시선의 힘으로 인해, 박경리는 주관적인 슬픔을 벗어나 '타자의 삶'을 새로이 발견하는 객관적인 시선을 견지하게 된다.

짜짜하게 괴인 샘터에서 물을 긷는, 거미같이 가늘은 소녀의 팔, 천
막집 속에서 내미는 누렇게 뜬 얼굴들 - 진영은 울고 싶고 외치고
싶은 마음에서 집을 나와 산으로 올라온 자기 자신이 여기서는 차라
리 하나의 사치스런 존재였다는 것을 깨달았다.[22]

진영의 깎은 듯 고요한 얼굴 위에 두 줄기 눈물이 흘러내리고 있었다.
겨울 하늘은 매몰스럽게도 맑다. 잡목 가지에 얹힌 눈이 바람을 타고
진영의 외투 깃에 날아 내리고 있었다.
"그렇지, 내게는 아직 생명이 남아 있었다. 항거할 수 있는 생명이!"
진영은 중얼거리며 잡나무를 휘어잡고 눈 쌓인 언덕을 내려오는 것
이다.[23]

첫째 인용문은 산에 올라갔다가 빈민가의 소녀를 목격하는 부분에 대한
묘사로 억울한 아이의 죽음을 통해 병원과 종교에 대한 비판을 갖게 된
여성가장이 관찰자적 시선을 통해 사회와 타자의 삶을 발견하는 과정을
드러낸다. 두 번째 인용문은 긴 병을 앓고 난 진영이 절에 가서 아이 사진
과 위패를 다시 찾아와 불태운 이후의 상황을 묘사하고 있다. 여성가장은
아이의 위패를 불살라버리는 행위를 통해 죽음에 대한 애도를 종결하고,
자신의 내면에 존재하는 생명의식의 소중함을 발견한다.

<불신시대>가 박경리 초기소설에서 대표작이 될 수 있는 까닭은 '아이
의 억울한 죽음'이라는 모티프를 주관성에 함몰되지 않고 객관성을 담보하
면서 사회에 대한 비판적 시선과 함께 이를 넘어서는 생명의식의 소중함

---

22) 박경리, <불신시대>, 앞의 책, 23쪽.
23) 박경리, <불신시대>, 앞의 책, 29쪽

을 발견했기 때문이다. 박경리는 <불신시대>를 통해 여성가장이 공적 세계에 등장하여 사회에 대한 객관적이고 비판적 시선을 견지하면서도 여성 내면의 생명의식을 발견하는 모습을 보여주고 있다.

4. 여성(女性)의 사적 세계와 섹슈얼리티의 발견

푸코는 섹슈얼리티가 사회역사적으로 구성되는 것이라고 설명한다. 그는 성(性)을 개인의 가장 내밀한 욕망에서부터 사랑과 결혼과 가족, 나아가 성적 욕망을 통제하는 사회규범과 제도 및 권력을 포괄하는 개념으로 보고 있다.24) 이렇듯 여성적 체험의 특수성은 "성이 단순히 개인적이고 사적이며 주관적인 영역이 아니라 명백히 권력과 지배 개념이 작동하고 있는 사회적이고 정치적이고 객관적인 영역"25)이라는 '성의 정치학' 측면에 주목하여 살펴볼 필요가 있다.

박경리의 첫 장편소설 <표류도>는 여성가장의 사적 세계와 섹슈얼리티의 발견을 서사화하고 있다는 점에서 의미 있는 작품이다. <표류도>는 전쟁미망인 서사의 특징이 집대성된 작품이라 볼 수 있다. <표류도>의 여성 주체 역시 단편 소설처럼 전쟁 중에 남편을 잃은 여성가장이다. 현회는 대학에서 사학을 전공한 여성 지식인임에도 불구하고 정식으로 혼인 수속을 하기 전에 전쟁으로 인해 남편을 잃고 혼자 아이를 낳아 기른다는 이유로

---

24) 푸코, 『성의 역사1: 앎의 의지』, 나남, 1990.
25) 케이트 밀렛, 『성 정치학』, 김전유경 옮김, 이후, 2009, 18-28쪽.

지식인들의 보편적 직장인 학교에서 "품행이 단정치 못하다"며 쫓겨나 다방을 경영하며 살아가고 있다. 그녀는 경제적 궁핍과 함께 여성으로서의 모멸감 때문에 고통을 느끼며 살아간다.

> 나는 내 용모를 보고 손님들이 찾아온다고는 생각하고 있지 않다. 생각하고 있지 않다기보다 생각하고 싶지 않은 것이다. 그것은 겸손을 의미하는 것은 아니다. 오히려 그것은 내 자존심을 위한 생각인 것이다. 노동을 팔았지 얼굴을 팔지 않는다는 그런 자존심 말이다. 고루하기 짝이 없는 자존심이다.[26]

현회 자신은 여성지식인으로 자기동일성을 인지하고 있지만, 타자들은 단지 그녀를 그녀의 직업인 "다방 마담"으로만 인정할 뿐이다. 그래서 그녀는 스스로 느끼는 지식인으로서의 정체성과 타인들이 인정하는 마담으로서의 정체성 사이의 괴리감 때문에 고통을 받는다.

<표류도>의 여성가장 역시 <불신시대>의 여성가장처럼, 관찰자적 시선으로 인해 1950년대의 사회와 사람들을 비판할 수 있는 거리를 확보한다. <표류도>의 여성가장은 많은 사람들이 모이는 다방이라는 공간을 통해 전후 사회의 속악한 군상(群像)들과 상황을 감지하고 예리하게 묘파해내고 있다.

> 그 시인이 나한테 연정을 느낀 것이 사실이라면 그것은 연애를 위한 연정이 아니었을까. 광희한테의 불건전한 애욕은 데카당을 위한 데카

---

26) 박경리, 『표류도』, 나남출판사, 1999, 8쪽.

당이었을 것이고. 민우 시인은 광희에게도 내게도 안주하였을 사람은
아니다. 그는 그에게 응분한 양가의 영애(令愛)한테 돌아가서 인생의
안정 지대를 마련할 것이다. 그리고 미국이나 갔다 와서 무난한 직업
을 택하고 추억처럼 시(詩)를 내버릴 것이다.[27]

정치를 장사하고 다니는 무리들의 수작이나, 예술가라는 골패를 앞가
슴에다 달고서 한밑천 잡아보자고 드는 족속들이나, 서커스의 재주부
리는 원숭이처럼 정의나 이념 같은 것을 붓대로 재주부리는 것쯤으로
알고 있는 지식인들의 협잡, 국록을 먹는 관공리들의 의자(椅子)를 싸
고도는 장사 수법, 심지어 똥차에서 쏟아지는 폭리를 노리고 이권을
쟁탈하는 데도 점잖은 무슨 단체의 인사나 무슨 유명인의 귀부인들이
돈 보따리를 안고 다방에서 면담을 갖는 것이다.[28]

　　첫 번째 인용문에서 현회는 시인 민우가 '포즈로서의 문학'을 하는 전후
의 사이비 지식인에 지나지 않음을 정확하게 꿰뚫어 보고 있다. 시인 민우
는 현회를 사모한다고 하면서도 자신을 짝사랑하는 다방 아가씨인 광희와
애욕을 나누다가 결국 미국으로 떠나버리는 무책임한 인물이다. 두 번째
인용문에서 현회는 물신주의적인 모습을 드러내는 정치인, 예술가, 지식인,
그리고 귀부인 등 상류층 속물들에 대한 비판을 직설적으로 담고 있다.
　　<표류도>에 나타나는 여성의 사적 세계와 섹슈얼리티의 발견 부분은
장편소설로서의 대중성을 담보하면서 서사를 이끌고 있다. 소설에는 현회
를 둘러싼 두 명의 남자가 등장한다. 신문사 논설위원인 이상현은 낭만적

---

27) 박경리, <표류도>, 앞의 책, 121쪽.
28) 박경리, <표류도>, 앞의 책, 105쪽.

사랑의 대상이고, 그녀에게 번역을 맡기는 출판사 김선생은 현실적 사랑을 대표한다. 유부남인 이상현이 애정을 상징한다면 독신인 김선생은 생활을 상징하며, 이상현이 감정을 대변한다면 김선생은 이성을 대변한다.

여성가장 현회는 이상현과 연애를 하면서 남성의 육체를 감각적으로 인식하게 되고 그동안 잊고 있었던 여성으로서의 섹슈얼리티를 발견하게 된다. 그러나 두 사람의 낭만적 사랑은 현실의 벽에 부딪힌다. 이상현은 이혼을 하고 현회와 결혼하려고 하나, 그녀는 연애는 받아들이면서도 결혼에 대해서는 회의를 나타낸다. 여성가장으로서의 고단한 현실과 낭만적 사랑 사이에서 방황하던 여성가장에게 치명적인 사고가 발생하면서 소설은 파국을 향해 치닫는다. 그것은 현회가 평소에 혐오했던 최강사의 모욕적인 언사에 분노하여 그를 죽게 만든 사건이다.

최강사는 여성을 "남성을 위한 도구로서의 가치, 남자들 사이의 교환가치 즉 상품"[29]으로 인지하는 가부장적 이데올로기를 체화한 인물로, 그녀를 자신의 이익을 얻기 위한 상품으로 인식하고 있다. 최강사는 외국인에게 영어로 현회가 "돈과 폭력이면 정복될 수 있는 여자"[30]라며 여성을 단순한 성적 대상으로 단정 짓는 인물이다. 현희는 최강사의 성적 모욕에 흥분하여 꽃병을 던져 그를 죽게 만든다. 물론 이 살인은 소설 흐름으로 볼 때 상당히 우발적이고 통속적인 전개로 보인다.[31] 그러나 그 살인이 전후

---

29) 뤼스 이리가라이, 『하나이지 않은 성』, 동문선, 2000, 42쪽.
30) 박경리, <표류도>, 앞의 책, 251쪽.
31) <표류도>의 경우 살인 사건 이전에는 객관적인 시각을 유지하면서 서술되고 있으나, 뒷부분은 김선생의 설교적인 담론을 통해 작가가 지나치게 개입함으로써 메시지가 직접적으로 전달되면서 서사 구조에 손상이 나타난다.

의 '경제적 궁핍' 때문이 아니라 '성적 모욕'으로 야기되었다는 점에서 여성
적 섹슈얼리티와 관련된 문제로 볼 수 있다.

박경리의 <표류도>가 낭만적 사랑과 우연한 파국이라는 장편 소설로서
의 통속성을 드러내고 있음에도 불구하고 여성의 사적 세계와 섹슈얼리티
의 발견으로 볼 수 있는 부분은 살인사건에 대한 검사와 판사의 법정 진
술을 통해서이다.

> 야합을 해서 사생아까지 낳고 많은 손님들을 접대해야 하는 다방 마담
> 의 직업을 가진 여성이라면 남자의 그만한 희롱쯤 받아 넘겨버리는
> 것이 당연하지 않소. 무슨 결백을 주장해야하는 처녀도 아니요 가정
> 부인도 아닌 처지에서32)

> 특히 사생아 운운의 구절에 있어서 본인이 해명하고자 합니다. 먼저
> 말하고 싶은 것은 피고가 전쟁의 피해자라는 점입니다. 피고가 죽은
> 사실상의 남편과 법적인 수속을 미처 밟기 전에 사회는 동란 속에
> 휩쓸렸고, 피고의 남편은 공산군에 의하여 피살되었던 것입니다. 그
> 들이 예식을 거행치 못한 것도 다만 경제적인 핍박이 그 원인이었으
> 며 결코 퇴폐적인 야합이 아니었다는 것은 학교 측에서도 말하는 바
> 와 같이 그들이 우수한 학력에 착실하고 근면한 고학생이었다는 것
> 으로 증명되는 바입니다. 더욱이 피고는 여성의 몸으로 가족을 거느
> 리고 전란 속에서 꿋꿋이 살아왔으며, 가족 부양의 의무를 수행했던
> 것입니다. ...(중략)... 무릇 인간에게는 자신의 인격을 보존하는 권리가
> 있는 것이며, 비록 행위가 아니었을지라도 피고의 정조를 유린하는

---

32) 박경리, <표류도>, 앞의 책, 280쪽.

따위의 희롱적 언사와, 창부가 아님에도 불구하고 임의로 제삼자에게 구두 매매함으로써 개인의 이득을 얻고자 한 비열에 대한 피고의 폭력행위는 법적으로 성립되지 않는 일이기는 하지만 일종의 자기보존의 본능에서 온 정당방위라고 간주할 수 있는 일입니다.[33]

앞의 인용문은 검사가 현회에 대해 기소하는 과정에서 나온 진술이다. 검사는 그녀가 사생아를 낳았으며 다방의 마담이기에 '보호받을 정조'[34]를 갖지 않은 여자로 최강사의 성적 모욕을 감수해야한다고 진술하고 있다. 즉 검사는 그녀의 정체성을 가부장적 사회에서 보호해야 할 '처녀'나 '현모양처'가 아니라 가부장제 바깥에 있는 '창녀'로 인지하고 있는 것이다. 이런 검사의 주장은 당시 가부장적 여성담론의 주장을 적나라하게 보여주고 있다.

뒤의 인용문은 변호사가 검사의 주장에 반박하는 과정에서 나온 진술이다. 변호사는 그녀가 남편 없는 아이를 낳은 것이 전쟁이라는 상황 속에서 일어난 일이며 다방 마담이라는 직업 역시 여성가장으로서의 의무를 이행하기 위한 선택이었으므로 그녀의 과거나 직업 때문에 성적 희롱이나 모욕을 감수해야 한다는 검사의 주장이 잘못되었음을 반박한다. 이어 변호사는 인간에게는 자신의 인격을 존중받을 동등한 권리가 있음을 변론하고 있다.

수감 생활을 마친 후 집으로 돌아온 여성 가장은 딸이 죽었다는 소식을 듣고 자포자기 상태에 놓인다. 절망의 나락에서 여성 주체는 자신에게

---

33) 박경리, <표류도>, 앞의 책, 283-284쪽.
34) 박인수 사건에 대한 검사의 변론을 떠올리게 하는 부분이다.

아직도 "사회에 항거할 수 있는 생명"이 있다는 사실을 깨닫고 낭만적 사랑의 대상인 상현과 헤어지고 현실세계로 복귀하고자 한다.

박경리가 <표류도>를 통해 발견한 생명력의 태동과 삶에 대한 의지는 여성가장이 속악한 현실에서 소외당하면서도 자신의 사적 세계를 포기하지 않는 근원적 힘이 된다. 이는 "체제 재생산이 강요되지 않는 세계, 지옥 같은 반복에서 벗어날 수 있는 다른 세계의 가능성을 꿈꾸고 새로운 세계를 만드는 곳"35)을 향해 열려있는 세계이다.36) 박경리가 <표류도> 이후 1960년대로 오면서 <김약국의 딸들>, <파시>, <시장과 전장> 등 본격적인 장편들을 발표하고 이후 한국문학사에 한 획을 긋는 <토지>를 탄생시킬 수 있었던 것도 바로 이런 작가정신 때문이다.

5. 결론

본고는 박경리의 초기소설이 한국 전쟁이라는 격심한 변화 가운데에서 전쟁미망인 여성주체가 여성정체성을 확립하고 자기 변화를 모색하는 과정을 형상화하고 있다는 판단에서 논의를 하였다. 본고에서 박경리 초기

---

35) 엘렌 식수, 『새로 태어난 여성』, 나남, 2008, 129-130쪽.
36) "전쟁 속에서 방황하던 목숨이 전진을 털고 삶의 자리에 마주 섰을때 순영이 앞에는 핍박한 생활이 들이닥쳐 있었다. 가난, 굶주림 그리고 자기 자신을 잃지 않으려는 몸부림, 이러한 극단과 극단의 사이에서 순영이는 모든 것에 대한 자신의 항거 정신을 보았다. 그러나 인간 본연의 낭만을 버리지 못하는 곳에서 순영이는 문학에다 자신을 의지한 것이다."(박경리, <암흑시대>, 앞의 책. 233-234쪽.)는 표현이 초기 박경리 소설의 글쓰기의 실천을 직접적으로 선언한 부분으로 읽을 수 있다.

소설의 여성가장 연구를 통해 논의된 것을 요약하면 다음과 같다.

우선 2장에서는 1950년대의 전쟁미망인 담론을 살펴보았다. 사회는 전쟁미망인들에게 '보호'와 '감시'라는 이중의 시선을 견지하고 있음을 논의하였다. 즉 전쟁미망인을 바라보는 '보호'의 시선이 주로 경제적 문제와 관련된다면, '감시'의 시선은 섹슈얼리티의 문제와 관련되는데, 이는 모두 가부장 질서에 균열을 가져온 전쟁미망인을 봉합하기 위한 시도로 볼 수 있다. 전쟁미망인을 소설화한 염상섭은 전쟁으로 인해 기존의 도덕률과 윤리의식이 현실 구속력을 상실하면서 여성들이 타락해가는 모습에 지속적으로 관심을 기울였다. 염상섭은 전통적인 가족 관계를 재구성함으로써 미망인의 윤리적 문제를 해소할 수 있다고 생각하였다. 이에 비해 박경리는 여성 가장을 자신의 삶을 개척해가는 여성 주체로 형상화 하고 있다.

다음으로 3장에서는 박경리의 <불신시대>가 물신주의가 지배하는 속악한 1950년대에 대한 비판과 주관성에서 벗어난 객관적이고 비판적 시선을 발견하고 있는 작품임을 밝혔다. 박경리는 육체의 상처(傷處)도 영혼의 상흔(傷痕)도 모두 협잡과 거래의 대상이 되는 1950년대 한국 현실의 속악함을 강도 높게 비판하고 있다. <불신시대>를 통해 확보한 1950년대에 대한 사회 비판과 객관적이고 비판적 시선의 발견은 세계에 대한 관찰자적 거리를 확보하였음을 밝혀냈다.

끝으로 4장에서는 박경리의 첫 장편소설 <표류도>를 통해 여성 가장이 가부장제의 전쟁미망인 담론에 반발하며 여성의 사적세계와 섹슈얼리티를 발견하며 주체적인 삶을 개척하는 모습을 살펴보았다. 「박경리 초기소설의 여성가장 연구」는 1950년대 전쟁미망인인 여성가장의 등장과 전쟁 이후 물신주의에 사로잡힌 속악한 사회에 대한 비판 위에서 여성의 섹슈얼리티를 보여주는 소설의 서사를 분석했다. 박경리 초기 소설은 1950년대의 여성가장을 여성적 시각에서 재현한 소설로 의미를 부여할 수 있다.

전쟁미망인 재현의 모방과 반역

박경리의 <표류도>를 대상으로

김은하

1. '추모(追慕)'의 재건서사와 혐오스러운 타자의 발견

한국의 1950년대는 전쟁으로 균열이 난 사회를 통합해 국가를 재건하기 위한 해법으로 '동정(compassion)'과 '공감(sympathy)'이 제시된 도덕 감정의 시대였다. 신문과 잡지는 상이용사, 전쟁고아, 신문팔이, 도둑, 거지들을 멸시하기보다 동정하며 전란의 상처를 극복하자고 호소했다. "전쟁미망인"[1] 역시 도덕공동체가 보호해야 할 동정의 대상이었다. 미망인들은 모자가정의 가장들임에도 불구하고 국가로부터 이렇다 할 돌봄을 받지 못한 채 절대빈곤과 고독 그리고 사회적 몰이해 속에 방치되었는데, 이들 중 상당수는 국군 유가족이었기 때문에 사회가 느끼는 부채감은 더욱 컸다. 그러나 사회는 미망인을 신화화된 성모로 호명함으로써 동정은 혐오로, 사회적 보호에 대한 목소리는 질책으로 변질되어 갔다.[2] 이는 미망인들이 공감공동

---

1) 미망인(未亡人)은 고인이 된 남편을 예우한 호칭이지만 기실 남편과 함께 죽어야 하는데 아직 죽지 않은 아내라는 뜻을 내포하고 있다. 이 단어는 원래 순장의 풍습에 따라 남편이 먼저 죽은 부인을 가리키던 말로 오늘날 사용하기에는 적절치 않지만 당시에 공식적으로 쓰였기 때문에 차용해왔음을 밝혀둔다.

2) 1960년대 전주에 위치한 '미망인 복지재단'의 필자는 "아동의 성장 발육이 건전하게 발전될 수 있는 환경은 가정인 것이며 가정(애정)의 대표는 곧 어머니이기 때문에 우리 케이스 워커들은 이들 홀어머니를 상대로 복지사업을 전개하고 있는 것"이라고 함으로써 국가의 미망인에 대한 제도적 지원이 국민 재생산의 필요성에서 기인함을 밝히고 있다. 이는 미망인이 개인이 아니라 어머니, 양육자 등 가족 내 위치나 역할과 관련해 정의되었음을 보여준다. 모성 이데올로기 혹은 모성 신화의 관습적인 상상력이 덧붙여지면서 미망인 문제의 해법으로 미망인의 대오각성이라는 무책임한 대안이 제시되기도 했다. "이와 같은 빈약한 정신적 자세를 가지고 한 가정의 가장으로서 또는 어머니로서 가정을 이끌어간다는 것은 그 가정의 발전을 기대함보다 도리어 점차 퇴보할 위험성을 내포하고 있는 것이며 더구나 자녀들의 교육에도 지장을 초래할 가능성이 많"(54쪽)다는 우려 섞인 시선은 이러한 판단을 뒷받침한다. 이건우, 「버려야 할 미망인들의 팔자소관」, 『동광』(사회복지전문연구지)11호, 어린이재단(구한국복지재단), 1967, 54쪽.

체의 일원이 될 수 없었음을 암시한다. 미망인의 좌절된 사랑과 금욕적 삶 등은 애도의 윤리적 증거일 뿐 아니라 여성성의 진수를 보여주는 것으로 받아들여졌다. 그러나 실제로 전쟁미망인은 성적, 계급적 위계가 분명한 당대 사회에서 감상적 공감이나 사랑의 논리로 통합해 들일 수 없는 혐오의 대상이었다. 이러한 판단을 증명하듯 전쟁미망인은 전후 근대화 사업이 빠르게 진척되면서 주로 댄스 열풍, 축첩, 성매매 등 성적 무질서와 결부되어 전통적 미풍양속을 훼손하는 위험한 세력3), 즉 건전하고 명랑해야 할 성풍속을 저해하고, 물질을 위해서라면 성과 사랑을 수단화하는 '아프레 걸'(전후파 여성)4)들로 창부화된다.

미망인이 풍속을 어지럽히는 '전후파' 여성으로 낙인찍힌 것은 전후 전쟁기념사업에서 '전쟁 기념비'로서의 위치를 부여받은 것과 관련이 있다. 1956년 제1회 현충일은 추도식이 단순히 희생자의 넋을 위로하기 위한 애도 의례가 아니라, 한 사회의 권력 주체가 "자신의 정체성을 공고화하기 위해서 자신의 기원, 생존과 발전에 있어서 중요한 의미를 지니는 특정인물이나 집단 또는 특정한 역사적 사건을 지속적으로 '기념'해야 할 필요성"5)

---

3) 미망인은 문란해진 성문화를 바로잡으려는 국가와의 관계에서 계도 혹은 처벌의 대상이 된다. 간통죄의 등장, 축첩제 폐지 등 사생활에 관한 법률들과 미망인 재현의 관련성에 대해서는 다음의 글을 참고할 것. 김은하, 「전후 국가근대화와 위험한 미망인의 문화정치학 : 정비석의 『유혹의 강』(1958)」, 『한국문학비평과 이론』49집, 한국문학이론과 비평학회, 2010, 211-229쪽.

4) 불어의 아쁘레게르에서 기원한 이 말은 전후 한국에서 현대여성들에게 '육체적', '타산적', '개방적'이라는 부정적 자질들이 붙여지면서 형성되었다. 아프레 걸은 전쟁과 전후 국가 근대화 과정에서 발생하는 충돌과 갈등을 해결하고 국민들의 사회적 통합을 이끄는 한 몸 공동체의 이방인 혹은 타자였다. 김은하, 「전후 국가 근대화와 "아프레 걸(전후 여성)" 표상의 의미 : 여성잡지 『여성계』, 『여원』, 『주부생활』을 대상으로」, 『여성문학연구』16쪽, 2006.

으로 기획되었음을 암시한다. "오늘 우리가 여기 모인 것은 이번 공산 침략에 우리 청년들이 국가 방위를 위해서 목숨을 공헌한 충렬의 공헌을 기념하려는"[6] 것이라는 대통령 이승만의 발언은 추도의 목적이 '반공'을 국시로 내걸어 남한 단독 정부의 정통성을 강화하기 위한 것임을 의미한다. 추도식은 전쟁으로 희생된 이와 유가족의 슬픔을 위로하기보다 '의미 있는 과거'를 기억함으로써 특정한 권력 주체에게 권위를 부여해주기 위한 국가 의례인 것이다. 이를 증명하듯 추도식은 전쟁 피해자를 자유 남한을 수호하기 위해 숭고한 피를 흘린 전사, 순국영령으로 호명하는데, 피해자의 죽음이 신성화할수록 전쟁의 비인간성이나 주검이 보유한 비통스러운 사연은 억압된다.[7] 추도식은 국가 폭력을 은폐하는 한편으로 전쟁 희생자들을 불가시(不可視)의 대상으로 만드는 주도면밀한 국가 장치인 것이다.

그런데 추도식은 반공국가의 권위를 강화하기 위해 망자(亡者)만이 아니라 살아남은 자들에게도 침묵을 강요한다. 이승만은 "우리가 잠시 인정적 감상만을 위해서 울며 부르짖는 것이 전망자(戰亡子)에게나 산 사람들에게 조금도 도움이 없는 것"이라고 함으로써 통곡이나 눈물 등 슬픔의 표현을 가로막는다. "그 죽은 사람들의 죽엄이 무효로 돌아가게 만들지 않음으로써

---

5) 전진성, 「조국을 위한 희생?」, 『당대비평』25권, 생각의 나무, 2004, 213-214쪽.
6) 이임하, 『전쟁미망인, 한국현대사의 침묵을 깨다』, 책과 함께, 2010, 210쪽.
7) 한 구술사 연구에 따르면 상이군인들은 신체의 일부를 훼손당하는 순간을 사실 중심적으로 묘사하기보다 군인으로서 죽음을 무릅쓰고 용감하게 적에게 맞섰다는 식의 영웅담으로 각색함으로써 자신을 '상이용사'로 연출하기도 하지만, 전쟁을 "예기치 못한 사고, 실수, 행운과 불운 그리고 여러 가지 변수에 의해 지배되는 예측 불가능한 것"으로 받아들이는 경향을 보인다. 이는 개인의 기억 행위가 국가가 만들어낸 집합적 기억과 충돌하는 불균질적인 양상을 띠고 있음을 암시한다. 박정석, 「상이군인과 유가족의 전쟁경험」, 『전쟁과 사람들 : 아래로부터의 한국전쟁연구』, 한울아카데미, 2003, 173-179쪽.

그분들의 공로를 천추에 빛나게 만드는 것"이 피해자를 위로하는 유일한 방법이라고 함으로써 반공을 국민의 과업으로 각인시킨다. 이는 전후 국가의 기억 작업에 대한 연구가 망자(亡者)만이 아니라 유가족으로 그 대상을 넓힐 필요가 있음을 암시한다. 국가는 피해자 가족들의 슬퍼할 권리를 박탈함으로써 애도 주체로서의 권한을 선언하고 유가족에게 역사의 기념비가 되기를 강요하기 때문이다. 유가족은 전쟁의 피해자이면서도 희생 서사 혹은 영웅 서사에 반(反)하는 발언이나 증언을 금지 당한다는 점에서 망자(亡者)의 위치와 유사하다. 애초 '유가족'은 경찰이나 우익에 의해 살해된 이들의 가족에 대한 명칭이었지만 전후 공산당에 의해 사망한 군인이나 경찰 가족에 대한 것으로 전도되었다.8) 이는 '유가족'을 사회적으로 의미 있는 범주, 즉 가시적인 집단으로 만든 것은 반공을 국시로 내건 국가임을 암시한다.9)

이렇듯 전쟁에 대한 집단의 기억을 창출하는 과정에서 미망인이 겪는 실질적인 고통과 국가에 대한 원한 감정은 토로될 수 없다. 국가는 미망인을

---

8) 앞의 글, 187쪽.

9) 1950-1960년대 추모의 정치에서 전쟁미망인은 죽음의 미화 작업에 동원되었는데, 한 국군미망인은 자신의 남편을 개별적이고 은밀한 기억의 대상으로 소유하지 못한다. "이 몸이 죽어가서 무엇이 될고하니 봉래산 제일봉에 낙낙장송되었다가 백설이 만건곤할제 독야청정하리라"고 읊으시던 시조, 언제나 국사만 알지 집에는 쌀이 있는지 통 아시려고도 아니하시던 당신"(김영화 : 59), "조국의 수호신이 된 당신! 아무리 울어봐도 다시 돌아오실 수는 없으신 당신"(김영화 : 59)이라는 격정적 어조 속에서 망자(亡者)는 조국애의 화신으로 등극한다. "남북통일의 성업을 완수치 못한 채 명명한 지하에 누어계신 당신께서도 슬픈 눈물을 금하시길 없으리이다"(김영화 : 609)이라는 서술은 원혼을 달랠 책임으로 개인-국민에게 통일의 과제가 주어졌음을 암시한다. 김영화, 「추모수기-고 김백일장군미망인의-」, 『새가정』 2호, 1954.

감동적인 오브제로 만들기 위해 경제적 곤란과 인간적 고독을 침묵에 부치는 대신 모성애와 금욕적 삶의 기율을 강조한다. 그러나 전쟁미망인은 망자(亡者)와 달리 살아있는 인간으로서 반공국가의 재건 내러티브와 충돌을 일으킨다. 인고하며 가정을 꾸리는 '억척 어미'들이 아니라 도둑질을 저지른 범죄자, 거리의 창부, 남의 가정의 평화를 위협하는 '첩'은 전쟁미망인의 또 다른 얼굴이었다. 1950~1960년대 신문, 잡지, 소설 등 문예공론장을 통해 이루어진 전쟁미망인 표상화 작업은 국가재건이 가부장을 위시로 무너진 사회질서를 복원하는 성별화된 과정임을 보여준다. 전쟁미망인 담론은 모자(母子)가정의 생존책을 찾기보다 주로 '여성성 이데올로기'와 관련해 좋은 여성과 나쁜 여성을 확정하는 방식으로 전개되었기 때문이다. 공론장은 사회적으로 용인될 수 있는 것과 없는 것들을 배정하고, 무질서를 바로잡을 근대 국가의 법을 확정하는 가운데 사회적 약자들을 주변화하며, 비판이성을 가진 개인들이 스스로 통치하는 근대 시민국가의 탄생을 저지했다.

특히 전쟁미망인은 정상과 비정상, 건전과 퇴폐, 로맨스와 불륜, 시민과 비시민, 주체와 타자를 확정해줄 법이 구성되고 작동하는 가운데 문제적인 표상으로 떠올랐다. 공감 공동체의 구성은 함께 살 수 있는 것과 없는 것을 분리해내는 과정이라는 점에서 혐오스러운 타자의 발견 가능성을 내포한다.[10] 이는 미망인이 사회문제를 일으킨 주범이라기보다 무질서의 책임

---

10) 이명호, 「공감의 한계와 혐오의 미학: 허만 멜빌의 <서기 바틀비>를 중심으로」, 『영미문화』 9권, 한국영미문화학회, 2009, 1-28쪽. 줄리아 크리스테바(Julia Cristeva)에 따르면, 공포와 혐오가 뒤섞인 감정을 불러일으키는 '에브젝션'(abjection)은 대상 그 자체의 고유한/성격에서 기인하기보다 대상이 주체의 경계를 침범할 때 발생한다. 혐오감의 근간을 이루고 있는 '더럽다는 느낌'은 주체의 경계가 무너질 때 보이는 정서적 반응이다. 침, 체액, 생리혈, 똥, 시체 등 여러 문화에 걸쳐 혐오감을 불러일으키는 공통적 대상들을 보면 육체의 내부와

을 떠안음으로써 국가권력을 공고화하는 희생양임을 암시한다.11) 전쟁미망인은 전란과 해방 후 미국문화의 범람으로 오염된 성 규범을 바로잡고, 근대적 가족에 기반을 둔 국가 재건의 기획 속에서 발견된 불순물, 즉 '에브젝션'(abjection)이었다. 1950~1960년대의 문예는 베네딕트 앤더슨이 말하듯이 근대화의 주체를 확정짓고 그 이념과 방향을 수립하는 데 중대한 위치를 차지하고 있었으며, 그러한 관심 속에서 미망인이 재현의 대상으로 떠올랐음을 보여준다.12) 순수와 통속의 경계를 막론하고 염상섭, 정비석 등 당대 문단의 대표 작가들은 미망인을 프리즘 삼아 한국사회를 통찰하고 새 시대에 적합한 도덕을 구축하려고 했는데, 이는 국가재건 시대에 소설이 공동체에서 발견한 자신의 역할이었다. 이들 작품에서 미망인은 성적

외부를 가르는 구멍에서 흘러나오는 물체(침, 땀, 오줌, 생리혈, 똥)이거나 삶과 죽음의 경계에 있는 물체(시체)인데, 이는 한때는 주체 자신의 자기 내부에 있었던 것으로서, 혐오가 대상과 자기의 관련성을 부인하는 정서적 전략임을 암시한다.
11) 그런데 이러한 공론을 냉소하듯 전쟁미망인은 범죄자나 사연을 숨긴 시체로 사회면의 기사들 속에서 불쑥 얼굴을 내민다. 한 예로, 당시 화제가 되었던 미망인들의 '토함산 집단자살 사건은 자기죽음의 전시라는 기괴한 방식을 통해 생존을 위해 첩이 될 수밖에 없었던 전쟁미망인의 열악한 삶의 조건을 가리켜보인다. 이 시체들은 '부덕의 화신'과 '위험한 여성'이라는 이분법, 즉 사회적 재현의 공식적 문법을 낯설게 만들면서 청결과 오염, 미덕과 악덕, 적합한 것과 부적합한 것 사이에 수립된 경계에 의문을 던진다. 건전한 가정을 위협하며 사치를 일삼는 첩이라는 공식적 기표는 생존을 위해 박해를 견디어내는 첩이라는 또 다른 기표와 뒤섞이는 것이다. 토함산 집단자살 사건에서 미망인들은 유서를 통해 본부인의 박해, 여러 명의 첩을 거느린 남편에 대한 분노와 자신들의 불우한 처지, 정절을 지키지 못한 죄책감을 드러낸다.
12) 당시 신문사나 잡지 공모를 통해 뽑힌 미망인 수기의 다수는 전형적인 패턴을 보인다. 미망인 수기는 욕망에 대한 내밀한 고백이 담긴 자성적 반성문의 형식을 취하는데, 유혹의 체험을 거쳐 과오를 깨닫고 모성을 중심으로 자기 동일성을 구축하는 식의 구조를 공유한다. 특히, 자기고백은 유혹 혹은 성적 일탈의 장면을 포함한 것이어서 성적회고담을 취한다. 이는 전쟁미망인이 사회풍속을 어지럽히는 유혹, 즉 위험한 여성으로 간주되고 있음을 의미한다.

고독에 시달리며 돈과 섹스를 교환하는 타락한 인물이거나 곤궁한 현실 속에서 엽색가의 유혹에 넘어가 인생을 망치는 수난자이다. 박경리의 <표류도>(1959)가 문제적인 것은 1950년대 사회에서 전쟁미망인 담론의 여성 규제적 성격을 날카롭게 묘파하는 한편으로 내성적 반항의 목소리가 여성 글쓰기의 독자성으로 자리 잡는 맥락을 보여주기 때문이다.

2. 전후파 지식인 여성의 위기와 반격 : 동정의 대상 vs 냉소의 주체

전후는 전쟁 중에 남자들이 부재한 후방에서 유능한 생존주체로 성장한 여성들이 아버지-남성의 귀환으로 인해 가정 영역으로 되돌아가고, 무너진 사회질서를 세운다는 명분하에 전통적인 성규범을 벗어난 여성에 대한 사회적 감시와 처벌이 강화된 때이다. 전후의 국가 재건은 한편으로 서구식 근대화를 채택하면서도 무너진 전통을 바로잡기 위한 풍속의 정화라는 명분하에 민족주의와 전통론이 위세를 얻으며 전개되는데, 이러한 과정에서 '전후파 여성'이 사회의 무질서를 야기하는 불온세력으로 지목됨으로써 여성들의 사회적 입지는 좁아지게 된다. 김내성문학상을 받기도 한 <표류도>는 이렇듯 1950년대 가부장 사회에 대한 전후파 지식인 여성의 불복종 혹은 항거의 기록이다. 주인공 강현회는 1950년대 공론장이 만들어낸 전쟁미망인에 대한 관습적인 상상력을 해체한다. 대중적 미디어에서 미망인들은 고독에 시달리는 '애욕의 화신'이거나, 생계곤란에 처한 빈곤 계층으로 재현됨으로써 혐오 혹은 동정의 대상이 되어왔다. 그러나 강현회는 "육체적 고독이 채찍처럼 날아와 나를 후려 치고 있"다고 느낄 만큼 외롭고, 경제적 어려움에 시달리지만 자신이 동정의 대상이 되기를 원치 않는 자존심 강한 미망인이다. "구제품을 배급받아야 하는 가난한 사람들은 결코 베푸는 사람을 고맙게 생각지 않습니다. 반감과 미움에 가득 차 있죠"(43쪽)라는 발언은 동정어린 시선에 대한 증오마저 보여준다.

강현회는 지적으로는 유럽의 실존주의 철학이나, 문화적으로는 시몬느 보부아르(Simone de Beauvoir), 프랑수아즈 사강(Françoise Sagan) 등 서구 교양 담론의 영향 속에서 가부장적 관습이나 제도에 갇히지 않은 자유로운 연애를 근대적 개인의 진정성 추구의 형식으로 받아들인 1950년대의 지식인 여성이다. 이는 그녀가 성적 보수주의와 젠더 이데올로기로부터 초연한 문화적 전위라는 것을 생활비를 아낄 수 있다는 명분으로 찬수와 동거를 시작하는 데서 엿볼 수 있다. 헤르더는 인간은 누구나 마음속의 진실한 법정을 가지고 있다고 함으로써 내향적 인간의 탄생을 예고한 바 있는데, 찬수와 자신은 서로를 사랑하므로 타자의 시선 속에서 수치심을 느낄 이유가 없다고 여기는 강현회는 '신실성(Sincerity)'이 아니라 '진정성(Authenticity)' 즉, '자기진실성의 윤리'를 추구하는 근대적 개인이다. 다른 한편으로 그녀가 '동정의 거부'를 선언하는 것은 사회적 관용을 얻기 위해 스스로를 회개한 탕녀로 위치 짓고 싶지 않기 때문이다. 그녀는 찬수가 전쟁의 소용돌이 속에서 좌익에 의해 희생되어 사생아인 아이와 함께 남겨지지만 "대외적으로 건전치 못하지만 저 혼자는 지극히 건전해요"(40쪽)라며 세상에 당차게 맞선다. 탕아의 회개 혹은 자기 처벌의 절차 없이 동정은 주어지지 않기 때문이다.

그러나 전후의 가부장적 국가 재건의 분위기 속에서 자기진실성의 윤리는 여지없이 짓밟혀 그녀는 "품행이 단정치 못하다"는 이유로 재직 중이던 학교에서 해고된다.[13] <표류도>가 흥미로운 것은 1950년대 여성 주체와 가부장적 사회 간의 성 규범을 둘러싼 갈등을 서사화하고 있기 때문이다. 신문논설위원 이상현의 말을 빌리면 "어지간히 고집이 세게 생겨먹은 얼굴"의 소유자인 강현회는 사생아를 낳고도 당당하기만하다. 그녀의 '오만함'은 자신이 경영하는 다방을 무대로 펼쳐지는 손님과의 시선 투쟁에서도 드러난다. 다방 마돈나는 '마담', 즉 여성 서비스 노동 종사자를 향한 사회의 가부장적 시선이 여지없이 노출되는 곳이다. 손님들은 시선의 쾌락을 향유하고 일말의 성적 가능성에 대한 기대로 마돈나를 방문하기 때문이다. 즉, 손님들은 그녀를 관음증적 쾌락의 대상으로 간주한다. 실제로 다방의 단골손님인 최강사는 그녀를 주인이 없기 때문에 누구나 소유가능한 창부와 동일시하고 모욕한다. 그러나 강현회는 타인의 경멸을 받는 마담이면서도 스스로를 서비스의 재화로 여기기는커녕 오히려 손님들을 관찰하고 그들의 비루함을 조소함으로써 시선의 대상으로 전락하기 거부한다.

> "정말이지 다방의 카운터처럼 이상한 곳은 없다. 서울 장안을 굽어보는 감시대 위에 선 것처럼 카운터에 서면 그 아래 온갖 속물들이 자기의 창자까지도 부끄러움 없이 드러내고 다니는 모습들을 환하게 볼 수 있다.

---

13) 박경리의 전쟁미망인이 등장하는 다수의 단편소설에서는 이와 같은 모티프들이 빈번히 등장해 전쟁미망인이자 모자 가정 여성들이 경제적 곤란과 사회적 몰이해 속에서 겪는 고통이나 수치심을 서사화한다. 내성적이며 우울한 여성 인물들과 비장하리만큼 극단적인 결말은 단지 비인간적인 전쟁이 남긴 트라우마만이 아니라 "정상 가족" 바깥에 선 여성들이 겪는 실존적 고통을 암시한다.

정치를 장사하고 다니는 무리들의 수작이나, 예술가라는 골패를 앞가 슴에다 달고서 한밑천 잡아보자고 드는 족속들이나, 서커스의 재주부 리는 원숭이처럼 정의나 이념 같은 것을 붓대로 재주 부리는 것쯤으 로 알고 있는 지식인들의 협잡, 국록을 먹는 관공리들의 의자(椅子)를 싸고도는 장사 수법, 심지어 똥차똥차에서 쏟아지는 폭리를 노리고 이권을 쟁탈하는 데도 점잖은 무슨 단체의 인사나 무슨 유명인의 귀 부인(?)들이 돈 보따리를 안고 다방에서 면담을 갖는 것이다. 이러한 그들의 의복이나 성별이나 명함이나, 또는 노소(老少)를 막론하고 꼭 같은 것은 그들의 눈빛이요, 몸짓이요, 웃음소리다."(105쪽)

다방 마돈나는 계급, 성별을 중심으로 위계화된 시선의 권력이 역전되는 장소이다. 그곳은 문사, 국회, 관공서, 잡지사, 출판사 등의 건물들 사이에 위치 해 있기 때문에 저널리스트, 정치 브로커, 관공리, 대학 교수나 강사, 문인, 화가, 출판업자, 잡지사의 기자 등 당대 한국사회의 상류사회 인사들이 교 류하는 '오피스'로 사용된다. 그러나 강현회에게 그곳은 손님의 오피스나 가여운 전쟁미망인의 생계의 터전이 아니라 한국 근대화의 더러운 진실에 대한 미시적 관찰의 자리이다. 한국 근대화 주체인 엘리트 지식인과 정·재 계 리더들의 수치스러운 협잡이 목격되고 그 속물성과 비루함이 가차 없이 까발려지기 때문이다. 특히 그녀는 신문사 칼럼니스트 상현이 관심을 표하 자 "저는 자존심이 강하다고 했는데, 그것은 제가 살아온 주변을 경멸할 수 없어서 한 말입니다. 그러니까 선생님과 같은 상류계급의 생활감정에 따라가지 않는다는 말이 되겠지요."(42쪽)라고 거부감을 표한다. 여기에는 전후 대중 미디어의 등장과 함께 한국사회의 핵심 세력으로 부상한 교양 부르주아지들이 사회적 책임감을 가진 윤리적 주체가 아니라는 비판뿐만

이 아니라 비평의 권위를 승인하지 않겠다는 불복종의 의지가 담겨 있다. 1950년대 중후반은 『여원』, 『사상계』 등 지식인 공론장을 통해 고학력 엘리트들이 선과 악을 정의하고 심판의 권력을 가진 상징적 계급으로 부상하는데, 이들이 특히 질시의 대상으로 삼은 것은 빈곤계층, 청소년, 여성들이었다는 점은 이러한 판단을 뒷받침한다.

강현회는 사생아를 낳은 미망인인 그녀 자신이 아니라 상류층을 사회적 타락의 원흉, 즉 한국 근대화의 장애물로 규정한다. 윤리적 자질을 갖추지 못한 속물들이 권좌를 차지한 전후의 타락상을 비판적으로 응시하며, 한국 사회에 대한 분노감을 토로한다. 특히 동창생인 계영 일가는 해방과 전쟁의 혼란을 틈타 졸부 혹은 명사가 된 이른바 "급조 귀족"(33쪽)들의 타락상을 보여준다. 계영의 아버지는 금괴밀수 사건으로 체포되지만 미결수로 풀려나온 뒤 해방을 맞자 교도소 경력을 혁명지사 혹은 망명객의 증거로 바꿔치기해 막대한 부를 거머쥔다. 그리고 정치권에 진출해 민의원으로 당선되고 만주군 출신의 사위를 준장으로 만드는 식으로 주도면밀하게 사회적 핵심 권력의 자리를 차지해간다. 강현회가 빚쟁이 신분임에도 계영의 화려한 저택에서 구토를 느끼고, 유부남인 이상현과의 연애를 들켜 경멸당하면서도 당당한 것은 급조귀족들의 이기주의와 무교양을 환멸하기 때문이다.

전쟁미망인에 대한 성애화된 시선에 반격을 가하듯이 강현회의 언어는 날카롭고 이지적이다. 그녀는 강한 자의식으로 무장한 채 대상의 진실 넘어를 응시하는 비판적 이성의 주인공이다. 이렇듯 세상에 대한 명징한 분석력은 이성에 대한 숭배를 암시한다. 잔뜩 날이 선 환멸과 냉소의 언어들은 그녀가 교양 주체 혹은 계몽 주체의 자리를 욕망하고 있음을 암시한다.[14] 냉소와

45

환멸은 비판적 근대 주체의 증인 언어이기 때문이다. 이는 <표류도>를 전쟁미망인의 곡절 많은 연애와 이별을 그린 감상적 멜로드라마로 규정할 수 없음을 암시한다. 즉, 이 소설은 아름답지만 불우한 운명의 전쟁미망인이 사회적 냉대 속에서 겪는 수난에 관한 이야기가 아니다. 멜로드라마 속의 숭고하지만 무기력하고 순응적인 여주인공과 달리 그녀는 냉소적 이성의 주체이기 때문이다. '냉소'는 위계화된 젠더 규범을 비틀고 해체하고 자신의 권위를 높이는 언어적 전략이다. 자신을 '창부화'하는 세상에 대한 반항 혹은 몸=여성, 정신=남성의 젠더 상징을 모호하게 만드는 반격인 것이다. 냉소의 언어를 통해 그녀를 멸시하는 사회지도층과 타락한 전쟁미망인의 위치가 역전되기 때문이다. <표류도>는 전쟁미망인의 눈으로 부조리한 한국사회를 신랄하게 풍자하는 야심찬 사회비판서이다.

3. 1950년대 가부장 사회와 정념의 모험

<표류도>가 문제적인 것은 냉소의 주체가 동정과 혐오의 성 정치 속에서 자기 목소리를 박탈당한 전쟁미망인라는 점 때문만은 아니다. 이 소설은 전쟁미망인의 연애를 통해 서구식 개인주의와 자유주의가 발견되는 다른 한편으로 가부장제 담론이 세를 얻음으로써 1950년대 여성들의 근대적 모험이 좌절되는 역사적 문맥을 서사화한다. 강현회는 명문대를 수석 졸업한 엘리트이지만 사생아를 낳은 전쟁미망인이기 때문에 지식 노동에 종사하

---

14) 페터 슬로터다이크 지음, 이진우·박미애 옮김, 『냉소적 이성 비판』, 에코 리브르, 2005.

지 못한다. 학교에서 해고당한 뒤 번역으로 생계를 잇지만 그마저도 여의
치 않아 양말 장사에 나선다. 그런데 하급 노동에 종사하면서도 당당했던
그녀가 냉소적 비판주체의 언어를 박탈당하는 시점이 도래하는데, 그것은
바로 '로맨스'로부터 시작된다. 그녀는 혼자인 젊은 여자이지만 아무와도
연애하지 않는데, 이는 '정절'을 여자의 윤리로 보는 구시대의 '내훈'을 숭배
해서가 아니다. 관능적 욕망을 부재처리하고 고독의 성벽을 쌓아서라도 여
자라는 육체와 섹슈얼리티에 대한 가부장적 감시로부터 자유롭고 싶기 때
문이다. 연애하지 않음은 일종의 자기방어라고 볼 수 있다. 그러나 강현회
는 이상현과 불륜의 사랑을 시작하면서 1950년대 사회와 격정적으로 충돌
하게 된다. 로맨스는 단순히 일상의 사건이 아니라 주체의 모험이 된다.

강현회의 주지주의로 무장한 자아는 이상현이 적극적으로 구애해오면서
흔들리기 시작한다. 그의 출현으로 억눌러두었던 사랑의 감정이 깨어나고,
고개를 들어 그의 눈을 들여다보는 것만으로도 "격렬한 교감에 또 다시
얼굴이 타고 팔다리가 나른해"(41쪽)지는 '주체의 위기'를 경험하리만큼 정
념의 시간이 타오른다. 그러자 그녀는 "연애를 생각한다는 것은 굴종"(12
쪽)이라며 마음에 자물쇠를 채우려 한다. 실제로 그녀는 상현과 자신을 방
으로 안내하는 중국집 보이의 시선에서 '조롱'을, 거리에서 우연히 부딪힌
계영에게서 '혐오'를 읽으며 수치스러워한다. 상현이 아내를 둔 기혼자이기
때문에 자신의 연애는 명백히 부도덕한 불륜, 즉 간통으로 낙인찍힐 것이며
"땅에다 발을 붙이고 확고하게 서 있는 가정, 그의 가족, 중량 있는 권위"
(159쪽)라는 표현이 암시하듯 상류계층인 상현이 자신의 계급적 권위를 포
기하지 못하리라 예감하는 것이다. 순결에 대한 숭배나 법의 권위를 인정

해서가 아니라 로맨스가 그녀의 자아를 훼손하지 못하도록 강현회는 상현의 구애를 거부한다.

1950년대 공론장의 언설들은 순결을 여성이 새로운 시대의 국민이 되기 위한 자질로 규정함으로써 여성 정체성의 근거를 육체 속에 주박시킨다. 식민지기 지식인들의 애독서였던 콜론타이(Aleksandra Mikhaylovna Kollontay)의 '붉은 연애'로부터 시작해 1950년대 실존주의담론에 이르기까지 연애는 여성들의 몸과 욕망에 대한 자기주권이 선언되는 무대였다면, <표류도>는 로맨스의 추구와 좌절을 통해 1950년대 여성들의 경험을 서사화한다. 당시 신문·잡지 등을 통해 이루어진 '연애특강'들은 연애가 아버지의 법을 주입받는 여성들의 학교였음을 암시한다. 연애론은 결혼, 가족 제도 안에서 이루어지는 사랑에 유일무이한 정당성을 부여하고, 관능적 감정을 에티켓이라는 형식에 가둠으로써 욕망을 수동화한다. 그러므로 '로맨스'는 단지 개인의 내밀한 사건이 아니라 가부장제의 이념과 법이 주입되는 문화적 각본이 된다. 그간 강현회는 자신을 여성이라는 '몸'을 가졌기 때문에 배정되는 것이 아니라 흩뜨리고 파괴하는 능동적 주체로 가정해왔다. 그러나 "나는 내 용모를 보고 손님들이 찾아온다고는 생각하고 있지 않다. 생각하고 있지 않다기보다 생각하고 싶지 않은 것이다. 그것은 겸손을 의미하는 것은 아니다. 오히려 그것은 내 자존심을 위한 생각인 것이다."(8쪽)라는 고백은 그녀가 관념으로 현실을 위조해왔음을 암시한다. 이상현과 연애를 시작하면서 '나의 존재를 보장하는 것은 의식이나 정신이 아니라 세계, 즉 타인과 적극적으로 관계 맺고 있는 여성이라는 '몸'임을 더 이상 부인할 수 없게 된다.

강현회는 로맨스를 통해 치루어야 할 대가가 두려움에도 불구하고 사랑의 모험을 감행한다. 그녀를 로맨스의 전위로 나서게 한 것은 다방 마돈나의 종업원인 광희이다. 관능적인 처녀인 광희의 "정조란 것은 아무 것도 아니죠?"(107쪽)라는 물음을 계기로 그녀는 애정의 유일무이한 윤리는 '정조, 즉 육체의 순결이 아니라 사랑의 감정으로 받아들였던 자기를 기억해낸다. "나는 정조가 아무 것도 아닌 것이라 생각했기에 사생아를 낳았어. 그러나 나는 애정은 퍽 귀한 걸로 알고 있다."(108쪽)라는 답변은 자기의 내면을 향한 독백에 가깝다. 그녀는 "정조라는 것은 아무 것도 아니지만 언제나 애정하고 같이 있어야 해."(108쪽)라고 함으로써 애정과 정조의 결합을 남녀 관계의 '이상'으로 제시하지만 정조보다 애정이 성윤리의 핵심 가치임을 강조한다. 그녀가 광희의 아무 것도 '계산'하지 않고 '정조'의 이데올로기 따위는 염두에 두지 않는 맹목적인 사랑을 아름답다고 말하는 것은 애정을 최우선의 가치로 가정하기 때문이다. "사막에 피는 사보텐의 꽃처럼 지독하게 강렬한 광희의 사랑"(139쪽)이라는 비유가 암시하듯 그녀는 시인 민기를 향해 맹목적인 사랑을 하는 광희에게서 순수하고도 풍만한 관능과 그것의 무구한 아름다움을 본다.

오래 전 순결한 이상주의자였던 자기를 기억해 낸 후 강현회는 상현과 본격적으로 연애를 시작한다. 그리고 "숫제 인간들이 서식하지 않는 밀림이나 동굴 속 같은, 흔히 표류기(漂流記)에 씌어진 고절(孤節)된 곳"(171쪽)에서 육체의 금기를 넘어선다. 평생 아버지에게 버림받고 고독하게 살아온 어머니가 딸의 밀애를 눈치 채고 비난을 퍼붓자, "당신의 정절보다 나의 배덕이 훨씬 위대하다"(17쪽)라며 자기를 방어한다. 그러나 이러한 항변에도 불구하고 그녀의 연애는 상처만 안을 것임이 암시된다. 여행지에서 상현은 아버지의 후처와 사랑에 빠져 아버지를 죽이는 패륜아에 관한 소설을 두고 "모든 형벌을 짊어지고서도 어쩔 수 없었던 남녀 간의 애정이 오히려 아름답"(175쪽)다고 말하지만 강현회는 공감하지 못한다. 그녀는 순결과 사랑 모두를 잃은 채 유배지를 향하는 <부활>의 카츄사의 불행한 모습을 지우지 못한다. 두 사람 사이에는 로맨스에 대한 서로 다른 관념을 야기하는 이질적인 주체 위치의 간극이 자리하고 있는 것이다.

로맨스의 실패에 대한 예감은 광희의 소파수술 건으로 더욱 커진다. 강현회가 '표류도'에 다녀오고도 상현과의 이별을 결심하는 것은 광희의 소파수술 장면을 목도한 후인데, 이 장면은 앞으로 가부장적 성 규범을 벗어난 여성이 치르게 될 파란을 예고하는 듯 보인다.

"어머니!
광희의 고함소리가 들려왔다.
"왜 그러세요. 공연히 무서워할 것 없어요."
사무적인 의사의 말이 나지막하게 울려온다. 나는 진찰실의 소파에서 일어나 복도로 나왔다. 유리창 밖에는 나무 한 그루 없는 뜰이 있었다. 짐짝을 덮어놓은 쇠양철 위에, 부서진 유리조각처럼 태양이 내려 쏟아지고 있었다. 무슨 짐짝인지 몰라도 영문자가 씌어진 나무 상자가 높게 쌓여 있었다. 땅바닥은 아까 뿌린 소나기로 하여 축축이 젖어 있었다. 그곳에선 열기를 띠우고 있었지만 아무렇게나 굴러 있는 삶의 표상들은 오히려 차갑게 느껴진다. 별것이 아니었다. 인간은 그다지 가치 있는 물건이 아니었다. 수치를 안다는 것이 인간이다. 그러나 지금 저 수술실 속에서는 동물적인 광희의 무서움만 가득 차 있을

것이니 말이다. 그리고 의사는 사람을 짐짝처럼 마구 다루고 있을 것
이니 말이다."(189쪽)

　속물들의 사회에서 광희의 사랑은 상처입고 훼손된다. 시인 민기에게
광희는 강현회의 사랑을 얻지 못해 좌절한 자기에 대한 위로 혹은 한낱
유희거리에 불과하다. 고아로 한평생 외롭게 살아온 그녀는 사랑을 향한
열정을 쏟아 붓지만 민기는 그녀의 관능을 희롱한 뒤 무책임하게 미국으로
떠나버리기 때문이다. 그런데 가부장제의 법에서 보면 광희는 피해자가 아
니라 정조를 잃었기 때문에 인격마저 주장할 수 없는 '탕녀'이다. 강현회는
광희의 낙태사건을 통해 여성 육체의 수동성과 무력함을, 가부장적 권력의
공포를 간접 체험한다. 낙태를 받기 위해 수술대 위에 누운 광희는 인격이
없는 짐짝처럼 취급받으며 비인간으로 전락한다. "마치 고양이같이 느껴진
것이다. 암탉 같기도 했다. 피비린내 같은 것이 푹 풍겨오는 것 같기도 했다',
"짐승과 같은 괴상한 소리로 운다', "하얀 살덩어리가 눈에 어지러울 만큼
흔들리고 있었다'(190쪽) 등 그로테스크한 묘사는 정조를 잃어버린 여성에
게 존엄한 인간의 권리가 주어지지 않을 것임을 암시한다. 훗날 살인죄로
감옥에 갇힌 강현회는 자신을 돌봐주는 남편의 친구에게 성병으로 죽어가
는 광희를 구제해달라고 요청하지만 "시궁창 속의 구더기처럼 득실득실
끓고 있는 존재를 어떻게 다 구제를 한단 말입니까? 썩어지는 것은 완전히
썩어버리게 내버려 두세요,"라고 거절당한다. 이는 가부장적인 정조론이 득세
하면서 여성이 실존적 추구로서의 로맨스의 주체가 되는 대신 순결의 심문
을 받는 가부장제의 타자가 되었음을 암시한다.

4. 죄와 벌의 시간: 좌절로서의 성숙과 히스테리적 주체 되기

<표류도>는 연애와 성담론의 보수화 경향 속에서 여성이 육체의 수인이 되는 과정을 탁월하게 묘파한다. 광희의 좌절은 가부장제 사회에서 여성의 몸이 담론과 권력이 자신을 각인하는 장소이고 사법 권력이 효과적으로 작용하는 장임을 보여준다. 그러나 다른 한편으로 여성의 몸은 가부장제의 법이 통어할 수 없는 반역의 장임도 암시된다. 여성의 몸은 알 수 없는 수수께끼로 가득한 미지의 대륙으로 그려진다. 호흡곤란, 기절, 사지 마비 등 강현회가 보여주는 히스테리의 증상들은 몸이 육체/정신의 이분법을 넘어선 지점에 위치해 있음을 의미한다. "히스테리 여성의 몸에 일어난 변화는 단순히 몸 그 자체에 발생한 '생리적' 변화가 아니라 의식화되지 못한 무의식적인 욕망이 몸으로 이동하여 생겨난 변화"(339쪽)[15]이며, 외적 외상의 경험을 통해 그동안 억압되어 있던 내적 충동이 분출된 것임을 암시하듯 강현회는 히스테리적 착란 속에서 다방 손님으로 온 최강사를 살해한다. 그간 그녀에게 성희롱을 일삼던 최강사가 외국인에게 자신을 물건인 양 양도하며 "여자는 돈과 폭력이면 정복되는 동물"(251쪽)이며, "이런 곳에 있는 여자는 레이디가 아니니까 손쉽고 또 뒤가 귀찮지 않거든…"(252쪽)이라고 폄훼하자 자신도 모르는 힘에 이끌려 우발적으로 청동 꽃병을 던진 것이다.

그런데 강현회가 우발적 살인의 결과 감옥에 갇힌 후에야 이른바 성숙의 통과제의가 이루어진다는 점에서 <표류도>는 1950년대 가부장제 사회에서

---

15) 이명호, 「히스테리적 육체, 몸으로 글쓰기」, 『여성의 몸』, 창비, 2005.

여성 성장의 비극성을 보여준다. 강현회는 엘리트 지식인으로서 비록 저개발의 근대를 살아가지만 계몽 주체로 자처해왔다. 스스로를 어머니보다 아버지와 동일시하는 등 거세되지 않았다고 가정하는 그녀의 이야기는 오이디푸스 가족 플롯의 전형을 벗어난다. 가엾다고 생각하면서 그의 못난 생애를 미워하고 싫어"(49쪽)진다는 고백이 암시하듯 그녀는 어머니가 아버지에게 버림받아 평생동안 고독하게 살아왔음에도 혐오하는 등 자기와 동일시하지 않는다 하는 것이다. 반면 가족에게 상처만 준 아버지이지만 "나는 아버지를 미워하지 않는다. 정확하고 소심한 어머니의 피보다, 반항적이며 격정적인 아버지의 피를 나는 내 속에서 더 많이 느낀다"(49쪽)고 고백하리만큼 남성과 동일시한다. "나한테 너무 많은 애정을 베풀고자 하고 또 받아들이고자"(58쪽)한다는 고백이 암시하듯이 "남편 복도 못 본 내가 무슨 자식 덕을 보겠느냐, 이런 박복한 내가 살아 무엇하겠느냐, 죽어 마땅하다, 하며 치마끈으로 목을 매는 시늉을"(60쪽) 함으로써 자신에 대한 죄책감을 강요하는 어머니 역시 그녀를 딸이 아니라 '의사' 남편의 자리에 묶어둔다.

강현회의 '여성'이 되기 위한 성숙의 통과제의가 '감옥'과 '법정'을 통해 이루어진다는 점은 1950년대 여성성장의 가부장성을 의미한다. 소설 속 '감옥'은 단지 죄지은 자에게 죄에 대한 책임을 물어 사회질서를 수호하기보다 전후 서구문화의 유입으로 인한 사회적 혼돈의 책임을 여성에게 지움으로써 근대화를 기획하는 가부장적 법의 작동 공간으로 제시된다. 감옥에는 불륜을 통해 생긴 자기 아이를 살해한 어린 여자, 실연의 결과 양공주가 된 늙은 여자, 사내와 정사를 하려다 남자가 피를 흘리자 도망친 여자,

함부로 자신을 취한 남편을 죽이려다 미수죄로 잡혀온 첩, 손님과 화대를 시비하다가 붙잡혀 온 광희 등이 풍기문란의 죄목으로 구금되어 있다. 이는 당대 국가가 전후의 성적 무질서에 대한 책임을 여성에게 전가하고 처벌함으로써 풍속의 정화를 통해 사법 권력을 공고화하고 있음을 암시한다. 감옥은 인간의 몸은 결코 중립적이지 않으며, 여성은 남근(phallus)을 가지지 못했기에 열등한 존재로 자신을 수락해야만 사회에 편입될 자격을 부여받는다는 점을 암시한다. 순수한 관능의 소유자였던 광희는 자신을 기만한 남자들에게 복수하려는 듯 종로 3가에서 몸을 팔던 중 감옥에 잡혀오는데, 매춘의 결과 지독한 성병을 얻었지만 이렇다 할 치료를 받지 못한다. 결국 그녀는 방종의 쓰디쓴 대가를 치르듯 구더기가 들끓는 몸으로 목을 매어 자살한다. 순결을 잃어버린 순간 사랑은 정조를 잃어버린 방종으로 낙인찍히고, (순결을 잃어버린 여자는) 합법적인 폭력을 통해 사회로부터 영구추방된 것이다.

강현회는 오만한 자아를 무너뜨리고 순응적인 여성이 될 기회를 선처받는다. 이는 "약한 위치에 서 있는 피고가 아무 잘못 없이 짓밟힌 가엾은 정상"(284쪽)에 대한 재판장의 관대한 처분의 결과이다. 경미한 처벌은 사회가 동정해야 할 전쟁미망인 가장, 불미스러운 이성 관계없이 건전히 생계를 꾸려온 건전한 다방마담으로 재서사화된 대가다. 강현회는 그녀가 그토록 증오해마지않던 동정의 대상, 즉 무력한 사회적 약자로 규정됨으로써 형을 감량 받는다. 그러나 강현회는 자신이 감옥에서 "오만과 묵살과 하찮은 지혜에 쌓였던 한 꺼풀의 옷을 벗어 던졌다."(294쪽)고 함으로써 감옥을 처벌이 아니라 자기 성숙을 향한 혹독한 시련의 장소로 받아들인다. 그러나 작가는 좀 더 잔인하게 그녀의 당당한 자기의식을 무너뜨리려는 듯 보인다. 1950년대 한국의 저개발사회에서 강현회의 이상주의적 지향은 삶을 위협하는 장애물에 불과하다. 작가는 법의 관용을 받아 출옥하는 강현회에게 딸 '훈아'의 죽음이라는 시련을 안겨준다. 딸의 죽음은 강현회가 오만한 자아를 무너뜨리고 세상 속으로 들어가는 계기로 작용한다. 그녀는 딸을 잃은 후 상현과 헤어지고 수예점을 열어 쉬지 않고 뜨개질을 한다. 마치 노역인 양 뜨개질을 하는 그녀의 모습은 자기처벌을 연상시킨다. 여성의 문명에 대한 유일한 기여는 '수유'와 '베짜기'였다는 프로이트의 말을 연상시키듯, 명문대 졸업생으로 비판적 이성의 주체로 살아온 강현회는 딸의 죽음을 계기로 가부장제 사회가 여성에게 준 역할을 수락하는 듯 보인다. 그녀는 이상주의자인 상현과 헤어지고 생활을 중시하는 현실주의자 김선생과 애정 없는 결혼을 결심한다.

> "어쩌면 나는 나 혼자 표류하는 일을 더 많이 생각하고 있는지도 모른다. 절박하고 처절한 고독을 더 많이 정직하게 받아들이고자 하는 것인지도 모른다.
> (안 된다! 안 된다!)
> 나는 강인한 채찍으로 내 마음을 후려쳤다. 나를 현실에 적응시켜야 한다. 내 생명이 있기 위하여 나를 변혁시켜야 한다. 겨울이 와 산야에 흰 눈이 덮이게 되면 털이 하얗게 변하고, 여름이 와서 숲이 우거지면 나무껍질처럼 털이 다갈색으로 변하는 토끼라는 짐승의 생리를 나는 닮아가야 한다. 얼마나 많은 인간들이 얼마나 유구한 세월을 두고 인간과 자연 속에서 그 끈질긴 싸움을 해왔던가. 끊임없이 자기를 변혁하고 현실에 적응해 가며 생명을 지탱해 오지 않았던가."(314-315쪽)

강현회는 극한의 절망 속에서 위태로운 자신의 생명을 지키기 위해 이상주의를 포기하고 현실주의를 선택한다. 그만큼 딸을 잃은 후 삶에 대한 희망이 완전하게 소실되어버리는 존재의 위기를 경험한 것이다. 따라서 딸의 죽음은 '생명'을 발견하는 계기가 되었으며, 그녀는 추상적이고 관념적인 의미와 가치로 가득한 담론의 세계에서 생생한 구체로서의 현실에 안착을 시작했다고 할 수 있다. '김선생'과의 결혼은 사랑 대신 현실적인 필요로서의 결혼을 받아들이는 것이고, 자신을 이성적 권위의 주체가 아니라 보호자가 필요한 고독한 전쟁미망인으로 수락하고 있음을 암시한다. 그러므로 이제 그녀는 가부장적 국가가 국민으로 인정하고 보호해 줄 여성으로서의 자격을 얻게 되었다고도 볼 수 있다. 그래서 얼핏 강현회의 이야기는 방종한 욕망을 품었다가 처벌받고 회개한 한 여자의 이야기처럼 보인다. 정명환이 "폐쇄된 사회 그 자체의 본질과 양상과 그 속에서의 행동의 가능성에 대한 본격적인 성찰에는 미치지 못"(해설, 319쪽)했다고 아쉬움을 표하는 것은 이러한 결말 때문이다. 그러나 "행동의 가능성에 대한 본격적인 성찰"이 미흡해서가 아니라 가부장적 법 바깥의 삶이 여성 주체를 허용하지 않기 때문이라고 보아야 할 것이다. 강현회는 살아남기 위해 자기 주체를 버리고 가부장제 사회의 일원이 되는 것을 선택했다. 그러나 그녀가 가부장제의 법 안으로 온전히 편입될 수 있을지는 미지수다. 여성인물들이 보여준 히스테리 혹은 광기는 여성의 몸이 아버지의 법망에 완전히 포괄되지 않는 무의식적 욕망의 통로이기 때문이다. 여자들의 몸속에는 이런 남성 중심적인 이미지와 의미 속으로 지양되지 못하는 이질적인 힘들 역시 존재하기 때문에 늘상 불안의 징후를 드러운다.

5. 결론

전쟁미망인이 문제적인 것은 이들이 경계를 넘나드는 존재이기 때문이다. 당대 사회는 미망인을 전쟁의 기념비, 전통의 표상으로 위치시켜 놓음으로써 전후 한국인들의 심리적 공간 표지물이 되기를 바랐다. 그러나 미망인은 이러한 사회적 규범에 반항하듯 규범과 충돌하며 문제적이고도 위험한 인물로 담론의 그물망에 포획된다. 여성에게 고용의 기회와 경제 활동이 차단된 사회적 조건 때문에 미망인들은 생계를 위해 언제든 매춘에 나설 수 있는 '잠재적 매춘부'로 인식되었다. 이 때문에 미망인들은 전통적 가족 구조의 해체, 어머니 중심의 '일탈된 가족 형태'의 확산을 가져오는 경제적 사회적 불안요소로 인식되었다.

1950년대라는 격동의 시기에 육체가 근대화(서구화)의 위험을 호소하는 한편으로 근대 국가의 가부장적 이념과 질서를 공고히 하는 지리적 공간 표시물로 작동하는 과정에서 전쟁미망인(戰爭未亡人)이 대중 소설의 문제적 인물로 가시화된다. 전후의 대중소설은 근대화에 따른 사회적 충격을 가시화하고 그 해결책을 찾는 공론장의 성격을 띠었는데, 전쟁미망인은 여대생, 양공주와 함께 사회적 무질서의 표상인 '아프레 걸(아프레 게르, 戰後派 여성)'로 기호화되어 왔다. 특히 과잉성애화된 존재로 표상되면서 여성의 육체와 섹슈얼리티에 대한 '공포의 문화정치학'이 작동하게 된다. 전쟁미망인을 성적 존재로 가시화하는 재현물은 이들에게 사회가 부여한 희생자, 탈성화된 어머니로서의 규율을 깨뜨리며 미망인을 욕망을 가진 인간적 존재로 가시화함으로써 성욕의 민주주의를 획득하는 데 기여할 수 있다.

그러나 미망인이 등장하는 소설의 상당수는 미망인의 생계문제보다는 욕망의 문제에 초점을 둠으로써 당대 미망인의 서 있는 실제적 고민, 인간적 고뇌를 온전하고도 공정하게 담아내지 못했다. 다른 한편으로 여성작가들의 문단진출이 활발해지면서 몸은 세계 안에 놓여 있는 수동적인 존재가 아니라 현재의 상황에 구속되면서도 동시에 그 상황을 초월하는 자유의 가능성도 암시된다. <표류도>는 전쟁미망인의 육체를 계도와 처벌의 대상으로 무력하게 위치 지어진 수동성이 아니라, 가부장제를 공격하고 해체하는 히스테리의 언어로 재발견한다. 즉 가부장제의 규율이 각인되고 실천되는 '수동성'이 아니라 위법과 이탈, 반역과 탈주의 에네르기가 가득한 전복의 장으로서 스스로를 드러낸다.

1950년대 박경리 소설의 '근대'와 '여성'

전쟁미망인과 지식인 여성을 중심으로

허연실

1. '전쟁미망인'에 대한 이의 제기

전쟁체험과 기억 혹은 전쟁 이후의 현실을 직간접적으로 다루고 있는 작품을 '전후소설'이라 한다면, 전후소설에 대한 논의는 근본적으로 전쟁이 일어난 1950년대 초반과의 연대기적 연관성에서부터 비롯된다. 전쟁이라는 거대한 역사적 사건이 준 상처가 얼마나 깊은지, 상처로 인한 증상에는 어떠한 것들이 있는지, 그 치유의 과정이나 방법은 무엇인지가 전반적인 논의의 대상이 된다. 그런 면에서 박경리의 1950년대 작품들은 대부분 '박경리만의 독특한 여성 캐릭터가 보여주는 전후 현실에 관한 이야기'로 일관된다. 이 작품들이, 자기 세계가 확고한 여성 인물들이 등장하고 전후 사회에 대한 그들의 지적인 성찰이 주를 이루는 작품들이라는 데는 이론의 여지가 없을 것이다.

그런데 이와 같이 1950년대 초반과의 연대기적 연관성에서 작품의 배경이 되는 전후 현실을 파악할 때, 자칫 간과하기 쉬운 두 가지 문제점이 있다. 하나는, 작품에 등장하는 여성 인물을 '전쟁미망인'[1]으로 호명하는 문제다.

---

1) 미망인(未亡人)은 '아직 죽지 않은 사람'이란 뜻으로, 중국에서 남편이 죽었을 때 여성을 산 채로 같이 묻는 순장 풍습에서 비롯한 말이다. 이 말은 남편을 사별한 여성 본인이 스스로를 겸양의 의미로 지칭하는 1인칭 표현이다. 무엇보다 이 용어는 '과부'처럼 '남편과의 관계' 속에서 여성을 규정하는 말이기 때문에 가부장적 사회의 시선이 내포된 용어라 할 수 있다. 이 용어가 우리나라에서 처음 사용되기 시작한 것은 일제 강점기에 일간지에 명망가의 부고를 알리는 기사에 '아무개 씨 미망인'이라고 표기하면서부터다. 이 호칭은 독립적 주체로서 여성을 인정하지 않고 죽은 자가 산 자의 지위를 결정하는 성차별적인 뜻을 갖고 있다. '전쟁미망인'은 성차별적 용어이자 전후 여성들의 지위를 드러내는 용어인 것이다. (김순영, 「1950년대 한국에서 여성과 국가」, 『1950년대 한국 노동자의 생활세계』, 한울, 2010, 397쪽, 이임하, 『전쟁미망인, 한국현대사의 침묵을 깨다』, 책과함께, 2010, 29-30쪽. 참조.)

박경리의 단편들 중 비교적 널리 알려진 <흑흑백백>, <불신시대>, <암흑시대> 등은 전후의 현실을 관통하는 작품들이다. 이 작품들에 등장하는, 전쟁으로 남편을 잃은 여성 캐릭터는 흔히 '전쟁미망인'으로 호명된다. 그러나 '전쟁미망인'이라는 호명은 그들이 현재 어떠한 현실에 처해 있고 어떤 갈등을 겪든, 그 원인을 오직 '전쟁'으로 수렴되게 하는 역할을 한다. 즉, 미망인의 현실을 전쟁이 가져다준 처참한 상처로 규정하고 그로 인한 참담한 슬픔과 고통을 어떤 방식으로 표현하고 인내하고 극복하고 있는가에 초점이 맞추어지는 것이다. 여기서 이 전쟁미망인들에게 '전쟁이 가져다준 처참한 상처'란 남편의 상실(부재) 외에는 아무것도 없다. 전쟁미망인이라는 호명은 그것 자체로 여성 캐릭터가 자신이 계급적으로 종속되어 있던 남성을 상실했음을 일깨워주는, 가부장적 사회로부터의 호명이라 할 수 있다. 이러한 호명은 인물을 가부장적 사회 안에서 한 발자국도 벗어나지 못하게 하는 역할을 한다. 그것은 이들을 일종의 무성(asexual)의 인물 혹은 탈성화(de-sexualized)된 인물로 여기는 것과 같다. 그런데 과연 이들이 살아가던 1950년대가 이러한 호명으로 여성 캐릭터를 가두기에 합당한 시대였을까.

두 번째 문제는, <벽지(僻地)>, <비는 내린다>, <회오(悔悟)의 바다>, <재귀열(再歸熱)>등 미혼 여성이 등장하는 작품에 관한 문제다. 이 작품들에서 여성 인물들의 갈등은 전쟁이 발발하기 전에 이미 시작된다. 그러나 1950년대 초반과의 연대기적 연관성으로 이 작품을 바라볼 때, 이 여성인물들의 갈등은 전쟁체험 이후 굴절되거나 소멸되어버린다. 혹은 전쟁체험 이후 전혀 다른 캐릭터로 변화하여 전후현실에 대한 상처를 극복한다는 결론을 도출하게 된다. 하지만 앞서 언급했듯, 이 여성 인물들의 갈등은 전쟁 전에 이미 시작된 갈등이다. 그것이 전쟁으로 어떻게 변화했는가에 초점이 맞춰지는 것은 문제가 되지 않지만, 마치 전쟁이라는 거대한 상처 때문에 이전의 갈등이 상대적으로 무의미해져버리고 오직 전쟁이 가져다 준 현실만이 중요하게 다루어지는 것은 바람직하지 못하다. 이들이 전쟁 전부터 가지고 있었던 그 갈등의 근원이 무엇인지에 대한 분석이 우선적으로 이루어지지 않는다면 분명 '전쟁'은 이들 작품의 의미를 1950년대 초반과의 연대기적 연관성 안에서만 파악한다는 한계로 작용하게 될 것이다.

'전쟁 미망인'과, 그들과 비슷한 처지의 미혼 여성들은 '근대적'이기 보다는 '전후적(戰後的)'이다. 기존의 1950년대 박경리 작품에 대한 연구들은 대부분 이와 같은 전후적 관점으로 여성 캐릭터를 바라보았다. 따라서 이 글에서는, 1950년대에 발표된 박경리의 중·단편 소설들을 연구 대상으로 삼되, 전쟁과의 연대기적 연관성 안에서 작품을 파악하거나 여성 인물들을 호명하는 관점은 지양하고자 한다. 그 대신, 해방과 더불어 미군정이 가져온 '근대'의 문제가 어떤 양상으로 전후의 현실에 드러나고 있는지를 살펴보고자 한다. '1950년대의 근대'라는 관점은 박경리 소설의 독특한 여성 캐릭터를 '전후적'이 아닌 '근대적'으로 다시 볼 수 있는 도구가 될 것이다.

2. 1950년대적 근대와 지식인 여성

우리 역사에서 근대와 여성의 문제를 함께 생각할 때 가장 먼저 떠오르는 것은 1920~1930년대의 '신여성'이다. 근대화 바람을 최초로 맞이한 새로운 유형의 이 여성들은 해방과 전쟁 이후 어떻게 되었을까. 신학문과 자유연애, 최신식 유행 등의 최전방에 섰던 이들이 점차 전통적 가치관에 가까운 여성으로 변모2)된 것은 일제 말기이다. 대동아전쟁으로 이른바 전시기 체제가 이루어져, 신여성들은 주체적인 여성으로서의 모습보다 남편과 아들을 전장으로 내보내는 아내와 어머니의 역할에 충실할 것을 강요받았다. 이러한 사회적 분위기 속에서 일본군 위안부로 전쟁에 동원되지 않기 위해 서둘러 결혼을 해야 했던 앳된 여학생들도 있었다. 전후의 기록3)을 살펴볼 때 이들 중 상당수가 전쟁으로 남편을 잃는다. 1950년대 박경리 작품에 등장하는 여성 인물들은 대부분 지식인이다. 이들은 갓 스물을 넘기거나 혹은 그 전에 결혼했다가 전쟁으로 남편을 잃었다. 이 여성 인물들의 전사(前史)가 '여학생'이었을 것이라고 어렵지 않게 추측할 수 있다. 다시 말하면, 박경리 작품에 등장하는 지식인 여성의 뿌리는 식민지 근대의 신여성에 가 닿는다.

식민지 근대가 일본으로부터 온 것이었다면, 1950년대의 근대는 미국으로부터 왔다. 미군정은 조선의 해방과 더불어 시작된 남북 냉전체제로 인해 남한에 주둔하게 되었으며, 그들로부터 자연스럽게 남한에 미국문화4)

---

2) '신여성'이란 이름은 전통적 여성의 여러가지 부정적 모습들을 형상화한 사회적 의식구조를 극복하고자 한 이름이다. 그러나 결국 남성들의 권력과 시선, 그들의 의식구조에 의해 가족과 모성이라는 틀 안에서만 사유하고 활동하기를 강요받았다.(허연실, 졸고, 「토지」에 나타난 근대에 관한 연구1」, 『한국문예비평연구』30, 2009.12. 참조.) 그러나 이 글에서는 여성이 자신을 하나의 독립된 인격체로 자각하기 시작하면서, 기존의 것과 다르게 부여받은 최초의 이름으로서의 '신여성'에 의미를 두고자 한다.
3) 1952년 5월 서울신문에 발표된 자료에 따르면, 같은 해 3월에 전국적으로 실시한 난민등록으로 파악된 전쟁미망인은 10만 1835명이었다. 등록되지 않은 전쟁미망인을 포함하면 최소 30만 명 이상으로 추정된다고 한다. (이임하, 앞의 책, 22쪽. 참조.)

가 도입되게 된 것이다. 이 시기에 도입된 미국문화는 주로 '양키문화'라 불리는 저속한 문화와 기독교, 미국 유학 등으로 대표되는 청교도 문화로 구분된다. 양키문화는 댄스홀, PX물품, 사창가 등 저속성과 천박함을 가져 왔고, 청교도 문화는 대학과 교회를 중심으로 중상류층에 한정되어 크리스 마스, 파티, 대학축제 등의 형식적인 형태의 문화를 가져왔다. 전후의 양키 문화는 기지촌을 중심으로 한 매춘문화를 급속도로 증가시켰다. 전쟁이 가 져온 극도의 빈곤으로 여성들이 매춘을 하게 되는 경우가 허다했기 때문 이다. 이와는 다르게 이 시기의 중상류층 여성들은 미국문화가 가져온 서 구적 주거와 의복, 패션 등에 탐닉하며 부를 과시하기도 했다.

남편을 잃은 빈곤층 여성은 생계를 책임지기 위해 스스로의 몸을 수단 으로 삼았던 반면, 과거 '여학생'의 신분이었던 중상류층의 여성들은 그들 의 지적 능력을 이용해 또 다른 지식을 습득하고 그것을 수단으로 삼아 새로운 직업(미용, 양재 등)을 갖게 되었다. 여성의 지식이란 신여성 등장 시기에서도 그랬듯이, 여성의 계급을 결정하는 중요한 요소로 작용했던 것 이다.

지식의 소유 여부가 이들의 계급을 양극단으로 나누었지만, 이들의 공 통점은 며느리, 아내, 어머니의 역할에서 벗어나 사회인의 역할을 수행하게 되었다는 것에 있다. 이러한 사회활동은 식민지 근대의 신여성들이 남성 (주로 아버지나 남편)의 경제력에 힘입어 지식을 소유하고 신문화를 향유 했던 것과 상당히 차이가 있다. 생존의 절박함에서 비롯된 경제활동이든, 자발적으로 시작하게 된 경제활동이든 이들의 사회적 진출은 남성으로부

---

4) 김경일, 『한국의 근대와 근대성』, 백산서당, 2003, 173-178쪽. 참조.

터의 경제적 독립을 이루었던 것이다. 그렇다고 해서 이들이 완전히 독립된 인격체가 되었던 것은 아니지만, 여성의 인간된 권리를 주장하는 근본적이고 존재론적인 질문5)이 이 시기에서 비롯된 것은 의미심장하다.

그렇다면 여성 인물이 대부분 지식인인 박경리의 작품에서 그들은 어떻게 호명되어야 하는가. 식민지 근대의 신여성에 뿌리를 둔 1950년대 지식인 여성들은 최소한 그들의 여성으로서의 주체를 드러내는 이름을 가질 이유가 있다. 그것이 사회에 아직 견고하게 남아있는 가부장 체제 안에서 그 힘을 제대로 발휘하지 못할지라도, 전쟁으로 인한 상처를 받은 존재라는 '대상'으로서의 이름으로는 이 시기 지식인 여성의 의미를 파악할 수 없다. 이는 물론, 이들의 긍정적이고 부정적인 의미 모두를 포함한다. 식민지 근대의 신여성이 1950년대적 근대에 이르러 전쟁미망인으로 호명된 것은 많은 것을 함축한다. 박경리의 작품은 여성이 전쟁미망인으로 불리는 당대 현실에 대한 적나라한 장이 되기도 하며, 새로운 이름을 가지고자 하는 여성들의 욕구를 표현하는 장이 되기도 한다. 이러한 모습이 박경리의 작품에서 어떻게 드러나고 있는지 다음 장에서 살펴보도록 하겠다.

3. 빈곤의 표상과 '여성-몸'

1950년대에 직업을 구하는 여성은 크게 두 가지 유형6)으로 나뉜다. 생

---

5) 김현선, 「1950년대 '직업여성'에 대한 사회 담론과 실제」, 『1950년대 한국 노동자의 생활세계』, 한울, 2010, 306-308쪽. 참조.
6) 김현선, 위의 글, 330쪽. 참조.

존의 절박함 때문에 어쩔 수 없이 경제 활동을 해야 했던 여성과 자발적으로 직업에 대한 욕구를 가지고 있었던 여성이다. 첫 번째 유형의 여성들은 대부분 전쟁 전에 교육을 받아보지 못했던 여성들이었으며 무엇이든 생계를 해결할 수 있는 것이라면 닥치는 대로 해야 했다. 두 번째 유형의 여성들은 최소한 초등교육은 마친 여성들에게 볼 수 있는 형태로 전후에도 본인이 꼭 경제활동을 해야 할 만큼 절박한 상황이 아닌 경우에 해당한다.

박경리의 1950년대 작품에 등장하는 여성 인물들을 이 두 가지 유형에 꼭 맞게 나눌 수는 없다. 다만, 이 유형과 비교했을 때 박경리의 여성 인물들이 사회사적으로 어떤 지점에 속하거나 어떤 변별력을 가지고 있는가 하는 것 등을 검토할 수 있을 것이다. 이런 점에서 이 장에서 살펴볼 <흑흑백백>과 <전도>의 여성인물은 '생계형 경제활동을 하는 지식인 여성'이라 말할 수 있다.

우선, <흑흑백백>에는 경제활동을 하는 두 여성 혜숙과 영민이 등장한다. 이 작품의 중심인물인 혜숙은 전쟁 때 남편이 폭사한 뒤, 어머니와 딸과 함께 살아가고 있는 인물이다. 미혼인 영민은 부양가족에 대한 의무감이 없어 경제적으로 혜숙보다 여유가 있다. 그러나 먼저 직장을 그만둔 것은 영민이 아니라 혜숙이다. 직장 상사에게 '향락의 대상'으로 보인 것이 분해 더 이상 다닐 수가 없었기 때문이다. "혜숙은 이렇게 궁해져도 도무지 기질만은 옛날과 같이 변하지 않는다."[7]에서 드러나듯, 그녀가 궁핍한 현실보다 더욱 중요하게 여기는 것은 인간으로서의 자존감이다. 여성이 남성적

---

7) 박경리, <흑흑백백>, 『불신시대』, 동민문화사, 1967. 68쪽.

시선에 의해 억압받고 성적 대상으로 치부되는 것은 너무나도 고질적이고 견고한 가부장 체제의 질서다. 전쟁으로 인해 사회의 공적 영역으로 진입할 수밖에 없었던 여성들은 이 남성적 시선을 노골적으로 받게 되었음을 의미하는 것과 같다. 그러므로 아무리 지식인 여성이라 하더라도 직장 내에서 '향락의 대상'이 되는 것은 그 당시 사회 풍토에서 흔하디흔한 일이었을 것이다. 영민이 애인인 태호와의 관계에서 보여주는 갈등도 이러한 가부장 체제에서의 여성의 입장을 여실히 보여준다.

남성들의 성규범은 가부장 체제 안에서 여성들에게 계급적 우위를 차지하고 있을 뿐만 아니라, 이중적이라는 데에도 문제가 있다. 혜숙을 교사로 채용해줄 것을 부탁받은 학교의 교장은 혜숙과 똑같은 옷차림을 한 여성이 임신 문제로 남성과 싸우는 장면을 목격한 것을 기억해내고, 그 여성이 혜숙이라고 판단하여 교사 채용을 거부한다. 그러나 정작 교장 자신은 아내가 있으면서도 유부녀와 불륜을 저지르는 생활을 일삼아온 지 오래다.

이 작품에서 혜숙이 남성들의 노골적인 시선으로 갈등을 일으키는 장면은 세 번 등장한다. 첫 번째가 직장 상사에게 '향락의 대상'으로 여겨진 것을 떠올리는 장면이라면, 두 번째는 남편의 친구인 현 선생에게 교사 채용 부탁을 할 때이다. 현 선생은 죽은 친구의 아내인 혜숙을 정중하게 대하면서도 남성으로서의 성적 욕망을 감추지 않는다. 그에 대해 혜숙은 "치욕과 패배의 감정"이라고 표현한다. 세 번째는 마지막에 교장에게서 받는 시선이다. 그것은 '전쟁미망인'의 성적 문란에 대하여 '바람난 과부'라고 단호하게 평가를 내리는 시선이다.

이와 같이 생계형 경제활동을 해야 하는 여성들은 일차적으로 그들의 여성으로서의 '몸'이 빈곤의 표상이 되어, 향락의 대상이 되거나 엄격한 성 규범의 틀 안에 놓이게 된다는 것을 알 수 있다. 혜숙이 마지막 교장의 시선에 대하여 언급하는 부분은 작품에 드러나지 않지만, 직장에서와 현 선생에게서 받았던 시선에 대해 그녀는 '분함', '치욕', '패배' 등과 같이 부정적 감정을 표현한다.

1950년대 한국 사회는 미국문화에 의해 성과 연애에 관한 자유분방한 분위기가 퍼져나가던 시기이다. 빈곤으로 인한 매춘 여성이 급증하면서 퇴폐적인 성문화도 범람했다. 이와 같은 문화적 현상은 전통적인 성 규범을 오히려 더 견고하게 만드는 작용을 한다. 더군다나 수많은 가정의 남성들이 부재하는 상황에서, 가부장 체제를 기반으로 하는 국가의 질서는 흔들릴 수밖에 없다. 이러한 불안함이 여성들에게, 특히 남편을 잃은 여성들에게 '정조' 혹은 '일부종사'와 같이 엄격한 성 규범을 더욱 강요하게 만든 것이다.

그러나 박경리 작품에 등장하는 지식인 여성들은 그러한 전통적 성규범에 더 이상 순종하지 않는다. 자존감을 지키기 위해 생계가 막막하면서도 사표를 내고 직장을 그만둔 혜숙의 행동은 이 시대에서 여성으로서 할 수 있는 유일한 저항의 표현이었을 것이다. 회사원, 혹은 교사라는 직업은 혜숙이 지식인으로서 빈곤을 해결할 수 있는 계급으로 한 단계 상승함을 의미하지만, 그것이 인간으로서의 자존감을 지켜주는 도구가 되지는 못한다. 지식인 여성의 빈곤함은 지식인이 아닌 여성의 빈곤함과 마찬가지로 '여성-몸'의 표상이 되게 하는 것이다.

'지식'이 어떻게 여성의 계급을 형성하기도 하고 무용지물이 되게 하기도 하는지는 <전도>에서 더욱 잘 드러난다. 이 작품의 중심인물 숙혜는 10년 전, 대동아전쟁 말기에 18살의 나이로 결혼한 인물이다. 정신대로 끌려갈지도 모른다는 불안함 때문에 서둘러 한 결혼에 숙혜는 동화될 수 없었고 생활을 외면하는 대신 책에 파고들었다. 그러던 중 딸의 피아노를 가르치러 온 음악교사 강순명와 사랑에 빠진다. 숙혜는 그 사랑에 모든 것을 걸고 단호히 이혼을 선언하지만 강순명의 모호한 태도로 깊은 상처만 받은 채 연애는 종결된다. 이혼한 숙혜는 서울로 올라와 은행에 근무하면서 경제적인 독립을 이룬다. 숙혜가 세 들어 살고 있는 주인집 여자는 은행에 다니는 지식인 여성 숙혜를 '김선생'이라고 부른다. 그러나 숙혜가 은행에 사표를 던지고 집에서 책이나 읽으며 소일거리를 하자 이내 호칭이 '김 씨'로 바뀌더니 급기야는 자신의 가내공장 일에 숙혜를 끌어들여 이들 사이엔 일종의 주종관계가 성립되기에 이른다. 하지만 숙혜는 가내공장 일을 그만둘 수가 없다. '빵'을 보장받아야 하기 때문이다. 이와 같은 숙혜의 태도는 자신의 과거를 알고 있는 직장 동료가 조롱의 시선을 보내자 가차없이 사표를 던지는 것과 매우 대조된다. "빵의 보장을 받지 않는 한에 있어서는 나는 누구에게도 경멸을 당하고 또 모욕을 받아야 할 이유는 없는 것이다."[8]라고 말하지만 가내 공장에서는 그 '빵' 때문에 주인 여자로부터 경멸을 당하고 그것을 견뎌내기 때문이다.

지식인이라는 숙혜의 신분은 숙혜에게 '빵'을 보장해주는 기회를 제공하지만, '빵'의 보장이 목적이 되는 주인 여자와의 관계에서는 오히려 지식인이라는 신분은 무용지물이 되고 만다는 것을 알 수 있다. 빵을 보장받지

---

8) 박경리, <전도>, 『환상의 시기』, 나남, 44쪽.

70

못하는 여성의 신분은 단지 남성 혹은 주종관계에 종속되는 약자의 계급으로 하락해, 결국에는 주인 남자에게 강간을 당하는 처지에 놓이게 되는 것이다. 빈곤으로 인하여 '여성-몸'의 표상이 되는 순간이다.

<흑흑백백>과 <전도>에서 여성 인물들의 지식인이라는 신분은 이들이 비교적 권위 있는 직업을 가질 수 있도록 돕는 수단이 된다. 그러나 이들이 '빵'을 보장받기 위한 생계형 노동자에 불과하다는 사실이 드러나면 이들은 곧 여성-몸의 표상이 되어버리고 만다. 지식인이라는 신분을 상실한, '여성(지식인)'에서 '여성-몸'으로의 변화이다. 이와 같은 빈곤의 표상으로서의 '여성-몸'은 1950년대의 근대에서, 빈곤에서 벗어나기 위해 성매매를 일삼던 사회의 분위기와 맞물린다. 1950년대의 지식인 여성들은 비록 자신들의 지식인으로서의 신분과, 독립된 인격체로서의 자존감을 지니고 있으면서도 '돈'과 '성애'가 결부되는 1950년대적 근대의 자장 안에서는 '여성-몸'의 표상으로 전락할 수밖에 없음을 잘 보여주고 있다.

4. 낭만적 사랑과 '여성(지식인)-섹슈얼리티'

전쟁으로 남편을 잃은 여성이 생계형 경제활동을 통해 가족을 책임지는 위치에 놓이는 작품들 외에, 미혼 지식인 여성이 등장하는 작품에서의 인물들은 빈곤과 거리가 멀다. 1950년대에, 미혼이어도 가족 구성원을 책임져야 하는 가장의 위치에 처한 사람들이 상당수였던 것을 생각해본다면, 빈곤과 거리가 먼 미혼 지식인 여성들의 위치는 그들의 지식인이라는 신분으로 인해 결정지어진 것처럼 보인다. 여성으로서, 여학교를 거쳐 대학에 입학했다는 것은 당시의 시대적 상황에 미루어볼 때 부모 세대의 부를 의미한다. 전쟁 전부터 빈곤과 거리가 멀었고, 전후에도 여전히 지식인으로서의 위치에서 빈곤을 경험하지 않는 인물들이 작품 내에서 겪는 갈등은 앞 장에서 다룬 갈등과 사뭇 다르다.

빈곤의 표상으로서의 '여성-몸'은 가부장 체제 안에서의 남성성과 여성성을 전제로 한 생물학적 성 혹은 사회학적 성을 뜻한다. 태어날 때부터 결정되는 생물학적 성과 가부장 안에서 성차화된 사회학적 성은 근본적으로 크게 다르지 않다. 1950년대의 사회 문화에서 '여성으로서 존재하는 것'은 너무도 계급적인 의미였기 때문이다. 특히 자신이 소유한 지식이 '돈'과 관련한 어떠한 이득도 주지 않을 때, 그 지식은 무용지물이 되어 마치 아무 것도 소유하지 않고 다만 대상으로서의 '몸'만을 소유한 여성으로 전락함을 이미 살펴보았다. 그런데 이 장에서 다룰 작품인 <회오의 바다>와 <벽지>의 경우, 여성인물들의 여성성은 남성성에 종속되는 계급적 의미에서 벗어나 있다.

우선, <회오의 바다>의 병숙을 살펴보면, "서울의 일급(一級)에 속하는 대학의 우수한 학생이었던 그는 다만 싱거워졌다는 말 한마디를 남긴 채 학업을 중단하고 내려온 여자"[9]이다. 이 마을 'H국민학교'는 학교를 육군병원으로 내주고 천막을 교실 삼아 아이들을 가르치고 있다. 교사들은 이 마을 신흥부호인 유도수의 집 이층을 교무실로 사용한다. 유도수의 며느리는 병숙의 친구 상혜이다. 두 여성은 Y시 여학교 동창이다. 상혜는 남편이

---

9) 박경리, <회오의 바다>, 『불신시대』, 동민문화사, 1963, 89쪽. 같은 작품을 다룰 경우에는 쪽수만 표기하기로 한다.

일본에서 다른 여자와 살림을 사느라 돌아오지 않아도, 여전히 "팔난봉 같은 남편에게, 그리고 정물과 같이 파동없는 생활"(95쪽)에 많은 미련을 갖고 있는 인물이다. 반면, 병숙은 손 한 번 잡아보지 못할 정도로 자신을 귀중하게 여겨온 약혼자 강영호를 저버리고 H국민학교 교사 김우성과 결혼한다. 김우성과 병숙의 관계는 상혜와 상혜 남편과의 계급적인 관계하고는 거리가 멀다. 이들의 관계는 흔히 말하는 젠더(gender)적 관점으로 이해하기에는 부족한 부분이 있다. 우성은 자신보다 학벌이 높고 그것 때문에 더욱 오만해 보이는 병숙을 흠모하는 태도를 보인다. 심지어 병숙에게 열등감과 패배의식을 느끼기도 하지만 그것이 병숙에 대한 애정에 걸림돌이 되지는 않는다. 그는 병숙을 알기 전에 호의 이상의 감정을 가졌던 동료 교사 윤경애와의 관계를 완전히 단절하고 모든 관심을 병숙에게 쏟는다. 이들의 관계를 더욱 진전시킨 인물은 우성이 아닌 병숙이다.

> 병숙은 해변길을 거쳐서 골목길로 접어 들어갔다. 흰 바탕에 검은 선이 세로(縱)로 그어진 원피스의 뒷모습이 어둠을 헤친다. 몸을 좌우로 흔들며 발을 띠어 놓을 적마다 날씬한 종아리와 양팔이 뽀얗게 어둠속에 피어난다. 풀냄새와도 같은 싱싱한 체취가 엷게 감돈다. (중략)
> 무엇인지 골똘히 생각에 잠겨서 걸어오던 병숙이는 가까이에 서 있는 우성을 발견하자 약간 놀라움을 띠우며 뒤로 한 발 물러선다. 그러나 그는 이내 얕잡은 듯 비웃는 듯 또는 묵살하는 듯한 미소를 머금는 것이었다. 뿐만 아니라 젊은 여자를 밤길에서 기다리고 있었음이 분명한 우성의 행동에 대하여 조금도 노하는 빛이 없었다. 정중하게 고개를 숙인다. 그것은 자모님들이 선생을 대했을 때에 취하는 태도였다. 병숙은 그렇게 능숙하게 분위기를 조성하는 것이었다.(96쪽)

앞의 인용문에 드러나듯이 병숙은 여성으로서 남성에게 계급적으로 종속되어 있지 않으며, 대등하거나 우월한 위치에 놓여있다. 이와 같은 관계에서 병숙이 보여주는 성적 매력은 남성의 대상으로서가 아닌 주체로서의 매력이다. 사회 문화적인 관계 안에서 남성성과 여성성을 파악하는 젠더적 관점으로 이들의 관계를 파악한다면, 병숙의 결말은 자신의 성적 매력을 남성인 우성에게 종속시키는 것이다. 그러나 이들의 관계는 처음부터 기존의 남성과 여성의 계급 관계를 전복시키면서 시작되었다. 이 인물들에게는 당대의 사회 문화적 관점에서 여전히 유효했던 가부장 체제의 권력이 작용하지 않는다. 이 작품에서 병숙의 갈등은 남성과 여성의 관계 차원이 아니라 '사랑'이라는 인간의 감정 자체에 있다. 병숙은 약혼자였던 영호와의 관계를 파기하고 우성과 결혼한다. 하지만 결혼 제도 안에 진입한 후에도 여전히 병숙의 갈등은 계속 된다. 그것은 마치 사회가 제시한 젠더적인 성 역할을 거부하고 지식인의 입장에서 사랑이라는 주제에 지적으로 탐닉하는 듯한 모습을 보여준다. 이와 같이 볼 때, 이 작품에서 인물들의 관계는 젠더가 아닌 '섹슈얼리티(sexuality)'[10]로 파악하는 것이 더 합당하다. 가부장 체제에서 남성에게 종속되는 여성의 계급을 지워버리고, 온전히 한 개인으로서 독립적인 여성과 남성으로 이들의 관계를 파악할 때, 이들이 작품 내

---

10) '섹슈얼리티(sexuality)'란 섹스(sex)와 젠더(gender)의 이분법 대신 등장한 용어이다. 이 용어는 성욕, 성정체성 및 성적 실천을 의미하는 것으로 성적 감정과 성관계를 모두 포괄하는 개념이다. 이 용어는 성이 생물학적 성과 사회적 성 뿐만 아니라 계급, 인종, 연령, 성적 지향, 규범, 제도 등에 따라서 다양하게 구성된다는 점을 강조한다. 이 용어는 성욕, 성정체성 및 성적 실천을 의미하는 것으로 성적 감정과 성관계를 모두 포괄하는 개념이다(현민, 「섹슈얼리티 : 이성애주의와 퀴어정치학」, 『문화정치학의 영토들』, 그린비, 2007, 417쪽. 참조).

에서 보여주는 갈등의 의미 또한 가부장 체제의 바깥에서 논할 수 있을 것이다.

사랑에 대한 지적인 탐닉은, 기존의 연구들에서 전후의 피폐한 현실을 내면화한 방식이라고 주로 논의되었다. 그런데 아무리 전후의 현실이 궁핍하고 지난하다 할지라도 사랑이란 인간의 감정은 일상적인 것이다. 전쟁 중에도 시장이 열리고 생활이 이어지듯이 사랑에 대한 갈등 또한 계속된다. 더구나 빈곤과 거리가 먼 지식인 여성 인물들에게 사랑에 대한 지적 탐닉은 당대의 청춘들에게 당연한 주제다. 그것은 전후의 현실을 극복하거나 그것을 내면화하는 대안적인 방식이 아니라, 사랑에 대해 지식인 특유의 지적 탐닉을 보여주는 '낭만성'이라 할 수 있다. 감성적이거나 육체적 탐닉이 아닌, 지적 탐닉이라는 지점 또한 박경리 작품의 여성 인물 특유의 것이다.

이와 같은 '여성(지식인)-섹슈얼리티'는 <벽지>에서도 살펴볼 수 있다. 대학에서 가사과를 전공한 혜인은 여학교 선생으로 근무하다가 전쟁 이후 아버지의 유산을 정리해 명동에 양장점을 낸다. 대학시절 언니 숙인의 애인이었던 병구를 우연히 다시 만나면서 혜인은 병구에 대한 자신의 감정을 매우 지적으로 통찰하는 모습을 보인다. 병구에 대한 혜인의 감정은 대학시절부터 간직해온 것이었다. 코뮤니스트를 따라 월북한 언니, 그로 인한 배신감에 폐인과 같은 생활을 하고 있는 병구와의 사이에서 혜인은 어떤 능동적인 행동도 하지 않는다. 이와 같은 혜인의 태도는 사랑이라는 감정을 남성과 여성의 관계로 파악할 때 여성이 남성에게 종속되고 수동적인 입장에 놓이게 되는 것과 일치하는 듯이 보이기도 한다. 때문에 이 작품의 결말에서 혜인이 모든 것을 버리고 파리로 떠나는 장면은 남성의 온전한 사랑을 얻지 못한 데서 상처를 받은 여성으로 파악될 가능성이 높다.

그러나 혜인은 병구와의 사랑에서 수동적인 입장에 존재했던 것이 결코 아니다. 파리에서 공부하던 사촌 영화의 편지에서 혜인은 자존심 때문에 연애를 못할 거라는 대목이 나오는데, 이 '자존심'은 박경리 작품의 여성 인물들에게서 공통적으로 찾아볼 수 있다. 이에 대해 자기 세계가 확고하며 여성 혹은 인간으로서의 자존감을 어떠한 상황에서도 지키고자 하는 인물이라는 평가가 대부분이다. 전후 현실과 같은 외적 요소와 갈등을 일으킬 때는 어느 정도 유효한 평가이지만, '사랑'이라는 인물의 사적이고 내면적인 갈등을 분석할 때는 '자존심' 혹은 '자존감', '자기 세계'와 같은 용어만으로는 부족하다. 앞서 언급했듯이, 사랑을 사회 문화적 관습으로 파악하는 여성 인물들이 아니기 때문이다. 이 작품에서 혜인은 바로 이러한, 관습으로 파악하는 사랑의 관계에 대해 다음과 같이 말하기도 한다.

> 어느 골목 모퉁이를 막 돌아나오자 희미한 불빛 속에 고깃간이 혜인의 시야 속에 들어왔다. 벌건 고기와 죽은 돼지가 걸려 있었다. 혜인에게 갑자기 형용할 수 없는 무서움이 등골에 쭉 끼친다. 분명히 그곳은 시체실이었다.(중략)
> '저러한 끔찍한... 생각해 보면 끔찍한 일이 아닌가, 그 끔찍한 살육이 인간의 생리적 욕구를 합리화시킨 사회풍습에 의하여 행하여지고 있다. 식인종의 식인하는 것과 뭐가 다르단 말인가. 풍습이 한 짓이지, 그래 풍습이면 연애감정도 기계화되는 거야.'[11]

---

11) 박경리, <벽지>, 『환상의 시기』, 나남, 328-329쪽.

정육점에 내걸린 고깃덩어리처럼, 기계화된 연애감정은 끔찍한 합리화에 불과하다는 위와 같은 발언은 사랑이라는 감정을 남성과 여성의 관계 안에서 파악할 때의 문제점에 대해서 간파하고 있다고 볼 수 있다. 그것은 성이 사회적으로 구성된다는 젠더적 관점에서 이미 벗어나 있다. 혜인은 사회적으로 구성된 성적 정체감과 무관하게, 완전히 독립된 개인 대 개인으로 만나는 사랑을 갈구하고 있는 것이다. 이미 결혼해 아내와 아이까지 있다고 무심히 말하는 병구를 보며 혜인은 그것이 사실이 아니라고 할지라도, 풍습에 의해 본질이 망각되고 제도화 되는 사랑의 참담함과 폭력성을 '정육점에 내걸린 고깃덩어리'로 비유하고 있다. 지젝(S.Zizek)[12]에 의하면, 보편성을 명백히 내세우는 윤리일수록 근원적으로는 더 난폭하게 타자를 배제한다고 한다. 정육점에 내걸린 고기가 어떤 과정을 거쳐 그곳에 전시되었는지를 모두 알고 있다면 누구도 육식을 마음 편하게 할 수 없을 것이다. 다만, 그런 과정을 어떻게든 망각할 줄 아는 사람만이 육식을 할 수 있고, 육식을 하는 대부분의 사람들이 이 망각에 의존한다. 이와 마찬가지로 풍습에 의해 기계화된 감정(이 글에서는 젠더적 관점 안에서 남성에게 종속되는 여성을 뜻한다)을 모른척하거나 망각할 줄 아는 여성만이 무사히 가부장 체제의 질서 안에 진입하여 그 질서에 대한 질문 없이 생활을 영위할 수 있는 것이다.

혜인의 '벽지(僻地)'는 그러므로 사랑에 상처를 입은 인물이 도피한 장소가 아니다. 그는 사회적 관점과 외따로 떨어진 자신만의 규범을 가지고 있는 인물이다. 그 규범 안에서 사랑이란, 완전히 독립된 하나의 인격체를 가진

---

12) 슬라보예 지젝, 『폭력이란 무엇인가』, 난장이, 2011, 89-92쪽. 참조.

두 개인들만이 이룰 수 있는 가치이다. 때문에 벽지는 도피처가 아닌, 그러한 사랑을 꿈꾸기 위해 마련된 장소라고 볼 수 있다.

여성(지식인)-섹슈얼리티에서 보여주는 인물들의 사랑에 대한 지적 성찰은 그들의 사랑이 사랑 자체에 탐닉하는 낭만적인 사랑이라는 것을 보여준다. 젠더적 관점에서 벗어나 오히려 그것을 비판하는 입장에 서기도 한다는 지점에서 이 여성 인물들의 여성으로서의 섹슈얼리티는 매우 긍정적으로 사용되고 있다. 1950년대에 너무도 견고히, 게다가 당대의 국가 재건 움직임으로 더욱더 견고해진 가부장 체제 안에서 이와 같은 긍정적인 섹슈얼리티의 사용은 매우 드문 예가 될 것이다. 가부장 체제란 여성의 섹슈얼리티에 매우 폭력적인 것이 될 수밖에 없기 때문이다. 이와 같은 여성 인물의 긍정적인 섹슈얼리티는 박경리의 작품의 여성 인물을 매우 독특하게 형상화하고 있다. 그들의 우울이나 불안, 신경증과 같은 '전후'의 징후적 양상들은 이런 점에서, 1950년대적 근대 안에서의 '여성(지식인)-섹슈얼리티'가 드러나는 징후적 양상으로 새롭게 해석될 수 있을 것이다.

5. 가부장 체제와 '여성-순결'

인간으로서의 다양한 욕망을 주체적으로 인식하고 그것에 대해 생각할 여지가 있다는 것은, 이 시대의 여성들이 오로지 전통적인 가부장제의 규범과 틀 안에서 희생적인 삶을 살았다고만 단정할 수 없는 징후[13]이다.

---

13) 김현선, 앞의 글. 343쪽.

그러나 1950년대는 전쟁으로 파괴된 질서를 전쟁 이전으로 되돌리기 위해 부단히 노력했던 시대이기도 하다. 가족 내의 남성의 부재는 가부장 체제의 질서뿐만 아니라 국가 체제의 기반을 흔드는 것이기도 했다. 때문에 이러한 틈새를 뚫고 여성의 주체성을 형성하려는 시도들은 단호히 거부되었다. 서구(미국) 문화의 도입으로 여성의 지위가 과거보다 높아진 것은 사실이지만, 그것은 어디까지나 가부장 체제라는 틀 안에서만 허용되는 것이었다. 경제적 궁핍을 겪지 않는 가정에서 여성이 자발적으로 사회에 진출하는 것은 일차적으로 가족의 남성 연장자(남편을 상실한 상황에서 주로 시아버지나 친정아버지)의 반대에 부딪쳐야 했다.

가부장 체제의 질서를 더욱 굳건히 하는 노력은 <국가=남성=가부장>의 구도에서 그들의 권력을 절대화한다. '전쟁미망인'이라는 용어는 이와 같은 국가 차원에서 관리되던 용어이다. 언어가 내포하는 권력이 어느 정도인지 짐작할 수 있게 해주는 부분이다. 이 시대에 전쟁미망인을 돕기 위한 국가 보호 시설의 대표적인 것으로 <모자원>14)을 들 수 있는데 여성의 섹슈얼리티를 모자관계로만 파악한다는 점에서 다분히 폭력적이라 할 수 있다. 더군다나 모자원 수용 대상자들은 보호, 교육, 지도가 필요한 열등한 시민으로 인식되고 있었다.

이와 같은 국가적 차원의 관리는 여성에게 가족의 생계를 책임지는 역할을 부여하면서도 섹슈얼리티를 인정하지 않는 '무성(asexual)'의 존재로 만들었다. 섹슈얼리티가 육체적 본질이 아니라 역사적 산물이자 구체적 관계

---

14) 김순영, 「1950년대 한국에서 여성과 국가」, 『1950년대 한국 노동자의 생활세계』, 한울, 2010, 416쪽.

의 산물이라고 할 때, 전쟁에 의해 구성된 섹슈얼리티에는 전쟁의 성격이 함축될 수밖에 없다. 한국사회에서 위계적 젠더관계는 무성적인 여성의 섹슈얼리티와 성욕이 넘치는 남성의 섹슈얼리티라는 양가적이고 이중적인 규정이 한국의 공식적인 성문화로 자리 잡고 있음[15]을 드러낸다. 이렇게 되면 남편 없는 여성들의 섹슈얼리티는 그들의 애정관계와 재혼문제를 '문란한 것'으로 파악하고 사회의 비난의 대상이 되기에 이르는 것이다.

이와 같은 사회 현실 속에서 1950년대의 여성들은 마치 일제 말기의 여성들처럼 모성을 강요받고 오로지 가부장 사회 안에서의 순결한 어머니로만 머무를 것을 강요받았다. 박경리의 작품들 중 앞에서 다룬 <흑흑백백>의 경우 여성 인물이 남성들의 권력적 시선 안에 놓이는 근본적인 원인은 여기에 있다.

박경리의 1950년대 작품 중 중편에 해당하는 <재귀열>에서는 남성적 사회의 폭력에 시달리는 두 여성이 등장한다. 자신의 일방적인 사랑을 송우에게 강요하며 강간, 납치, 폭행을 일삼는 서상철은 여성의 섹슈얼리티를 하나의 대상으로만 파악하는 전형적인 가부장 사회의 남성의 모습이다. 친구가 학도병으로 나가며 부탁한 여성(송우의 언니 난우)을 강간하여 자신의 아내로 삼은 문성환은 서상철과 이름만 다른 동일 인물이라 해도 과언이 아니다. 송우와 난우 자매가 이렇게 폭력적인 관계에서 받은 상처를 회복한 것은 하영민과 김상훈이라는 또다른 유형의 남성들의 사랑 때문이다. 서상철과 문성환이 철저한 가부장 사회에서의 남성의 역할처럼 이 여성들

---

15) 양현아, 「증언과 역사쓰기」, 『근대를 다시 읽는다 2』, 역사비평사, 2006. 423~424쪽. 참조.

에게 육체적이고 정신적인 순결을 요구한 것이라면, 하영민과 김상훈은 바로 그러한 관계 속에서 받은 두 여성의 상처를 치료하는 역할을 한다. 두 남성에게 자신의 상처를 모두 드러내고 한편으로는 성적으로 자신의 몸을 방기하는 모습을 보여주면서도 변하지 않는 애정을 확인한 두 여성은 그들에게 찾아온 새로운 사랑을 거부하지 않는다. 이 작품에서는 기존의 작품들에서 여성의 불안과 우울을 드러내고 그것으로 인한 자살 혹은 살해 등으로 끝을 맺는 것과 다르게, 폭력적인 남성성을 보여주는 서상철이 자살하는 것으로 끝을 맺는다. 이런 점에서 이 작품이 전쟁으로 인한 상처를 사랑으로 극복한다는 해석을 내릴 수도 있을 것이다. 그러나 그보다 먼저, 이 작품은 전후에 찾아온 한국 사회의 '근대'에 여전히 여성들에게 강요되던 가부장 체제에서의 순결을 전면적으로 다룬 작품이라고 해석해야 한다. 전쟁이 이들의 삶에 큰 역사적 사건이 될 순 있었겠지만, 남녀의 애정관계에서의 위계적 젠더관계가 전쟁으로 인한 것은 아니기 때문이다. 이 작품에는 전통 사회에서부터 강요되던 위계적 젠더관계가 1950년대적 근대에 이르러 여성들에게 전쟁미망인이라는 이름으로, 혹은 여성-순결이라는 표상으로 강요되고 있었던 현실이 적나라하게 드러나 있다.

6. 결론

이와 같이 1950년대에 발표된 박경리의 작품을 대상으로 '근대'라는 사회적 자장 안에서 여성의 이름이 어떻게 호명되는지, 그 호명 속에 담긴 국가적 차원의 의도가 무엇이었는지, 박경리는 당대의 여성을 어떤 지점에서 문제적으로 드러내고 있는지에 대해 알아보았다. 전쟁미망인이라는 용어는 1950년대 박경리 작품에 등장하는 사별 여성을 호명하는 너무도 흔한 이름이지만, 그 이름에 대한 이의제기를 통해 1950년대적 근대의 여성에 근접한 새로운 이름이 필요함을 보여주었다. 이와 같은 필요성은 1950년대의 박경리 작품을 전쟁과의 연대기적 연관성 안에서만 파악하는 문제에서 비롯된다. 이 글에서는 이와 같은 관점을 지양하고 박경리 작품의 지식인 여성들의 뿌리가 어디에 닿아있는지부터 살펴보았다. 식민지 근대의 신여성에서 해방기의 여학생으로, 그리고 전후의 지식인 여성으로 이어지는 여성의 계보는 이 시기 지식인 여성들이 자신의 섹슈얼리티를 완전히 독립된 하나의 인격체로서 인식할 수 있는 기반을 확보하고 있음을 보여준다. 이들의 갈등은 전쟁 혹은 전후의 피폐한 현실이 아니라, 가부장 체제의 폭력성 안에서 발생하는 사랑과 인간관계 자체에 대한 갈등이다. 가부장 체제의 폭력성은 빈곤한 지식인 여성을 '여성-몸'의 표상으로 변환시키며, 국가 재건이라는 명분하에 '여성-순결'이라는 전통적인 성 규범을 강요한다. 빈곤과 거리가 먼 중상류층 지식인 여성들은 그들의 계급적 위치로 인해 보다 주체적으로 자신을 인식하며 이들이 보여주는 여성(지식인)-섹슈얼리티는 사랑에 지적으로 탐닉하는 낭만성을 보여준다. 박경리의 1950년대 작품은 이와 같은 면에서 당대 현실을 적나라하게 보여주는 장이 되기도 하며, 새로운 이름을 가지고자 하는 여성들의 욕구를 표현하는 장이 되기도 한다.

전후의 피폐한 사회에서 인간으로서의 자존감을 지키기 위해 애쓰는 박경리의 여성 인물들의 갈등이, 전쟁이라는 거대한 역사적 사건에서 비켜

서있는 것처럼 보이는 것은 사실이다. 그러나 비록 그럴지라도, 이글의 관점이 너무도 고질적이고 근본적인 갈등의 원인이 무엇인지를 파악하고 그러한 갈등 자체를 조금이나마 긍정적인 의미로 해석하는 작업이 되기를 기대해 본다.

박경리 초기소설에 나타난
전쟁체험과 문학적 전환

유임하

1. 박경리 초기소설과 '전쟁'이라는 문학적 원체험

1950년대 한국문학에서 전쟁체험이야말로 근대 이후 한국문학사에서 식민지체험과 함께 가장 유력한 문학적 원천이다.[1] 작가 박경리도 이 점에서는 예외가 아니다. 작가는 전쟁의 비극과 함께 문학의 길로 접어들었기 때문이다. 작가 스스로 작가의 길을 두고 "만인의 한 사람으로서 내가 받지 않으면 안 되었던 슬픔과 괴로움 그리고 억울함이 나로 하여금 무엇인지 모르게 고발하지 않고는 못 배기겠는 그러한 정신적 절박"에 대한 '표현과 설명의 욕구'[2]라고 언급한 바 있다. 이렇듯, <토지> 이전의 박경리 소설에서는 전쟁체험이 하나의 주조음을 이룬다.

박경리의 초기소설[3]에 편만한 전쟁체험은 참혹한 전쟁피해와 사회악을 향한 비판과 고발의 주된 제재로서 전쟁이 강요한 가난과 궁핍, 온갖 좌절을 겪은 고독한 여성들의 삶으로 등장한다. 작가는 가족 상실과 아이의 죽음, 피난과 절대궁핍 같은 각고만난에 처한 여성의 이야기로 빚어낸다. 이런 점에서 1950년대 박경리 소설은 사소설적 경향이 과도하다는 지적과 함께 비판적인 평가를 받기도 했다.[4] 하지만, 박경리의 초기 소설에서 발견되는

---

1) 김병익은 식민지 체험과 6.25전쟁이라는 역사적 체험을 한국문학의 주요한 콤플렉스로 규정하고 있다. 「6.25콤플렉스와 그 극복」, 『상황과 상상력』, 문학과지성사, 1976, 165쪽.
2) 박경리, 「문학과 나」, 『Q씨에게』, 박경리문학전집 16권, 지식산업사, 1981, 363쪽.
3) 이 글에서 '초기소설'이라는 표현은 단편집인 <불신시대>(1963)(박경리문학전집 19권, 지식산업사, 1987)에 수록된 1950년대의 발표작들과, 첫 장편 <연가>(1958)(전집에 수록될 때에는 <애가>로 개제됨, 박경리문학전집 9권, 지식산업사, 1981, 이하 <애가>로 표기를 통일함-인용자), <표류도>(1959)(박경리문학전집 12권, 지식산업사, 1980) 등, 1950년대에 발표된 작품만을 지칭하기로 한다. 이하 거론되는 작품은 이들 텍스트에 근거하며 인용면수만 밝히기로 한다.
4) 전쟁체험을 다룬 박경리 소설에 대한 전반적인 평가는 긍정과 부정의 갈래로 나뉜다.

전쟁체험의 대략적인 윤곽은 대다수의 평론가들이 부정적인 결론을 내리는 근거로 삼은 총체성이나 전쟁의 대의와 조망에서 남성이라는 젠더가 전제된 척도와는 다른 지점에 위치해 있다. 박경리 소설에서 전쟁 체험은 전쟁의 대의와 명분, 전쟁의 정당성 여부와 같은 거시적인 관점이 가진 남성 중심적인 시각과는 거리가 멀다는 점에서 그러하다.

박경리 소설에서 전쟁은 전쟁 피해의 당사자로서 남성적 근대의 시각에서는 생경하게 보일 만큼 이질적이다. 전쟁이라는 남성적 질서, 남성적 영웅들이 불러일으킨 현실세계의 환란은 박경리 소설에서 전쟁으로부터 고립되거나 소외된 존재인 여성에게 폭력과 파괴를 강요하는 현실로 나타난다. 박경리 소설에서는 전쟁을 철저한 파괴로 규정하며 가족의 상실, 거듭되는 가난과 궁핍 속에 남은 가족의 생계를 책임지며 살아남아야 하는 '악몽'으로 그려낸다. 작가는 전쟁을 증언하는 6.25세대[5]에 속하면서도, 전쟁에 대한 다른 시각과 여성들의 곡진한 전쟁체험을 담아낸다. 이러한 전쟁 형상화의 특징은 몇몇 여성작가[6]를 제외하고는 1970년대 이후 박완서에 와서야 유의미한 것으로 해석되기 시작한다. 이러한 점만 떠올려 보아도 전쟁체험을 다룬 1950년대와 1960년대 박경리 소설의 작품은 독자적이며 개성적인 특질을 가진 문학사적 자산임을 알게 된다.

이 글에서는 첫 장편인 <애가>(1958)와 <표류도>(1959)를 통하여 초기

이에 관해서는 김명신, 「박경리 소설 비평의 궤적」, 『현대문학의 연구』6집, 한국문학연구학회, 1996, 471-496쪽 참조할 것.

5) 오상원, 『상처투성이의 가방』, 한국현대문학전집 31권, 삼성출판사, 1978, 152쪽.

6) 전쟁을 다룬 1950-1960년대의 여성작가들로는 박경리 외에 기성세대인 최정희와 손소희, 임옥인, 강신재, 한무숙, 한말숙 정도를 꼽을 수 있을 뿐이다.

단편에서 장편으로 나아가는 양식의 문제에 주목하면서 전쟁체험이 어떤 서사 구도로 나타나고 그 안에 담긴 의미는 무엇인지를 검토해 보고자 한다. <표류도>는 최근 활발하게 논의되고 있으나 첫 장편 <애가>는 그다지 논의되지 못한 사례이다.7) 하지만 <애가>는 단편에서 장편으로 이행하는 경로를 보여주며 전쟁체험의 직접성을 간접화하고 다양한 인물구도를 통해 서사의 넓이를 확보하는 면모를 보여줄 뿐만 아니라, 초기단편에 등장하는 거의 대부분의 모티프들을 폭넓게 활용하고 있다는 점에서 주목해볼 가치가 충분하다. 또한 <표류도>는 <애가> 발표 다음 해에 발표된 장편으로, 전후사회와 전락한 수인들의 세계까지 폭넓게 조망함으로써 전쟁체험의 전환점을 마련한 사례에 해당한다. 더구나 이 작품은 1960년대에 활발하게 발표된 중·장편들의 출발점이자 전쟁을 여성의 비판적인 시각에 조망한 <시장과 전장>의 원점에 해당한다는 점에서 논의의 가치가 충분하다.

---

7) <표류도>를 거론한 경우는, 낭만적 사랑과 관련하여 현실 환멸과 삶의 의지를 탐구한 정희모, 「현실에의 환멸과 삶의 의지」(『현대문학의 연구』6권, 한국문학연구학회, 1996) 이래, 독백과 성찰의 서사라는 입장에서 작품을 분석한 김영애, 「박경리의 '표류도' 연구」(『한국문학이론과비평』34집, 한국문학이론과비평학회, 2007), 여성지식인의 정체성 투쟁에 주목한 김양선의 「전후여성 지식인의 표상과 존재방식」(『한국문학이론과비평』45집, 2009), 전쟁미망인 담론에 대한 반발로 <표류도>를 새롭게 읽어낸 서재원, 「박경리 초기소설의 여성가장 연구」(『한국문학이론과비평』50집, 2011) 등이 있다. 이 밖에도 참고할 만한 논의로는 이임하, 『여성, 전쟁을 넘어 일어서다』(서해문집, 2004)가 있으며, 이임하의 논의를 방법론으로 삼아 <표류도>와 <시장과 전장>을 중심으로 전쟁미망인의 섹슈얼리티와 전후 가족 질서를 거론한 허윤, 「한국전쟁과 히스테리 전유」(『여성문학연구』21집, 한국여성문학학회, 2009) 등이 있다.

2. 전쟁체험의 직접성과 산문적 현실의 구도 잡기: 초기 단편과 <애가>의 세계

지금 다시 읽어보아도 <불신시대>의 감흥은 서늘하다. 작품 도입부에는 남편의 폭사와 인민군 소년병사의 처참한 죽음을 서술한 다음에 곧바로 인상 깊은 장면 하나가 등장한다.

> "악몽과 같은 전쟁이 끝났다. 진영은 아들 문수의 손을 잡고 황폐한 서울로 돌아왔다. 집터는 쑥대밭이 되어 축대조차 찾아볼 수 없었다. 진영은 잡초 속에 박힌 기와장 밑에서 습기가 차서 너덜너덜해진 책 한권을 집어들었다. 『프랑스 문학의 전망』이라는 일본 책이었다. 이 책이 책장에 꽂혔을 때 – 순간 진영의 머릿속에 그러한(죽은 남편과 인민군 소년병사의 죽음에 대한 – 인용자) 회상이 환각처럼 지났다."[8]

"악몽과 같은 전쟁이 끝났다."는 선언 바로 뒤에 이어지는 진술에는 박경리 소설의 출발지점이 드러난다. 피난생활에서 남편을 잃는 참화를 겪은 뒤 여주인공 진영은 아들 문수의 손을 잡고 황폐한 서울에 있는 집으로 돌아온다. 쑥대밭이 된 집터[일상]에서 그녀는 잡초 속에 박힌 기왓장 밑에 습기가 차서 너덜너덜해진 책 한권을 집어든다. 책장에 책을 꽂는 순간 진영에게는 남편과 인민군 병사에 대한 회상이 환각처럼 스쳐 지나간다. 그때 그녀는 남편의 폭사를, 전쟁의 참화를 폐허가 된 일상에서 견디어야/견

---

8) 박경리, <불신시대>, 『불신시대』, 박경리문학전집 19권, 지식산업사, 1987, 7-8쪽. 주인공 진영이 일어로 된 문학서적을 집어드는 장면을 두고, 김윤식은 '사회에 대한 고발이기엔 너무도 절박하고 처연한 이야기'라는 점에서 소설이자 소설 초월의 '악마로서의 글쓰기'라고 명명했다. 김윤식, 『박경리와 토지』, 강, 2009, 24쪽.

디어내야 할 비극으로 회상한다. 그 회상은 너무나도 아득한 것이어서 차라리 환각에 가깝다. 전쟁이 끝나면서 여주인공은 폐허 위의 일상, 가난과 궁핍으로 가득한 거친 일상과 마주 선다. 암담한 현재는 풍요로웠던 과거로 되돌릴 수 없다는 점에서 절망적이다. 이같은 전쟁체험이야말로 부재하는 것들을 추체험하게 만들며 아득한 환각으로 여겨지게 한다. 환각과도 같은 회상이라는 말은 전장과는 절연된 절망한 자가 생생한 전쟁에 대한 체험의 직접성, 요컨대 일상적 인식으로는 설명 불가능한 간극임을 일러준다. 그리하여 이 환각과도 같은 절망의 전쟁체험은 폐허가 되어버린 일상적 삶에서 절망을 이겨내는 구원으로서의 글쓰기에 이르게 만든다.

"경험한 것, 기억한 것, 목격한 것, 영혼의 깊은 곳에 있는 그 모든 것이 구애되지 않고 재료로 사용할 수 있는 자유가 작가의 진실"9)이라는 작가의 발언에서는 바로 이같은 절연된 전쟁체험을 대상화하여 작품이라는 세계를 새롭게 창조하려는 의지를 엿볼 수 있다. 그런 점에서 <불신시대>가 그려낸 전쟁으로 인한 죽음과 전쟁 이후의 허망한 죽음의 배치는 고통으로 점철된 악몽과도 같은 전쟁을 냉연히 응시하는 작가의 "비정의 사기술(허구적 글쓰기 ― 인용자)"10)의 산물이었던 셈이다. 이 비정한 글쓰기는 전쟁 이후 생긴 아들의 어처구니없는 죽음을 전후사회의 온갖 허위들을 고발하는 것을 가능하게 해주었다.11)

---

9) 박경리, <자유3>, 『Q씨에게』, 솔, 1993, 76쪽.
10) 위의 글, 75쪽.
11) 초기단편에 보이는 자기반영성은 전쟁을 체험한 피해 당사자로서의 면모를 여실히 보여준다. 가령 다음과 구절, "가난·굶주림, 그리고 자기를 잃지 않으려는 몸부림, 이러한 극단과 극단의 사이에서" "자신의 항거정신"을 바라보면서 작가는 "인간 본연의 낭만을 버리지 못하는 곳에서 (……) 문학에 자신을 의지"했다는 표현도 그 방증에 해당

<불신시대>가 전후성(戰後性)으로 대변되는 온갖 부조리에 고발과 직접적으로 연관되어 있다는 것은, 작가가 전쟁의 비극적인 상처에만 함몰되지 않고 일상의 시야에서 범람하는 온갖 사회악을 고발하는 데서 생겨난 특징을 가리킨다. 하지만 좀더 중요한 점은 <불신시대>에서 다루는 비극의 넓이가 전쟁체험의 영역을 초과하여 사회에 미만한 위악한 현실을 포괄한다는 것이다. 현실의 위악함은 전쟁의 비극적 체험의 초월하여 상처와 고통까지지도 객관화하며 현실세계의 온갖 부조리를 가로지르며 전쟁의 무서운 파괴력과 잔혹한 참상 때문만이 아니다. 그 위악함의 실체는 '인간적인 제반 가치의 기준이 무너져 버렸다는' 본질적인 통찰에 기반을 두고 있다. <불신시대>가 문제 삼은 인간과 종교와 병원에 대한 신뢰 상실과 이에 대한 고발이야말로 그 증거이다.

첫 창작집 『불신시대』(1963)에 수록된 초기 단편들에서 발견되는 전쟁체험의 양상은, 뭉뚱그려 말하면, 전쟁으로 피해 받은 사회현실의 점묘라 해도 그리 틀리지 않는다. 대표작 <불신시대>와 <암흑시대> 외에, 전쟁에서 남편을 잃은 복녀 가족의 비극적인 인생유전을 다룬 <시정소화(市井小話)>, 부도덕한 교장의 전횡과 구직 여성의 오해를 다룬 <흑흑백백>, 전쟁 속에 피난행렬 속에 어긋나버린 연인의 사랑과 파탄(<비는 내린다>) 등을 떠올려보면 그러하다. 여기에는 날것 그대로의 비극적인 사회 일화라고 해도 좋을 만큼, 전란과 함께 몰락과 상실을 경험한 다양한 계층의 상처들로 범람한다. 전후 여성의 사회 진입이 좌절되고 급기야 가내수공업 노동자로 전락한 여주인공이 주인집 남자에게 참혹하게 죽어가는 모습을 담아낸

한다. <암흑시대>, 『불신시대』, 박경리문학전집 19권, 지식산업사, 1987, 234쪽.

<전도(剪刀)>, 전쟁과 함께 집안의 행복은 결딴나고 언니의 월북과 함께 끝나버린 사랑을 간직하고 살아가는 언니의 옛애인과 상봉하는 여동생의 착잡한 내면을 그린 <벽지>, 가족 상실과 그로 인한 인생 유전, 전란 속에 유부남을 사랑하다가 절망 속에 몸을 맡겨버렸던 남자의 집요한 구혼을 순순히 받아들이는 <어느 오후의 결정>에 이르기까지, 초기단편에서 부각되는 작중인물과 작중현실은 6.25전쟁에 대한 여성적 인물의 직접적인 체험이라고 말해도 그리 틀리지 않는다.[12] 이들 작중현실은 또한, 1인칭 화자의 서술방식을 활용하고 있어서 심리적 거리가 그만큼 가깝다. 때문에 이는 굳이 사소설의 양식에 관한 논의를 끌어오지 않더라도 전쟁의 직접성으로부터 자유롭지 않다는 점이 설명 가능하다. 전쟁 이후 회귀한 일상의 세계에서 인물들은 평화로운 과거로 회귀할 수 없는 절망의 충격이 그만큼 크다는 것을 말해주기 때문이다. 전쟁체험을 객관화되었다고 해도 강렬한 경험의 파편성은 환각과도 같은 시적인 전쟁체험에 지나지 않는다. 이같은 체험은 장편의 서사와 구도로 수렴하기에는 미흡하다. 단편이야말로 전쟁체험의 직접성을 담아내는 데 적절한 양식인 셈이다.

하지만 전쟁이 끝나고 일상의 질서가 자리잡게 되면, 전쟁의 자취는 일상세계로부터 빠르게 밀어나면서 흔적도 없이 사라져버린다. 전쟁 이후의 일상은 가치의 혼돈과 상처들이 빠르게 자리 잡으면서 현실세계는 전쟁이 빚어낸 온갖 상처들로 범람하는 '전후성'의 세계, 산문적인 현실로 바뀐다. 이러한 복합적인 현실을 담아내려면, 작가는 단편이 아닌 장편이라는 새로

---

12) 이 같은 특징 때문에 정희모는 박경리의 1950년대 초기소설에 담긴 문제의식을 한눈에 알아볼 수 있는 사례로 본다. 정희모, 같은 논문, 332쪽.

운 양식으로 이행할 수밖에 없다. 전쟁의 비극적인 체험이 그 자리를 일상의 질서에 양도할 수밖에 없게 되었을 때, 작가는 환각과도 같은 전쟁체험의 시적 상태에서 벗어나 눈앞에 전개되는 산문적 현실이 가진 복합성에 냉연하게 대처하기 위해 양식 변화를 모색해야 하는 것이다. 박경리에게서는 작품을 발표하는 시기부터 이같은 변화를 감지할 수 있다. 작가는 앞서 살핀 대로 악몽과도 같은 전쟁이 끝난 현실과 대면하고 있기 때문이다. 눈앞에 펼쳐진 가난과 궁핍, 그 안에서 사회악과 대결하며 가족을 부양하며 살아가야/살아내야 하는 가파른 현실에서 작중인물이 생명의 의지를 표명하는 <불신시대>의 맥락 안에는 시적 환각이 아닌 산문적 현실이 함유되어 있다.

하지만 장편 양식은 단편에는 허용되었던 환각과도 같은 전쟁체험의 시적 양식, 한 개인의 삶과 특정한 사건을 명징하게 서술해낸 현실의 단면과 달리, 장편에 상응하는 서사의 폭과 길이, 그에 걸맞는 인물들, 복합적인 작중현실을 필요로 한다. <애가>는 박경리의 첫 장편으로서 그 안에는 전쟁의 상처가 속속 일상의 질서에 자리를 내주는 현실에서 처음 모색되는 양식의 여러 자취가 담겨 있다.

<애가>에서 내세운 첫 장면은 대학병원과 전쟁의 상처를 치료하기 위해 입원한 미모의 여성 환자와 그녀에게 호감을 가진 청년 의학도와의 만남이다. 이때 '병원'이라는 공간은 <불신시대>와 <암흑시대>의 연장선에 놓인 장소이다. 하지만 이곳은 전란으로 상처 입은 전후사회를 환유하는 의미공간이기도 하다. 저명한 암 전문가 오박사의 수제자이자 전도유망한 의학도인 민호, 병실에 입원한 미모의 여인 진수는 S대 영문과 출신으로

전쟁 때 피난 수도인 부산에서 미군 부대에 취직했다가 미군 장교 제임스에게 구애를 받다가 완력으로 정조를 상실하고 동거한 전력을 가진 여성이다. 그녀는 제임스와의 동거에서 얻은 병 때문에 환도한 뒤 S대학부속병원에 입원한 상황이다. 진수의 지적인 면모에 이끌린 민호는 사랑에 빠지고 거듭 청혼을 하지만 진수는 민호와의 연애만 즐길 뿐이다. 진수가 민호의 구애를 받아들이지 못하는 것은 자신의 전력 때문이다. 그러나 음악회장에서 만난 대학 동창에게서 민호는 진수의 전력을 알게 되면서 두 사람의 애정관계는 파탄 나고 만다.

작품에서 양공주 문제의 등장은 단순히 인물구도가 남녀의 애정 문제로만 그치는 게 아니라 당대 사회문제와 접합되어 있음을 일러준다. 양공주는 초기단편에서 반복되었던 전쟁미망인이라는 범주를 더욱 확장시켜 얻어낸 인물유형으로, 전쟁의 상흔이 눈앞에서는 사라졌으나 여전히 지속되고 있다는 작가의 판단에서 선별된 전후사회의 문제적 개인이기도 하다. 진수가 스스로 "양공주라는 낙인과 순결성에 기초한 더 이상 숭고한 사랑"(224쪽)이 불가능하다고 생각하는 것이나, 전쟁으로 배태된 현실에서 상처입고 절망 속에서 민호의 사랑을 거부한 것도 이 때문이다.13) 동창생에게서 진수의 사연을 접하고 크게 상심한 민호는 진수에게 최종적으로

---

13) 진수는 민호에게 자신의 과거를 털어놓으며 양공주로 낙인찍힌, 전쟁의 상흔을 지닌 인물이다. "저는 부산서, 제임스란 미군에게 폭력으로 몸이 더렵혀지고, 그 사내에게 보복을 하기 위해서 동거생활을 하고, 그리고 그에게 무진한 괴롬을 주었어요. 그는 저를 사랑하긴 했나 봐요. 그래서 양공주란 이름까지 얻었지만, 돈을 위해서 몸을 판 일은 없었어요. 향락을 위해서 몸을 바친 일은 더욱 없었어요. 해석이야 선생님 자유지만, 저를 고문하지 마세요. 이 이상, 그리고 모욕도 하지 마세요."(321쪽) 진수의 이러한 고백은 산장에서 날마다 술로 지새우다가 민호에게 독녀로 오해받지만, 정작 탕녀의 이미지는 남성들이 그녀를 규정하는 모습에 지나지 않는다.

사랑을 확인하려 하나 진수는 뒤따라온 미군 때문에 민호에게 더 큰 오해를 받는다. 상처와 오해의 사이에는 전쟁의 상처로 인해 뒤엉키는 남녀관계의 파탄이 자리잡는다. 여기에는 미모의 여성과 장래가 유망한 남자 의사가 일상의 평온함 속에 관류하는 전쟁의 피해상이 반복 재생산된다는데 문제성이 있다. 이는 진수를 유혹한 독부 또는 요부라고 생각하고 떠나버리는 민호조차 전쟁의 상처가 파급되는 대상이 된다는 점을 말해준다. 나아가 진수에게서 떠난 민호가, 고향 P시에서 개업한 동료 문정규를 만나러 여행길에 올랐다가 그곳에서 정규의 동생 설희에게서 위안 받으며 그녀와의 결혼을 서두르는 것도 전쟁의 상처가 파급되는 동심원적 구조를 이룬다.14) 민호와 설희는 평화로운 결혼생활을 해나가지만 이들의 평화는 진수의 재등장과 함께 깨지고 마는 것도 '비가시적인 전쟁 상처의 파장에 해당한다. 민호가 우연히 진수와 재회한 뒤 죄의식 때문에 진수와 재결합하면서 가정과 설희는 버려진다. 딸과 함께 민호를 하염없이 기다리며 절망속에 살아가던 설희는 더이상 민호의 사랑을 기대할 수 없게 되자 자살하고 만다.15)

---

14) 설희는 민호의 구혼 제의를 받아들이나 이는 진정한 애정에 기초한 것은 아니다. 사랑의 맹목성과 순수성을 민호에게 바치는 설희의 면모는 <시장과 전장>에서 하기훈에게 순수한 사랑을 바치는 이가화로 재생된다는 점에서 <애가>가 실패한 장편이기는 하나 인물들의 원형을 보여주는 사례로 꼽을 만하다.

15) 설희의 죽음은 단순히 가정주부로서 평화로운 삶을 희구했던 열망의 반작용이 아니다. 딸을 키우며 돌아오지 않는 남편을 한없이 기다리는 자신의 사랑과 헌신이 좌초되었을 때, 그 죽음은 가정을 파국으로 몰아간 위험한 사랑에 대한 항거라는 의미보다도 자신의 순수한 사랑이 받아들여지지 않는 현실에 대한 절망과 자존을 지키려는 결행으로 읽혀진다. 이는 <김약국의 딸들> 초반부에 등장하는 숙정의 자결과 거의 동질적이라는 측면에서 방황과 극심한 좌절에 따른 자결하는 여성의 원형이기도 하다.

민호-진수-설희 사이의 삼각관계에서, 전쟁의 상처를 가진 여성과, 가정에서 참다운 애정을 기대하는 여성 사이를 오가는 민호의 태도는 전쟁의 상흔을 가진 여성 피해자에 대한 죄의식에 기초하고 있다는 점이 특징적이다. 민호가 진수의 과거를 동창에게서 전해 듣고 그녀를 독부와 탕녀라고 판단하는 모습이나, 설희에게 성급하게 구혼하는 모습은 핍진성에서 크게 미흡하다. 민호의 인물구성만이 아니라, 전쟁의 상처에서 온전히 헤어나지 못한 진수, 언젠가 민호의 사랑을 얻을 것이라 기대를 품고 있는 설희의 경우도 마찬가지이다. 이는 서사의 폭을 확장하는 과정에서 인물 형상화가 시적 상태에서 분화되지 못한 단면이기도 하다.

하지만 작품에서 민호-진수-설희의 삼각구도는 진수에게서 시작된 전쟁의 상처가 민호를 거쳐 설희에게로 전이된다는 점에서 전쟁의 내상이 사회 전체로 파급되는 양상을 보인다는 점에 주목해볼 필요가 있다. 민호의 애정관계 외에, 민호의 스승 오박사-그의 아내 현회-문정규 사이의 삼각관계 또한 동질적이다. 전쟁의 여파는 오박사와 현회의 경우, '사랑에 기초한 행복한 결혼'이 아니라 '존경에 기초한 불행한 결합'을 초래한다. 오박사는 선배인 현회 아버지의 아내를 연모한 인물이지만, 연모하는 여인의 죽음 후 그 딸인 현회를 여학교까지 졸업시키며 경제적 지원을 아끼지 않는다. 하지만 오박사는 전쟁의 와중에 현회에게서 여성을 발견하고 구애 끝에 결혼한다. 현회는 본래 정규와 사랑하는 사이였으나 오박사의 구혼에 고민하다가 오박사와 결혼하지만 애정없는 결혼 생활로 연명하는 불행한 여인이다. 정규는 현회와 이별한 후 독신으로 지낸다. 거기에다 문학청년 윤상화-형숙-영옥의 관계 또한 전쟁의 상처로 일그러져 있다. 전쟁으로 남편을 잃은 영옥은 시동생 상화와 불륜관계에 있고 설희를 연모하는 상화를 질투한다. 그녀는 임신 끝에 자살하려다 미수에 그치고 정규에게 발각된다. 이렇듯, 전쟁은 작중의 남녀 애정관계를 뒤틀리고 어긋나게 만드는 상처의 원천을 이룬다.

<애가>라는 텍스트는 남녀의 애정관계 속에 스민 전쟁의 여파가 비록 과거의 상처나 그 불행이 엄연히 현재에도 지속되거나 증폭되는 여진(餘震)의 상태임을 부각시키고 있다. 남녀의 사랑은 잘못 맺어져 파국을 맞거나(민호-설희) 어긋난 사랑을 지속하면서 불행을 이어가고(오박사-현희), 아니면 육체적 윤리적 타락으로 돌출한다(상화-형수 영옥). 텍스트는 비가시적인 상태인 전쟁의 상흔을 남녀의 어긋난 애정관계로 표출하며 불행과 절망으로 지속되는 면모를 확보하면서 서사의 넓이를 확보하는 셈이다. 하지만, 그 구도는 평면적으로만 확장되어 작위적인 인상을 준다. 애정 구도 안에 남성 인물로는 암권위자인 의사와 의학도, 병원장, 문학청년을 배치하고, 다른 한편에 양공주와 부모 잃은 여성, 남편 잃은 여인을 등장시키며 다채로운 듯하나, 세 개의 인물 구도는 내용과 층위만 다를 뿐 불행한 외양은 닮은꼴이다.

그 결과, 작품은 초기 단편이 가진 전쟁의 참화와 전후사회에 대한 고발을 애정구도로 대체하여 간접화하며 전쟁의 상처를 담아내려는 작가의 의욕에 비해 완성도는 떨어진다. 하지만, 미군 장교에게 강제된 전쟁피해자로서 사회에서 명명한 양공주로 전락한 여성(김진수), 남편을 잃고 고독한 삶을 살아가는 미망인(상화의 형수 영옥), 가정에서 일탈한 남편을 하염없이 기다리는 가정주부(설희) 같은 여성 인물은 상처의 절박함을 지닌

현실감을 가지고 있다. 반면, 오박사와 수제자 민호, 정규 같은 의사와 문학청년 상화 같은 남성 인물들의 생동감은 크게 떨어진다. 세 개의 애정 삼각구도는 각기 다른 애정 방식을 보여주고자 하나, 진정한 사랑과 결합을 보여주는 정규와 현회의 사랑조차 작품의 중심에 위치하지 못하고 추상적인 사랑에 머물러 있다. 특히, 소설의 결말에서 설회의 죽음과 함께 민호가 죄의식을 가진 채 가정에 복귀하고 진수가 미국행을 택하는 것이나, 무의촌에서 생활하는 정규가 미국행을 택하며 현회를 놓아주는 오박사의 양보로 현회와 결합하는 부분도 행복한 결말로 귀결되는데, 이는 멜로드라마에 가깝다는 인상을 준다.

이렇듯, <애가>는 양식의 모색과 변화에 담아야 할 인물과 사건 구도가 전쟁 때문에 빚어진 여성들의 전락과 상처를 담아내야 한다는 작가의 의욕이 다소 앞서는 작품이다. 하지만, 작품에서 두드러지는 작위성과 미흡한 완성도는 단편에서 장편으로 이행하는 과정에서 전쟁체험의 직접성을 간접화하며 서사의 폭을 확장하는 이행과정에서 생겨난 것임을 유념할 필요가 있다. 작품에서는 전후 여성들의 불행을 담을 서사 문법보다 관계의 비극성이 우위에 있다. 남녀의 애정 구도는 뒤엉켜 혼란스럽고, 인물간의 관계에 치중한 서사는, 양공주 전력을 가진 진수나 천애고아가 되어버린 현회의 불행한 결혼 생활, 전쟁미망인 영옥의 고독한 삶에서 보듯이 전후 여성들의 불행을 드러내는 의욕에 비해 사회적 복합성이 효율적으로 드러내지 못한 채 가능성만 제시하는 데 그친다.

그러나 <애가>는 초기 단편에서 보여준 사회 고발의 직정적인 면모가 장편에 걸맞는 서사의 지평을 처음 열어젖히면서 인물구도와 애정에 기초한 다양한 남녀관계와 그에 상응하는 넓이를 구비하고 있다는 점만큼은 유의해볼 대목이다. 왜냐하면 이 작품은 작위성과 완성도 면에서는 미흡하나, 단편에서 장편으로 이행하는 양식적 과정을 집약해서 보여주기 때문이다. 요컨대 양공주, 전쟁미망인, 여성의 가족 상실과 같은 전후 사회에 관류하는 비가시적인 상처의 온존에 대한 작가의 복합적인 시야와 함께, 다채로운 인물과 사건 구도의 가능성을 보여주기 때문이다. <표류도>가, 절반의 가능성을 남긴 <애가>의 서사적 폭과 확장된 시야, 그에 상응한 통찰의 깊이를 두루 갖추고 대중적 성공도 함께 거둔 장편이었다는 점을 감안하면, 초기단편과 장편 <표류도> 사이에 놓인 <애가>는 전후 사회에 대한 작가의 조망과 통찰을 위한 모색의 구체적인 사례가 되는 장편이라고 할 수 있다.

3. 다방과 감옥: <표류도>에 나타난 전쟁체험과 그 문학적 전환

앞서 살핀 대로, 박경리의 초기단편에서 첫 장편 <애가>로 이어지는 양식적 변화는 자전성으로 통칭되는 전쟁체험의 직접성에서 벗어나 사회문제에 대한 시야를 확대했다는 의의를 가지고 있다. 하지만 <표류도>는 한층 안정된 서사구도를 확보하면서 장편으로서의 일정한 성취를 이루며 초기 단편의 세계와 <애가>의 한계를 한꺼번에 넘어선 작품이다. <표류도>는 '다방'과 '감옥'이라는 공간을 중심으로 여주인공 자신을 포함한 다양한 계층에 관류하는 전쟁의 상처와 전후사회의 허위를 조망한 작품이다. 모두 38장으로 된 이 장편은 <애가>에 비해 사건 전개 방식이나 완성도

에서 성공적일 뿐만 아니라 낭만적 사랑이 사건 전개의 흥미를 더한다는 점에서 대중성도 구비하고 있다.16)

여주인공 현회는 다방 마담으로 전쟁 중에 동거남을 잃고 사생아를 낳았으나 S대 영문과를 중퇴한 인텔리 출신의 미혼여성이다. 그녀는 동거남의 죽음만이 아니라 홀어머니와 이복동생, 어린 딸을 기르며 가난과 궁핍을 헤쳐 나가는 실질적인 여성가장이다. 노모와 어린 딸, 이복동생을 부양하며 살아가는 현회는 친구에게 빚을 져가며 인수한 다방 '마돈나'를 경영한다. 요컨대 다방은 동창에게 진 채무를 갚아가며 "필사적으로 경제적 균형"(11쪽)을 유지하는 생계의 공간이다. 현회는 "노동을 팔았지 얼굴을 팔지 않는다는 그런 자존심"(11쪽)으로 다방을 경영하지만, 원금 상환을 돌려달라는 동창생의 빚 독촉에 시달리며 하루하루를 연명하는 삶을 살아가고 있다.

그녀가 앉아 있는 다방 카운터는 전후사회의 면면을 조망하는 장소이다. 카운터에서 그는 "전전하던 피란 생활의 고통"(27쪽)과, 굶주림 속에서 아이를 낳은 기억과, "피에 젖었던 찬수의 얼굴"(12쪽)을 떠올리며 시간을 보내기도 하지만,17) "오전이면 저널리스트, 정치브로커, 관공리들이 자리하고,

---

16) 정희모는 곤궁한 인간의 가치와 존엄성을 지키려는 박경리 초기소설의 관점을 반영하고 작가의 낭만적 취향을 드러낸 작품으로서 초기소설의 문제의식을 한 눈에 볼 수 있는 이점을 가진 작품으로 평가한다. 정희모, 같은 논문, 332쪽.

17) 찬수에 관해 회상하는 부분인 6장에서는 철저한 현실주의자이자 냉철한 이성주의자인 찬수의 모습이 회상된다. 그는 좌우익 어느 쪽에도 가담하지 않고 양쪽의 질시를 받으면서도 꾸준히 연구실에 나가며 현회와 동거에 들어간다. 전쟁의 와중에 현회가 임신하고, 9.28수복 직전 거리에서 좌익인 K를 만난 뒤 찬수는 H의 총탄에 허망하게 죽고 만다(37-39쪽). 여기에는 사생아를 낳은 미혼여성보다는 전쟁미망인의 면모가 더 두드러진다고 할 수 있다.

오후에는 대학의 교수나 강사, 몇몇 문인들, 화가, 출판업자, 잡지사 기자들이 모여드는"(9쪽) 전후 도시 남성들의 집결지를 관망하고 있다. 다방의 카운터는 "서울 장안을 굽어보는 감시대 위에 선 것처럼" "온갖 속물들이 자기의 창자까지도 부끄러움 없이 드러내고 다니는 모습들을 환하게 볼 수 있"(69쪽)는, 전후사회의 물신성과 허위를 조망하는 장소이다.[18] 1950년대의 다방이 "당대에 허용된 거의 유일한 공적 공간"[19]이라는 점을 감안하면, 단골 고객들의 면면은 따분한 일상을 벗어나 낭만적 사랑을 쟁취하려는 상류사회 남성의 일탈, 예술을 빙자하여 이성[독재]을 현혹하려는 가짜 예술인, 허위와 교활함으로 무장한 가짜 지식인에 대한 비판, 상류층 부인들의 한없는 물욕과 소비취향 같은 풍조를 조망하는 전후사회의 첨탑[20]과도 같은 곳이다.

작품에서는 대학 동창인 순재의 물욕, 계모임을 주도하는 계영의 배금주의 같은 전후 상류층 여성들의 면면도 비판적으로 관찰되기도 한다.[21]

---

18) "정치를 장사하고 다니는 무리들의 수작이나, 예술가라는 골패를 앞가슴에다 달고서 한밑천 잡아보자고 드는 족속들이나, 서커스의 재주부리는 원숭이처럼 정의나 이념 같은 것을 붓대로 재주부리는 것쯤으로 알고 있는 지식들의 협잡, 국록을 먹는 관공리들의 의자를 싸고도는 장사수법, 심지어 똥차에서 쏟아지는 폭리를 노리고 이권을 쟁탈하는 데도 점잖은 무슨 단체의 인사나 무슨 유명인의 귀부인(?)들이 돈보따리를 안고 다방에서 면담을 갖는 것이다."(69쪽)

19) 손종업, 『전후의 상징체계』, 이회, 2001, 45쪽.

20) '첨탑과 심연'의 이미지는 맥락과는 무관하게 서구문학 속 개인 주체성의 변화를 다룬 Erich Kahler의 저작 *The Tower and The Abyss*, New Brunswick(U.S.A.) and London, Transaction Publishers, 1957에서 빌려 왔다.

21) 현회가 대령의 부인인 동창 계영의 화려한 외양에 비해 빈곤한 교양을 비판하는 것이나, 계영의 아버지 윤씨가 해방전 축재에 솜씨를 보여 금괴밀수로 투옥되었다가 해방 후에는 혁명지사나 망명객으로 추앙받으며 정객으로 등극한 '급조귀족'(26쪽)이라는 고발도 같은 맥락이다(26쪽).

또한 마담 현회에게 호감을 가지고 접근하는 이상현은 D신문사 논설위원으로 전직 대학교수이자 유부남이다. 그는 평화로운 가정의 가장이지만 애정 없는 결혼생활을 하는 상류층 인사이다. 다른 이들로는 출판사 사장인 김환규와 시인 민우, 경제학자인 최강사가 있다. 시인 민우는 현회를 연모하다가 다방 레지인 광희의 정조를 빼앗고 애인이 있는 미국으로 건너가 버리는 얼치기 예술가이며, 최강사는 현회에 집요하게 접근하며 그녀의 환심을 사고 욕망을 채우려는 속물근성의 교활한 경제학자이다. 다방 레지들은 다방에서 지식인들의 의미 없는 토론을 두고 "저 사람들은 밤낮 저렇게 떠들어."(21쪽)하며 지식인의 허위를 통렬하게 조롱한다. 다방의 단골 남성들은, 죽은 동거자인 찬수 친구로서 출판사를 운영하며 현회에게 소설 번역거리를 가져다주는 경제적 원조자이기도 한 김환규를 제외하고는, 예술가를 빙자하며 사랑을 구하고, 최강사처럼 지식을 과시하며 집요하게 접근하는 부박한 세태의 표상을 이룬다. <애가>의 혼란스러운 애정구도의 중첩과는 달리, 작품에서 인물 구도는 현회를 중심으로 부채살 모양으로 확장된 관계망을 형성한다. 또한 이 관계망은 다방이라는 공간을 중심으로 전후사회의 다양한 면모를 반영한다는 장점과 서사구도의 안정감을 부여한다.22)

현회는 상현과의 만남을 처음에는 거부하다가 차츰 그를 연모하며 낭만적 사랑에 빠져든다. 그녀는 상현과의 사랑을 환상으로 규정하면서도 그에

---

22) 정희모는 이 작품의 특징으로 서사적 진행보다 낭만성과 현실성이 갈등하며 내면적 갈등이 우세한 작품으로 보았다(앞의 논문, 343쪽). 더 나아가 환멸의 지속이 서사 형식을 파괴하며 시적 형식을 추구하는 것을 특징으로 꼽기도 했다(같은 논문, 346쪽).

게로 몰입한다. 상현과 밀회를 거듭하면서 현회가 느끼는 두려움과 불안은 서로 다른 현격한 계급적 위치에 대한 자각에서 연유한다. 현회는 한국이라는 좁은 풍토에서 상류계급에서 자란 남자와 하류계급에서 자라난 자신과의 부조화를 떠올리며 "수습되지 않을 때를 생각"(15쪽)하며 결별을 준비하는 셈이다. 또한 결별의 품목에는 소설 번역을 하며 생계를 이어가야만 하는 현회의 고단한 일상이 가로 놓여 있는데, 낭만적 사랑은 매혹적인 환상이지만 가족 부양의 삶은 남루하고도 엄연한 현실이기 때문이다. 그러나 작품에서는 현회를 향한 상현의 구애와 현회의 이끌림이 달콤한 밀회로 이어지면서 운명된 결별을 지연시키고 있다.

두 사람의 지연되는 예정된 결별의 지연과정에서, 당대사회를 반영하는 사건과 일화가 배치되는 공간이 확보된다. 그 사회적 일화들이 전후 직업여성과 상류층 남성의 달콤한 애정 행각이라는 대중적인 취향의 서사 안에 자리 잡으면서 의미의 층을 두텁게 만든 것은 작품이 거둔 성취에 해당한다. 이 일화들은 전쟁미망인들을 비롯한 전후 직업여성들이 겪는 전쟁 피해자로서의 면모이자 그들의 가난과 궁핍의 삶이다. 작품은 이같은 전후 여성들의 삶을 두루 살피면서 그들을 향한 사회적 편견과 사회악을 부각시키는 복합적인 면모를 구축한다. 요컨대 작품은 외형적으로 '낭만적 사랑과 그것의 좌절'이라는 구도를 취하고 있지만, 그 안에는 전쟁의 여파 속에 생계전선에 나선 직업여성들의 삶과 그들을 둘러싼 전후사회의 현실이 부조되어 있는 셈이다.23)

---

23) 김양선은 현회에 대한 상현의 결혼 제의를 중산층의 안온한 가정 질서로의 복귀로 설명하고(같은 논문, 249쪽), 이 제의를 거부하는 것을 가부장적 여성성에 대한 거부로

현회를 향한 상현의 집요한 구애와 최강사의 집요한 접근은 높은 사회적 지위와 권력, 경제력으로 직업여성을 유혹하는 현실적인 압력을 보여주고 있다. 현회를 향한 대학동창들의 천대(賤待)와 멸시는 '정상적인 여성'인 가정주부가 타자화하는 가족이데올로기의 압력을 엿볼 수 있게 한다. 상현의 사랑을 가리켜 현회는 환상으로 규정하면서도 상현에게 의지하는 현회의 심리적 갈등은 "순간의 행복"(92쪽)이 주는 달콤함, 곤고한 일상의 채무에서 잠시나마 벗어나는 몽상임을 잘 말해준다. 둘의 애정관계가 어긋나고 안타깝게 지연되는 서사 의 진행에는 생계에 나선 자존심 강한 직업여성과 가정을 가진 상류층 남성의 일탈이라는 길항관계가 기입되어 있다. 상현과의 낭만적인 사랑이 파국을 맞이하는 계기는 모든 것이 돈으로 교환될 수 있다는 최강사의 비열한 경제논리와 마주 섰을 때이다. 최강사가 외국인에게 돈과 권력의 공세를 펴면서, 현회를 매매의 대상으로 지목했을 때, 현회는 분노하며 카운터에 있는 청동꽃병을 던져 최강사를 죽이고 만다. 이 돌발적인 분노와 살인은 결국 낭만적 사랑이 몽상임을 보여주는 한편, 전후사회의 직업여성은 매매 가능하다는 사회적 편견과 폭력에 맞서는 행위에 가깝다.

"모든 형벌은 교훈담"[24]이며 감옥은 "강제권의 수단에 의해 적용대상이 되는 사람들을 분명히 가시적으로 만드는 장치"[25]라는 점을 떠올려 보면,

---

읽어낸다(249-250쪽). 이와는 달리 허윤은 전쟁미망인의 섹슈얼리티와 전후 가족질서의 연관관계에 주목하며 상현과의 연애를 "거래행위로서의 연애" "연애 규칙의 파괴"로 읽고 있다(앞의 논문, 108-112쪽).

24) 미셸 푸코, 오생근 역, 『감시와 처벌』, 나남출판, 1994, 183쪽.
25) 위의 책, 268쪽.

현회가 감옥과 법정에서 대면하는 것은 그 자신이 사회적으로 어떻게 규정되는지, 전쟁과 무지 때문에 전락한 전후여성들의 상처난 삶이다. 검사의 심문을 통해서 그녀는 자신의 사회적 정체성을 절감한다. 검사는 "야합을 해서 사생아까지 낳고 많은 손님들을 접대해야 하는 다방 마담의 직업을 가진 여성"으로서 "남자의 그만한 희롱을 받아넘겨 버리는 것이 당연"(176쪽)하고 규정하면서, 범죄의 동기를 다른 데서 찾으려 한다. 이같은 사법 권력의 행태는 전후 직업여성에 대한 편견과 남성 중심적인 사고를 재확인시켜준다. 그 행태는 실질적인 가족 부양자이면서도 정상적인 여성이 가진 가족 운영자로서의 지위를 보장받지 못하는 전후 직업여성의 현실을 적나라하게 보여주는 비판적 관점을 담고 있다. 이어지는 변호사의 변론은 전쟁피해자인 현회의 전락한 처지를 스스로 말할 수 없는 하위주체의 항변을 대신 힘겹게 말하는 것에 지나지 않는다.

감옥에서 현회는 법적 강제로부터 소외된 자들의 삶에 깃든 전후사회의 밑바닥을 이해하고 수용하는 계기를 마련한다. 무엇보다도 감옥은 상현과의 낭만적 사랑마저 "감정의 사치"(170쪽)로 결론내고, 스스로를 유폐시켜 밑바닥 삶을 체감하는 장소이다. 또한 감옥은 일상의 질서에서 강제로 분리되고 소외당한 자들의 세계이며 전락한 자들의 생이 알몸을 드러내는 공간이다. 현회는 감옥조차 "돈은 필수품"(163쪽)이자 권력의 원천임을 다시 한 번 절감한다. 그녀는 감옥에서 아이를 죽인 여자, 아편쟁이, 밀수사기꾼 등 또다른 전락의 삶을 바라보며, 상현과의 사랑을 질투하다가 정조를 유린한 뒤 떠나버린 시인 민우 때문에 자학과 타락의 길로 빠져 피폐해진 광희와 재회한다.26) 병들어 악취가 진동하는 광희에 대한 연민 속에

현회가 눈뜨는 것은 전락한 자들의 삶에 담긴 전쟁피해자의 처연한 모습
이다. 남편을 빨갱이로 몰아죽인 뒤 자신을 첩으로 만들었던 시골면장을
살해하려다가 미수에 그친 시골댁(172쪽)의 기구한 삶, 남파된 간첩의 아내
로 간첩 혐의가 죄명인 여성죄수와 몇 달 후면 고아원이나 친지에게 맡겨
질 어린아이의 비참한 운명을 목격하면서(180-181쪽), 현회는 "사바의 냄
새"(181쪽)를 맡는다.

감옥이라는 심연에서 현회는 다음과 같이 결의한다.

> "전쟁, 죽음, 기아, 사랑, 대부분의 사람들이 겪어야 하는 이러한 인간
> 사를 나도 웬만큼 겪은 셈이다. 사람도 죽었고, 죄수라는 이름도 붙
> 게 되었으니 이만하면 막다른 골목까지 온 셈이다. (중략) 나는 확실
> 히 이곳에 와서 내가 지닌 거죽을 한 거풀 벗었다. 오만과 묵살과 하
> 찮은 지혜에 쌓였던 한 거풀의 옷을 던져 버렸다. 이제 인간의 비극
> 이 내 머리 속에 있는 추리의 세계가 아니요, 내 말초신경의 진동도
> 아니다. 내 피부에, 내 심장에 불행한 인간들은 다정한 친구처럼 자
> 리하고 있는 것이다."(184-185쪽)

이렇게 현회는 감옥에서 다시 태어난다. 그녀는 전락한 생의 심연을 체
감한 뒤 자신의 오만과 묵살과 하찮은 지혜로 무장한 내면의 방패를 내려
놓는다. 막다른 골목에서 그녀는 자신이 조망했던 전후사회상에서 범람하

---

26) 광희는, 이북에서 가족은 사상으로 형제들이 반목하여, 둘째오빠가 월남하고 둘째 새
언니와 월남한 광희는 새언니 손에 길러진다. 새언니가 군인과 재혼하면서 혼자의 몸
이 된 광희는 그때부터 방황과 전락의 삶이 시작된다는 점에서 전쟁과 분단의 피해자
이다(122쪽). 그러나 민우의 버림을 받고 병든 채 수감된 광희는 병감으로 이감되었다
가 정신병원에서 목을 매고 죽는다는 점에서 전후사회의 희생자다.

는 사회악과 감연히 맞섰던 자신의 모든 가치와 관념들을 내려놓는다. 그
런 다음 그녀는 한 사람의 삶에서 벗어나 만인의 삶을 바라보게 된다.
"이제 인간의 비극이 내 머리 속에 있는 추리의 세계가 아니"라는 현회의
언명은 눈앞에 전개되는 생생한 비극적인 전락과 되풀이되는 전쟁의 상처
를 보듬는 인간으로 다시 태어났음을 말해준다. 현회의 재생과 결의는 출
옥 후 어린 딸을 잃는 고통으로 방황하면서도 시장 귀퉁이에서 바느질에
전념하게 해주는 의지를 낳고, 상현과의 낭만적 사랑을 벗어나 환규와의
결합을 가능하게 만든다.[27] 결혼을 제의하는 현회에게 김환규가, "상현이
는 감정의 대상이요, 찬수는 지성의 대상이요, 환규는 의지의 대상"이며
"의지는 마지막의 인간의 가능성"(197쪽)이라고 말할 때, 거기에는 전후사
회에서 가파른 생존과 맞서야 하는 삶의 의지야말로 가난과 궁핍 속에 전
락을 강요하는 현실세계와 맞서는 유일한 동력이라는 점이 재차 언급되고
있다.

<표류도>는 미혼모 출신 인텔리 여성 주인공을 다방마담으로 내세워
표면적으로는 낭만적 사랑을 그려낸 대중서사의 면모를 가지고 있다. 하지
만, 작품의 매력과 성취는 정작 대중서사의 겉면 아래 담겨 있는 두터운
의미의 지평에서 찾아진다. 그 지평은 다방과 감옥이라는 공간을 오가며
전후사회를 조망하는 넓이와 깊이를 동시에 확보하면서 창조된 세계이다.

---

27) 김양선은 작품 후반부에서 김환규와의 결합을 "감정과 지성의 상태를 넘어선 의지의
　　세계를 선택한 결과"로 읽어내고 있다(같은 논문, 252쪽). 그리고 그는 현회의 선택이
　　"전후 근대화 프로젝트의 경계 너머, 국가주의 경계 바깥에 위치한 여성이 '가정성'과
　　'여성성'이라는 여성에게 할당된 영역에 자리하지 않으면서도(⋯) 자신의 존립가능성을
　　보여준 희귀한 예"(252쪽)로 평가하고 있다.

이 세계는 전쟁 이후 가난과 궁핍에 내몰린 직업여성들이 실질적인 가장의 역할을 하면서 대면하는 전후사회의 위악한 현실, 밑바닥으로 전락한 여성들의 삶에서 뒤틀린 애정관계, 여성 전쟁피해자들의 온갖 상처들과 대면하게 해준다. 또한 이 세계는, 초기 단편에서 장편 양식으로 이행하는 과정에서 <애가>가 보여준 한계를 넘어서는 산문적 현실의 토대를 이루기도 한다. 1950년대 사회에 깃든 상처들의 현존을 애정관계에 담고자 했을 때 미흡했던 복합적인 현실 조망력은 다방과 감옥이라는 공간, '첨탑과 심연'의 장소가 확보되면서 가능했다. 그런 현실 조망력이야말로 <애가>의 실패를 넘어 전후사회를 포착한 <표류도>의 성취에 해당한다. 그러나 현실 조망력 확보에는 전후사회상을 고발하며 전쟁피해자의 소외된 삶을 담아내는 과정에서 '1인의 고통을 만인의 고통으로 전환시킨' 진전된 작가 의식이 바탕을 이룬다.

4. 1인의 고통에서 만인을 위한 글쓰기로

지금까지 언급한 바와 같이, 박경리의 초기소설에는 전쟁의 그림자가 어둡게 드리워져 있다. 거기에는 여성 가장이 가진 죽음에 대한 공포와 불안, 가난과 궁핍, 가족 부양의 무거운 책무가 반복해서 등장한다. 초기단편에 반복해서 등장하는 이들 모티프는 1인칭 주인공 시점이나 관찰자 시점에서 활용되면서 서술자와 등장인물과의 심미적 거리가 가까운 서술문법을 가지고 있다. 이는 전쟁의 여파에 대한 체험의 직접성을 보여주는 한 단면이기도 하다.

1950년대 박경리의 초기단편에서 우세한 자전적인 요소와 회상, 사유하는 내면성은 전쟁체험의 시적 상태를 담고 있기는 하지만 섣부르게 전쟁체험의 객관화하기보다 사회악의 고발이라는 경로를 거쳤다는 점은 재고해볼 부분이다. 이는 전쟁의 피해당사자로서 출발한 작가로서 전쟁체험의 시적 상태를 산문화하는 방식보다 전쟁 이후 일상이 자리 잡으며 자취를 감춘 전쟁의 상처와 범람하는 전후사회의 상을 고발하는 방식을 취했기 때문이다. 그러나 전쟁의 자취가 사라지는 1950년대 후반에 이르러 현실의 복합성을 담아내는 필요성이 대두한다. 이와 함께 작가는 장편 양식을 모색하게 된 것이다. 하지만 작가는 먼저 단편양식이 가진 장점을 활용하기보다 먼저 애정관계에 바탕을 두고 전쟁피해자의 현재를 서사화하는 방식을 택한다. <애가>에서 보듯이, 전쟁체험의 직접성을 간접화하고 서사의 폭을 확대시켜 전쟁의 상처를 가진 여성인물을 포착하는 데는 성공하지만 인물들의 시적 상태에서 벗어나 산문적 현실을 구축하는 데는 실패한다. 여기에는 여성인물들이 사회적으로 생동하는 활동영역을 마련하지 못한 것을 주된 원인의 하나로 꼽을 수 있다. 하지만 <표류도>는 초기 단편이 가진 자전적 요소와 회상, 사유하는 내면성에도 불구하고 전후 직업여성을 주인공으로 내세워 전후사회의 안팎을 조감하고 통찰하는 새로운 면모를 제시한다. 특히 다방과 감옥이라는 공간을 통해 드러내는 작중현실은 사회악의 고발과 함께 전쟁피해자로서 직업여성의 몽상과 현실, 밑바닥으로 전락한 여성들의 불행을 다채롭고 복합적으로 제시한다.
　박경리의 초기소설에서 전쟁체험과 관련해서 가장 인상적인 문학적 전환의 면모와 가치 하나는 '1인의 고통을 만인의 고통에 대한 글쓰기'로 전환시킨 데 있다고 할 만하다. 이는 초기단편이 가진 고발과 저항의 몸짓이 자전적 요소와 분리시킬 수 없는 처절한 육성을 담고 있으나 <애가>를 거쳐 사회적 넓이를 확보하고 <표류도>에서는 만인의 불행과 함께 하는 면모를 구축해 나갔기 때문이다. 이 전환적 인식은 전후사회의 조망과 통찰을 통해 도달한 지평으로, 훗날 1960년대의 수많은 중단편들과 장편들, 그리고 <시장과 전장>을 거쳐 <토지>에 이르는 문학적 가치이자 주된 동력이 되었다. 초기단편에서 <표류도>에 이르는 박경리 초기소설의 전환적인 흐름을 한 마디로 요약하면, '1인이 겪은 전쟁의 상처와 고통을 만인의 고통과 상처에 관한 이야기'로 바꾼 데 있다. 그런 맥락에서 <표류도>는 1950년대 박경리 소설의 정점이자 1960년대에 이르러 문학적 역량을 발휘하는 또 하나의 원천을 이룬다는 말이 가능하다.

<시장과 전장>의 주인공들의 자의식

이덕화

1. 주관적 세계에서 객관적 세계로

박경리는 1955년 <計算>, 1956년 <黑黑白白> 이후로 15편의 장편과 50편의 단편, 대하소설 <토지>를 발표하여 주목을 받아 온 작가이다. 1950년대 초기 단편 작품들은 개인과 가족을 대상으로 한 사소설적 주관적 색채가 강한 작품들이었다. 그러나 1960년대 <김약국의 딸들>과 <시장과 전장>에 와서야 개인의 주관적 세계를 벗어난 객관적 세계를 형상화, 독창적 새로운 문학 세계를 보여주었다.

그 중 <시장과 전장>은 1960년대 와서야 가능했던 냉전 이데올로기에 함몰되지 않고 6.25 전쟁의 객관화를 시도한 작품이다. <시장과 전장>이 발표되자 바로 신동아에 기고한 백낙청의 「피상적 기록에 그친 6.25 수난」[1]을 비롯, 많은 연구자들의 관심의 대상이 되어 왔다.

정명환, 김우종, 임헌영, 조남현[2] 등이 기훈의 인물의 독창성을 들어, 전쟁의 의미를 객관적으로 포착하려는 노력을 보여준 작품이라는 평을, 권영민[3]은 생활인의 시각과 이데올로기의 시각 두 관점에서 본 역사성을, 김복순[4]은 구원의 관점에서 구재진은 1960년대 소설을 다루며 <시장과 전장>을 이데올로기와 생활 양 측면을 분석하면서도 결국 생활의 세계를 지향하고

---

1) 백낙청, 「피상적 기록에 그친 6. 25 수난」, 『신동아』, 동아일보사, 1964. 4.
2) 정명환, 「폐쇄된 사회의 문학」, 『한국 작가의 지성』, 문학과 지성사. 1966.
   김우종, 『한국 현대 소설사』, 성문각, 1987.
   임헌영, 「전후 문학에 나타난 한국전쟁 인식의 변모」, 『한국전쟁연구』, 태임, 1990.
   조남현, 「<시장과 전장>의 이념 검증」, 『한국의 전후문학』, 태학사. 1981.
3) 권영민, 『한국현대문학사』, 민음사. 1993.
4) 김복순, 「<시장과 전장>에 나타난 사랑과 이념 두 구원」, 『<토지>와 박경리 문학』, 솔, 1996.

있는 소설로 분석하고 있다. 이나영5)은 개인의식에 초점을 두고, 한점돌6)은 아나키즘의 관점에서 분석하고 있다.

<시장과 전장>은 이렇듯 다양한 관점에서 연구가 진행되어 왔고, 전쟁 소설에서 다루어질 수 있는 이데올로기 관점에서는 충분히 연구가 이루어 졌다. 1950년대 전쟁 소설과 1960년대 전쟁 소설의 차별성에 대해서도 충분히 논의가 이루어졌다.7)

그런데 <시장과 전장>은 두 서사 의도를 가지고 있다. 첫 번째는 작가가 전쟁을 나름대로 객관적으로 조명하고자하는 의도와 또 하나는 그 전쟁이라는 대사건을 통하여 작가의 경험적 자아인 지영이 어떻게 현실을 받아들이고 변화하였는가를 보여주기 위한 의도이다. 두 번째 의도를 명백하게 보여주는 것은 지영이 연백으로 갔을 때 남편에게 보낸 편지를 매개로 이루어진다. 그러나 지금까지 연구자들은 <시장과 전장>의 첫 번째 의도를 해석하는 데 집중해 왔다. 그래서 본 논문에서는 두 번째 의도를 분석하는 데 집중하려고 한다. 이것은 첫 번째 의도에 관해서는 연구가 많이 진전된 때문이기도 하지만, 두 번째 의도 역시 <시장과 전장>에서 중요하다고 생각한다. 이것은 박경리 문학의 전체의 맥을 형성하는 데 중요한 획을 이루는 사건이기 때문이다. 앞에서 서술한 대로 박경리가 처음 자신의 주관적 경험 안에서 머물던 작품 세계가 이를 계기로 객관적인 세계로 나아가는 변화의 기폭제가 되기 때문이다.

---

5) 이나영, 「박경리의 <시장과 전장>에 나타난 '개인의식' 연구」, 한국문학언어학회. 2003.
6) 한점돌, 「박경리 문학사상연구—<시장과 전장>과 아나키즘—」, 『현대소설연구』42, 한국현대소설학회, 2009.
7) 민족문학사연구소 현대문학분과, 『1960년대 문학연구』, 깊은샘, 2001.

<시장과 전장>이 전쟁을 다루는 소설이다 보니 이념이 가장 중요한 관건으로 다루어지고 있음은 어쩔 수 없다. 그러나 이 작품의 전개의 추동력은 지영과 기훈의 아웃사이더적인 정체성에 의해서 이루어진다. 그 예의 하나로 지영은 연백으로 가족을 떠나 홀로 교사로 갔을 때 남편에게 보내는 장문의 편지는 이 작품의 가장 중요한 부분을 이루고 있다. 이 편지로 인해 지영이 전쟁 전과 전쟁 후의 행동의 고리를 이해할 수 있기 때문이다. 전쟁이라는 대사건은 작가의 경험적 자아인 지영에게 어떤 의미를 주었나는 지영이 연백으로 가기 전과 전쟁 후의 변화된 모습, 또 박경리의 문학 세계가 변화된 중심고리 역할을 하고 있다. 또 인간 본래의 모습, 인간의 존엄을 찾기 위해 상실한 고향의 회복의 염원이 전쟁이라는 대사건을 통해서 더욱더 절실함을 서사 과정을 통해서 보여준다. 그래서 본 연구는 지영과 기훈 두 사람의 아웃사이더적인 정체성에 초점을 두고 서사과정을 분석하겠다.

<시장과 전장>이 1960년대 작품으로서 6.25 전쟁을 객관화 할 수 있었던 것은 작가가 전쟁 후 10년이라는 시간의 흐름을 통하여 나름대로 전쟁에 대한 객관적인 해석이 가능했기 때문이다. 지영을 통한 전장에서의 민중들의 애환을, 이념 전쟁의 성격을 띠는 6.25 전쟁의 이념의 허망함을 기훈을 통하여 잘 보여주고 있다. 이 글에서는 지영의 아웃사이더적인 자의식이 어떻게 형성되었으며, 아웃사이더적인 자의식과의 연관 속에서 전장과 시장의 의미를 훑어볼 것이다. 관념론자인 기훈을 통해서 단독자로서의 자유로운 영혼의 순례를 살펴 볼 것이며, 인간 본래의 모습, 인간의 존엄을 지키기 위한 미래적 전망으로써 원초적 세계를 살펴볼 것이다.

2. 추방당한 난민

6.25 전쟁은 제2차 세계 대전이 야기한 부르조아 이념과 프롤레타리아 이념의 대립에 따른 근대적 이념의 충돌이었다. 6.25 전쟁은 근대화 패러다임으로서 제국주의적 근대화를 둘러싼 세계 냉전 체제의 투쟁이었다. 6.25 전쟁 직후는 물론 1950년 후반까지만 해도 한국은 냉전 체제의 비극적인 전쟁의 후유증에서 벗어나지 못했다. 한국 전쟁은 개인의 한계를 넘어 선 재난이었으며 그 타격은 의외로 큰 후유증을 남겼다. 그것은 현실의 저주로 나타났으며, 패배주의와 허무주의를 낳았다.

그로 인해 문학은 현실 속에 처한 인간 개개인의 구체적 존재와 그 의미에 집착하게 되었다. 그러다보니 인간 개체의 실존적 모습인 불안 의식과 허무주의가 상대적으로 과장되게 드러났다. 전쟁이 가져 온 단절은 전쟁 이전의 소박했던 삶의 불가능을 의미했고, 전쟁 이전의 신뢰와 신조를 의심했으며, 방향 감각을 상실하게 했다. 삶은 비극적인 것으로 인식되면서 다양한 측면의 소외 행태가 대두된 것이다. 전후의 문학이란 과거의 모든 것이 파괴된 현실에서 삶의 실존적인 문제를 질문하는 자의식의 산물이다.

이러한 허무 의식과 불안 의식이 팽배했던 1950년대의 문학을 1960년대 문학이 극복할 수 있었던 것은 4.19 혁명에 의해서이다[8]. 전쟁으로 인한 패배의식과 인간에 대한 불신이 허무주의나 불안을 야기했던 것은 미래에 대한 전망의 부재에 의한 것이었다. 그러나 4.19 혁명을 통해서 사람들은

---

8) 민족문학사연구소 현대문학분과, 『1960년대 문학연구』, 깊은샘, 2001.

그 빛을 본 것이다. 사람들은 비참한 현실에서 서서히 빠져나와 다시 꿈을 꾸기 시작한 것이다. 문학 역시 현실에 매몰된 추상적 관념주의에서 벗어나 현실을 객관화하기 시작했고, 현실을 직시, 나름대로의 전망을 제시하려는 노력들이 가시화되었다. 이 시기에 나온 작품이 <시장과 전장>이었고, 이 작품은 1950년대 작품들이 보여주는 감정의 과잉, 혹은 관념적 추상주의로 흐르는 작품들과 구분되는 작품 중의 하나이다. 1960년대의 작품들이 보여주는 특징, 6.25 전쟁이 가지는 허구성, 전쟁을 통하여 냉전 이데올로기가 가지고 있는 이념적 허구성을 객관적으로 바라보려는 시도를 한 작품이 바로 <시장과 전장>이다.

<시장과 전장>은 1960년대 출판된 작품이지만, 6.25 전쟁이 시작되기 바로 전부터 인천 수복시까지의 시간대를 배경으로 한 작품이다. 작품의 대부분이 초점화자의 전쟁 중 실제 체험을 서사로 엮고 있다. 그러니까 <시장과 전장>은 6.25 전쟁 소설이다. 그러나 6.25 전쟁의 전투의 현장보다는 전쟁으로 인한 인민군과 국군 사이에서 우왕좌왕하다 내몰리는 민중들의 공포와 불안을 서사화한 작품이다.

이 작품의 서사구조는 지영의 서사와 지영의 시동생 기훈의 서사로 교차적으로 서술된다. 지영의 서사는 지영이를 중심으로 서사화되는 반면, 기훈의 서사는 가화와 석산, 장덕삼과의 관계 속에서 서사가 진행된다.

지영의 서사를 이루는 부분에서는 지영의 가족을 중심으로 진행된다. 도입부에서는 지영이 전쟁 전 연백으로 가족을 남겨두고 홀로 떠나게 된 심리적 배경은 이 작품에서 작품 구성의 중요한 동인이 된다. 작가는 편지를 장장 11페이지 상당의 양을 할애해서 서술하고 있다. 이 편지는 지영이

왜 혼자 연백으로 교사로 올 수 밖에 없었는가의 심리적 배경을 주로 서술하고 있다. 그런 심리적 배경을 설명하기 위해서 어릴 때부터 자신의 의식 구조와 자신의 정체성도 함께 서술하고 있다. 그것을 정리하면 다음과 같다.

어릴 때부터 설움 때문에 낯을 가리고 두려움이 많았기 때문에 어디를 가도 불안해 했다는 것. 그로 인해 다른 사람과 잘 어울리지 못했다는 것, 정신대에 강제 징집 당할까봐 잠시 금융조합에서 직장 생활을 했으나, 사람들과 어울리지 못하는 성격 때문에 외로워, 결혼할 생각을 하고 선을 봤다는 것, 그러나 상대방에 대한 감동이 없어 포기했으나, 자기보다 집안이 좋은 친구와 상대방이 결혼하려는 것을 소문으로 듣고, 결혼을 결심했다는 것, 결혼 후 상대방이 착하고 좋은 사람이지만, 정직하지 못한 것으로 인해 실망을 느꼈다는 것. 결혼 두 달 후에 어머니와 같이 살면서, 남편과 어머니가 생활 감정이 잘 맞아 두 사람이 알아서 가정을 운영, 자신은 소외되었다는 것. 또 남편의 허영 때문에 자신은 양재 학원을 다니기도, 결혼한 사실을 속이고 대학을 다니기도 했다는 것. 그러나 대학을 다니며 어릴 때 낯선 사람에 대한 공포감과 외톨이로서의 고독감을 다시 일깨워줬다는 것, 남편과 자신의 이질적인 결합이 비극이었는데, 그것을 서로 얽히게 해줄 생활을 어머니가 뺏어 갔다는 것으로 자신이 연백까지 오게 되었다는 사연이었다.

위의 내용을 분석하면, 지영은 어릴 때부터 자기 자신이 만들어 놓은 타인과의 벽 때문에 소외감 속에서 살아왔다는 것이고, 두 번째는 소심증이다. 남편의 허영심으로 인해 남과 어울리기를 싫어하면서도 양재 학원을 다녀야했고, 남 속이는 것을 제일 싫어하면서도 결혼한 사실을 속이고 대학을 다녀야 하는 괴로움 속에서도 스스로 남편의 요구를 거절하지 못한다는 것이다. 그리고 남편과 어머니 사이에서 스스로의 자리를 찾지 못하는 것 역시 자기주장을 고집하지 못하는 소심한 마음 때문이다. 그런데 문제는 자의식이 강해서 타인과 잘 어울리지 못하면서 남과의 경쟁에서 지지 않으려는 자존심도 강한 모순적 인물이라는 것이다. 이런 인물에게는 강한 성격의 소유자인 남편이나 어머니가 없어야만 한다. 그럴 때 자신의 자유의지를 마음대로 펼 수 있다. 바로 전쟁으로 인한 지영이 남편의 행방불명과 어머니의 죽음은 이런 작가의 의식 속에서 나온 작품의 구조인 것이다. 지영이 어릴 때부터 설움으로 인해 가졌던 타인과의 낯설음과 열등의식에서 오는 소외의식은 평범한 일상 속에서는 어울릴 수 없는 소외로 이어지지만, 누구나 소외를 경험하고 죽음을 체험하는 전쟁이라는 극한 상황 속에서는 무화되는 감정이다.

이 작품에서 지영과 기훈, 가화는 모두 작가의 분신으로, 지영이 작가의 체험적 자아라고 한다면, 기훈은 관념적 자아[9], 가화는 초현실적 자아이다. 세 사람은 모두 태생적으로 아웃사이더적인 자의식을 가지고 있는 인물들이다. 『시장과 전장』의 지영이나 기훈, 가화가 보여준 개인의식에 의한

---

9) 데카르트는 인간 일반을 생각할 때, '나는 생각한다, 고로 존재한다'를 예로 인간의 특징을 설명한다. 여기에서 '생각한다'의 '생각한다'를 예로 인간은 항상 행동하기 전에 생각하는 관념적 존재라고 한다. 그러니까 작가 박경리가 작품을 구성할 때의 인물, 지영, 기훈, 가화는 모두 관념적 자아라고 할 수 있다. 박경리의 생각 속에 나온 자아이기 때문에, 그러나 여기에서는, 경험적 자아에 가까운 지영은 경험적 자아, 좀 더 현실을 도외시 하는 자신의 이념을 실현하려는 기훈을 관념적 자아, 먼 미래, 혹은 무의식 속에 자신이 바라는 인물, 가화는 이상적 인물로 편의적으로 부르겠다. 그런 의미에서 세 인물은 모두 작가의 분신에 속한다.

자유의지는 전쟁이라고 하는 극한상황에서 탈출구로 모색된 현실을 뛰어넘는 돌파구로 작용한다. 자유의지에 의한 새로운 세계로의 지향은 현실의 제한된 의식을 넘어선 무의식의 세계, 해방의 공간을 향해 있다. 이것은 전쟁이라는 대사건이 매개되어 있기 때문에 가능했다. 그것은 정신의 순수성, 원시성으로의 지향이다. 전쟁의 폭력적 상황 속에서 잃어버린 꿈의 회복을 염원하는 세계이다. 즉 전쟁이 야기하는 전체성에 대한 혐오, 추방, 고통, 저항의 심리가 개인의 자유를 염원하는 초현실의 세계를 꿈꾸게 했다고 할 수 있다.

전쟁 중에는 자신의 삶의 터전을 떠나야 했던 피난민은 피난민대로, 피난을 떠나지 못하고 남을 수밖에 없었던 사람들은 그 사람들대로 공포와 불안 속에 겨우 목숨을 연명하는 상황이었다. 전쟁이 시작된 순간, 민중들은 일상적 질서로부터 추방당한 자들이다. 즉 그들은 폭압적 상황으로 인해 추방당한 난민들이다. 전쟁 이전의 소박했던 일상은 해체되었다. 전쟁이 가져온 단절은 전쟁 이전의 소박했던 삶을 불가능하게 했고, 전쟁 이전의 신념과 신뢰를 무너뜨렸다. 그들은 삶의 방향을 상실했고, 모든 것으로부터의 단절은 소외를 낳았다. 통일된 객관적 세계에 대한 신뢰상실에서 비롯된 불안한 감정이 소외를 불러일으켰고, 소외는 비극 감정을 극대화했다. 또 전쟁으로 인한 파괴와 폭력적 상황은 모든 것을 낯설게 했고, 주변화시켰다. 이런 낯설음은 전쟁이라는 폭력적 상황이 만든 타자 의식이다. 낯선 세계에 내던져진 존재는 소외되고 고립된, 고독한 단독자로서 세계로부터 추방당한 난민이다. 자기 영토 안에 있지만, 정착 할 곳 없는 난민이며, 국가 체제나 권력 역시 무국적 상태이다. 그 어떤 것도 대신할 수 없는 소중한 고향과 익숙한 자연, 다 함께 비비고 의지했던 가족들, 과거에서 미래로 계속되어 왔던 전통이 훼손된 세계로 인해, 자기가 속한 세계를 거슬러 자기 정체성에 새로운 의문이 제기된다.

추방당한 난민, 아웃사이더의 시선으로 세상을 바라보기, 이것이 바로 <시장과 전장>을 통해서 보여준 자유로운 영혼의 고백이다. 그 소외로 인해 국가, 민족뿐 아니라 일체의 기존의 관습과 윤리는 부정되고 개인의식만이 유일한 탈출구였다. 개인의식은 수많은 추방당한 자들이 자신이 운명의 주인이 되려는 것, 또한 이러한 소외된 상황까지도 책임을 지고자하는 용기에 의해 생성된 것이다.

지영의 편지 마지막에 이북서 월남한 귀순병 이야기에서 숱한 환영객의 꽃다발보다 진실로 귀순병이 원한 자유는 '두드러지지 않고 조용히 묻혀 사는 게 아니었을까요.' 라는 말은 자기 자신의 자유의지대로 사는 것만이 영원한 자유를 누릴 수 있다는 것을 서술하고 있다. 이런 서술은 기훈의 스승벌 되는 석산 선생과의 토론에서도 똑같이 제시된다.

석산 선생은 부르주아독재나 프롤레타리아독재, 이 양극 사이에는 아무 것에도 가담하고 싶지 않은 개인이 더 많고, 그들은 다 같이 자신들의 영혼이 진실로 해방되기만을 바랄 뿐이다는 석산의 주장에 대해서 민중을 끌고 가기 위해서는 광신과 방편과 폭력이 따를 수밖에 없다는 기훈의 설전은 두 사람의 대립을 극명하게 보여준다.

기훈에 관한 서사는 가화와 석산 선생과의 관계를 통해 제시된다. 냉엄한 공산주의자로 자처하는 기훈은 가화를 통해서 자신의 고독을 바라보고 있는 인물이다. 바보[10] 같을 정도로 순수하면서도 황량한 쓸쓸함을 지닌

123

가화를 묘사한 부분을 보자.

> 여자는 침대에 걸터앉는다. 여자는 오래도록 그러고 앉아 있다. 얼음
> 바다에 둘러싸인 황량한 신세, 여자는 그런 것을 발끝에서 손끝까지
> 지니고 앉아 있었다.11)

　기훈은 자신의 고독과 소외를 냉정한 이성주의자인 혁명가로 위장하고
인물이다. 그러나 가화의 순수함과 고독을 바라볼 때면 위의 인용문처럼
혁명주의자인 자신보다 자연인으로서의 자신으로 돌아간다. 혁명주의자로
서 자신의 사명으로 인해 가화를 멀리가고 싶고 냉정하게 대하고 싶은 것
과는 달리 마음은 가화에게 이끌린다. 그것은 자신 속에 가화가 가지고 있
는 바보 같은 순수함과 황량한 쓸쓸함을 사랑하기 때문이다.
　이런 것은 석산 선생과의 관계에서도 마찬가지이다. 석산 선생은 맑스
와 똑같은 사회주의 이념에 동조했지만 개인의 자유를 더 존중한 아나키
스트로서의 바쿠닌의 인간성에 매료된 인물이다. 기훈과의 설전에서 석산
산생은 바쿠닌의 인간성의 매력을 역시 맑스와 비교하면서 교활하고 비
열한 맑스에 비하면 바쿠닌은 심장을 가진 인간으로 평한다. 그 예로 호이
부나라는 얼굴도 모르는 사람의 영웅심과 그 사람이 가지고 있는 고립감
에 매료되어 자기하고 아무 관계도 없고 흥미도 없는 혁명에 가담한 바쿠
닌을 사랑스러운 사람이라고 표현하고 있다. 석산 선생은 바쿠닌이 말한

---

10) 작가는 기훈과 가화의 상면 장면에서 두 번씩이나 '여자는 바보처럼 서 있었다.'라고
　서술하고 있다.
11) 박경리, 『시장과 전장』, 마로니에북스, 2008, 54쪽. (이후 인용은 쪽수만 표시)

프롤레타리아가 권력을 점유하는 것은 프롤레타리아 자신이 지배적 착취적 계급이 되려는 것이다며 혁명주의자 기훈을 빗대어 힐책하고 있다. 그러자 기훈은 석산을 배반할 지도 모른다는 말에 석산 선생은 '나를 배반하는 것은 너 자신을 배반한 것과 마찬가지'[12]라며 기훈 속에 내재한 개인의 자유를 향한 의지를 날카롭게 지적하고 있다. 결국 기훈은 자신의 이념을 위해서 석산을 처형한다.

기훈이 석산과 인간적인 관계를 의식적으로 무시하듯이 가화와도 마찬가지이다. 가화를 만날 때마다 느끼는 자신을 보는 듯한 황량함에 끝없이 이끌리지만, 의도적으로 무서운 얼굴과 차가운 표정을 보여주는 것은 석산을 배반하듯 자신 속의 내면을 배반할지 모르는 두려움 때문이다. 결국 자신의 소외가 만들어내는 냉정함과 엄격함에 의해 자신을 위장하고 있다.

"저 권총으로 나는 수많은 반동들을 처치했다. 왜 두려운가?"
그래서 어쨌다는 거야...기훈의 모습은 먹이를 채려는 사나운 짐승 같았다.
"아아."
가화는 두 손으로 얼굴을 가린다.
"나는 아무도 사랑한 일이 없다. 나는 내 이념을 사랑했을 뿐이다. 내가 너를 찾아온 것은...그것, 그것은 바람이었다. 내가 아니다."
기훈은 가화의 팔을 확 잡아젖힌다. 가화는 그 손을 뿌리친다. 순간 기훈은 가화의 뺨을 갈긴다.[13]

---

12) <시장과 전장>, 168쪽.
13) <시장과 전장>, 249쪽.

앞의 인용문에서 마지막에 기훈이 가화의 뺨을 치는 것은 가화에 대한 혐오보다 자신에 대한 혐오 때문에 가화의 뺨을 때린 것이다. 그런 기훈의 내면을 날카롭게 분석한 가화는 '거짓말! 거짓말! 당신 그런 사람 아니에요,' 하고 외친다. 자신의 고독과 소외 때문에 선택한 혁명주의자로서의 냉정함과 비열함은 결국 가화의 순수한 인간적인 사랑에 의해서 무너진다.

산 속을 헤매는 전쟁터에까지 찾아 간 가화에게 화를 내며 무서운 얼굴로 대하던 기훈이 무너진 것은 결국 가화의 바보 같은 사랑 때문이다. 산 속을 헤매다 여성 동지와 농담을 하고 지나가는 기훈을 발견하고 가화는 길을 잃었던 어린 아이가 엄마를 찾았을 때의 절박한 울음을 터뜨린다.

> "가화."
> 가화는 울음을 뚝 그친다, 기훈은 돌아서서 가화에게 다가오며
> "넌 바보다. 자아 일어서."
> 가화는 일어선다. 기훈은 가화하고 마주서서 얼굴을 쳐다보며
> "넌 바보다. 어서 돌아 가"
> 가화는 두 어깨를 축 늘어뜨리고 돌아서 간다. 한참 가다가 돌아본다.
> 기훈은 돌을 주워서 어둠을 향해 팔매질을 하고 있었다.[14]

위의 인용문에서 보여주는 것처럼, 전쟁 중의 삼엄한 현실 속에서 상대방의 냉담한 반응에도 아랑곳 않는 가화의 지고지순한 사랑은 바보만이 할 수 있는 것이다. 그런 의미에서 가화는 바보임에 틀림없다. 기훈의 냉정함은 전쟁의 막바지에 무너진다. 어둠을 향한 돌팔매질은 자신의 사랑에

---

14) <시장과 전장>, 498-499쪽

당당하지 못한 비열함을 향한 돌팔매질이다.

> "저도 그렇게만 좋아 하셨어요? "
> "그렇겠지. 하지만 여자가 남자의 마음을 바꾸어놓은 일이 있어."
> "그건?"
> "그건 가화가 바보니까 나도 바보가 된 거야. 여자가 똑똑하면 나도
> 똑똑해지고 여자가 잡스러우면 나도 잡스러워지고...하지만 빠지지는
> 않아."15)

위의 인용문처럼 가화의 바보스러움이 결국 기훈의 마음을 움직이게
되고, 장덕삼이 소년 수일이를 놓아 준 것에 대해 신랄하게 비판하던 기훈
이 결국 가화를 마을로 도피시키려다 동료에게 들키고 자신의 총으로 가
화를 죽인다. 기훈은 가화를 만날 때만이 순수한 자연인기훈으로 돌아가기
때문에 스스로의 소외에서 벗어날 수 있는 것이다. 그러기 냉엄하고 엄격한
혁명주의자 기훈이 가화를 만나는 순간은 순수한 자연인 자신과의 대면인
것이다.

3. '전장과 시장'을 통한 해방감

전쟁이 나기 전까지 지영의 답답한 일상은 전쟁이 난 후부터 활기를 띠
고 작품의 분위기가 밝아진다. 지영의 일상에서 느끼는 갈등은 전쟁이라는

---

15) <시장과 전장>, 558쪽.

위기를 맞음으로써 생활에 더 밀착하게 되고, 생활의 밀착을 통해서 지영을 아웃사이더적인 입장에서 삶의 주체로 떠오른다. 지영이 교사로 근무하던 연백에 인민군이 쳐들어왔다는 비보에 서둘러 동료 여교사 몇 명과 더불어 피난길에 나선다. 피난길에서조차 지영은 가장 궁금해야 할 가족의 안부나 안녕에 대한 염려를 하지 않는다. 자신이 가정에서 느꼈던 소외가 남편이나 어머니에 대한 염오에서 비롯되었기 때문에 남편이나 어머니에 대한 미움까지는 이해가 가지만 자신의 자녀들에게조차 어머니로서의 최소한의 모성에 의한 그리움도 보여주지 않는다. 이것은 지영이 얼마나 그 이전에 일상에서 느끼는 혐오가 강한 것이었나를 보여주는 부분이다. 전쟁에 의한 죽음조차 두려워하지 않았다. 이것은 가족에 대한 애착을 잃었을 뿐만 아니라 모든 삶의 의욕을 상실했음을 말해주는 것이다. 그런 지영이 피난길에서 맞게 되는 몇 번의 위기의 순간을 거치면서 가족에 대한 애착이 다시 살아난다.

> 산판을 밟고 땅 위에 발을 내려놓았을 때 지영의 눈앞에는 아이들의 모습이 확실히 떠올랐다. 남편과 어머니의 얼굴도 똑똑히 나타났다. 지영의 눈에서 처음으로 눈물이 흐른다. 모두 모르는 사람끼리 얼싸안고 눈물을 흘리고 있다. 정말 대지에 입맞춤하고 싶은 감동에 모든 것이 새롭고 정답고 소중하기만 하고.16)

위의 인용문에서 보여주듯, 그 이전의 편지에서 보여주었던 일상에서 오는 갈등은 전쟁이라는 위기 앞에서 아무 것도 아닌 것으로 무화된다. 전쟁

---

16) <시장과 전장>, 182쪽.

이라는 더 큰 공포는 전쟁 전의 공포와 낯설음을 아무 것도 아닌 것으로 만들어 버린다. 전쟁 전의 소극적인 삶의 태도는 전쟁 후에는 적극적인 태도로 완전히 딴 사람으로 바뀐다. 지영이 실제 전쟁 발발 후 가족에게로 돌아온 이후, 지영이를 중심으로 가족은 움직인다. 전쟁이라는 위기 앞에서 지영의 어머니 윤씨가 보여주는 강한 생활력은 오히려 방해가 될 뿐, 힘을 발휘하지 못한다. 또 위기를 관리하는 능력도 지영을 따르지 못한다. 남편 기석은 남성이기 때문에 전쟁 중에 인민군이든 의용군이든 언제 어느 때 징집될 지 모르는 현실적으로 한계를 가질 수 밖에 없는 인물이다.

지영이 전쟁 시에 적극적으로 활력을 띄는 것은 전쟁 전에 가지고 있던 두려움과 공포를 느낄 필요가 없기 때문이다. 평온한 일상에서 느끼는 두려움과 공포는 가부장적 혈통주의에서 오는 억압으로 인한 것이기 때문에, 전쟁 중에는 그런 것을 느낄 필요가 없다. 전쟁이라는 위기 앞에서 하루의 안일조차 보장되지 않는 상황 속에서 혈통이나 전통은 전혀 의미가 없는 것이다. 누구나 전쟁이라는 위기 앞에서 자율적인 인간으로 새롭게 태어나는 것이다. 이것은 전쟁으로 인한 파괴와 붕괴는 현실에 대한 해체를 예고하고 그것은 인간에게 두려움과 함께 해방감을 동시에 주기 때문이다.

> 전에는 그런 것 생각하면 무서웠는데 이제는 안심이 된다. 땅을 파는 기석도 구멍을 파는 한 마리의 개미처럼 생각하면 안심이 된다.17)

위의 인용문은 피난을 가던 중, 기석이 대피호를 파던 광경을 보면서

---

17) <시장과 전장>, 204쪽.

느낀 지영의 심리를 묘사한 글이다. 극히 불안을 느껴야하는 전쟁 시의 위기 앞에서 '안심이 된다'는 지영의 심리는 분명 이상 심리이다. 이런 이상 심리를 통해 지영이 전쟁 전의 일상에서 오는 억압이 얼마나 심했나를 역설적으로 보여주고 있다. 지영이 전쟁 시에 느끼는 해방감은 자신의 출생으로 인한 설움에서 비롯된 소외 의식이 전쟁이라는 더 큰 위기 앞에서 무화되어 사라졌기 때문이다.

그러나 전쟁 전에 가지고 있던 소외의식이 사라지면서 체화된 아웃사이더적인 자의식을 가진 지영은 전쟁이 야기한 상황 전체를 온몸으로 끌어 않는다. 즉 전쟁 중에 가족을 온전히 지키고 끝까지 목숨을 보존해야겠다는 의식을 가진다. 전쟁으로 인한 위기 상황은 지영의 아웃사이더적인 자의식을 발휘하기 좋은 새로운 기회이다. 지영은 전쟁이 야기한 불안한 자유의 시공에 기투된 개인이다.[18] 지영은 전쟁으로 인한 사회현실을 온몸으로 체험하고 그것을 끌어 안으므로써 적극적으로 현실대응을 해나간다.

지영의 이런 아웃사이더로서의 자의식은 전쟁이 야기한 절망의 현실에서조차 절망하지 않는다. 이미 전쟁 이전의 아웃사이더로서 일상적으로 겪은 소수자로서의 체험은 절망적인 상황 속에서도 체념하거나 절망하지 않는 오히려 적극적으로 저항하며 해결하는 자유 구현의 인간상으로 떠오른다. 지영이 전장에서 느끼는 자유로움은 일상의 억압에서 벗어난 해방감에서 온다. 오히려 전쟁 전보다 위험한 전장을 오가며 시장을 들락거리고, 남편의 행방을 찾아 서울에서 인천, 인천에서 서울을 몇 번씩 왕래하며 적극적인 행동반경을 넓혀 간다.

---

18) 진순애, 「전쟁과 해체 미학의 정치성」, 『전쟁과 인문학』, 성균관대학교 출판부, 2006, 122쪽.

지영이 전쟁 시 전장에서 느끼는 자유로움은 시장터에서도 똑같이 느낀다. 시장이 가지고 있는 풍족함 속에서의 익명성은 외로움, 낯설음, 공포를 잊게 해줄 뿐 아니라 해방된 영혼이 가지는 자유로움을 시장에서 느낄 수 있기 때문이다. 시장이란 개인주의적 내면의 성곽이나 전체주의적 이념의 틀로부터 해방되어 있는 자유로운 삶의 현장이다. 거기서 생명력 있는 충일한 기쁨을 느낀다.

> 지영은 이곳이 좋고, 혼자 거니는 외로움이 좋고, 아는 사람이 아무도 없어 좋았다. 시장과 음악과 시장의 얼굴들은 어린 날과 조금도 다름이 없다. 향한 것도 없는 그리움과 어린 날의 아픔이 바람처럼 지영의 가슴을 친다.[19]

> 지영이 처음 연안에 왔을 때도 이 시장 길을 지나갔다. 낯선 도시, 낯선 거리, 그리고 낯선 사람들, 이 시장 길을 지나 갈 때 지영은 안심하고 기쁨을 느꼈다.[20]

시장이라는 곳은 가족, 혈통, 사회라는 공동체로부터 자유롭게 해주는 해방의 공간이며 인용문에 보듯이 낯선 곳, 낯선 사람들로부터 오히려 '타인'이라는 공포로부터 벗어날 수 있도록 해주는 원동력을 가지고 있다. 지영의 아웃사이더적인 자의식은 시장과 같은 부표처럼 떠도는 자신의 정체성을 어디에도 포박하지 않고 오로지 내면에서 창조한 새로운 세계를 찾는 원동력으로 작용한다.

---

19) <시장과 전장>, 127-128쪽.
20) <시장과 전장>, 128쪽.

4. 상실된 고향의 회복

전쟁으로 인한 통일의 객관 세계가 해체된 상황에서 내던져진 인간이 할 수 있는 것은 잃어버린 상실된 고향을 되찾는 것이다. 그러나 부초처럼 떠도는 아웃사이더의 자의식을 가진 지영이나 기훈에게 잃어버린 고향은, 억압된 현실에서의 해방구이며 탈출구인, 정신의 순수성, 원시성으로의 지향이다.

지영은 전쟁이 끝난다 해도 과거의 일상 속에서 느꼈던 공포와 낯설음이 지배하던 그 생활로 되돌아가고 싶지 않았을 것이다. 지영의 억압적인 삶에 주도적인 역할을 했던 남편이 행방불명되었다든가, 어머니가 죽었다는 것은 작가가 의도적인 것은 아니었다 하더라도 상징적인 의미를 가진다.

> 인민군이 물러가고 유엔군이 아직 돌아오지 않았던 공백의 산 중 지영은 아주 딴사람으로 변한 듯 미래에 대한 계획을 기석에게 열심히 이야기했다. 그는 과거 어느 때보다 생명을 꼭 잡고 인생을 신뢰하고 있는 것 같이 보였다. 오랜 방랑을 끝내고 이제는 살 땅으로 돌아 온 여행자처럼. 전쟁이 끝나면 고향으로 돌아 온 여행자처럼. 온갖 것 다 버리고 산골에 가서 살자고 그는 말했다. 싸리나무 울타리에 초막을 짓고, 꿀벌을 기르고, 돼지를 치고, 덫을 놓아 산짐승을 잡고, 감나무, 살구나무를 심고, 산나물, 송이, 머루, 산딸기는 얼마나 맛날 것이며, 솔잎도 먹을 수 있지 않느냐고 했다.[21]

위의 인용문은 지영이 남편이 행방불명되자 남편을 회상하면서 서술한

---

21) <시장과 전장>, 325쪽.

내용이다. 이 인용문에서 '오랜 방랑을 끝내고 돌아 온 여행자처럼'에서 보는 것처럼 전쟁 전의 일상의 지옥으로부터 다시 전쟁 후의 생활까지 부초처럼 떠돌던 자신의 삶은 미래의 희망으로 꿈에 도취된다. 작가의 분신인 지영은 전쟁 전에 일상 속에서 느꼈던 세계에 대한 공포와 낯설음은 전쟁이라는 더 큰 공포에 의해서 이제 공포와 낯설음은 이제 억압이 아니라, 자신이 껴안아야 할 타자로 인식된다. 남편을 잃고, 어머니를 잃고 자신이 어머니가 되어 이제 세계를 품어 안아야 한다.

이런 어머니의 마음은 전쟁이라는 폭력 이전의 세계로 되돌아갈 수 있다는 희망에 의해서 모든 것이 포용되는 어머니의 마음이다. 폭력 이전의 일상이지만, 이젠 전쟁 전의 일상에서 느끼던 공포와 낯설음이 사라진 인간 본래의 모습으로 되돌아 갈 수 있다는 여유이다. 인간 본래의 원시적 삶, 냉전 이데올로기나 가부장적 이념에 의한 전체성이 주는 폭력이 없는 삶으로 되돌아가는 것이다. 인간 본래적 삶이란 어떤 목적에 의해서 수단화되는 삶이 아닌 자연과 인간과의 합일만이 있는 직접적인 감각이 살아 있는 삶이다. 즉 인식의 대상과의 사이에 아무 것도 매개되지 않는 직관적 삶이다. 이것은 또 인간과 자연과의 원초적 합일을 지향하는 삶이다.

> (아무도 오지 말라! 이 땅에, 아무도 오지 말라! 이 땅에 ! 내 혼자 내 자식들하고 얼음을 깨어 한간의 붕어나 잡자 먹고 살란다. 북극의 백곰처럼 자식들 데리고 살란다! 아무도 오지 말라! 아무도! 영원히 이 밤이 가지 말고....)[22]

---

22) <시장과 전장>, 439-440쪽.

전쟁이라는 인간 상실의 폭력적 현실 앞에 살아남는 것만이 오직 항거이며 탈출을 의미한다. 앞에서 보는 것처럼 전쟁이라고 하는 극한 상황, 곧 인간 자체가 부정되는 현실 앞에서 전체성에 대한 부정은 전체에서 해방된 자유로운 개인의 표출이다. 즉 극한 상황에서 탈출구로 모색된 인간 본연의 모습을 되찾는 길은 바로 전쟁의 폭력으로 잃어버린 인간의 존엄을 찾는 길이다. 인간 본연의 모습을 되찾는 길은 폭력적인 현실의 제한된 의식을 넘어서 무제한 의식, 곧 무의식의 세계에서만 가능한 해방의 탈출구이다. 극한 상황 속에서도 자유로운 영혼들의 인간 본연의 모습을 보자.

> "이렇게 만난 게 몇 해 만일까?"
> "백년...아니. 백 년."
> "이제는 아무 말 없어요."
> "그래, 나도 이제 할말이 없어."
> 기훈은 장덕삼에게 얻어 온 담배를 꺼내어 붙여 문다.
> "가화."
> "네?"
> "가화는 애기 낳을 수 있을까?"
> "어떻게 그걸...."
> "오늘 밤...애기가 됐음 좋겠다."
> "여기서? 알면 우릴 죽어 버릴텐데..." 했으나 가화의 눈엔 두려움이 없다.
> "애기 안 낳아도 우린 죽어 어차피."
> "이젠 죽어도 좋아요."[23]

---

23) <시장과 전장>, 555쪽.

앞의 인용문은 전쟁의 마지막, 또 작품의 마지막 서사, 기훈과 가화의 산 속에서의 정사를 나눈 후 대화의 한 부분이다. 더 이상 갈 곳 없는 공산주의자들의 처절한 상황 속에서 그동안 냉정하게 가화를 버려두었던 기훈이 처음으로 가화를 연인으로 대하는 장면이다. 가화와 기훈은 전쟁터라는 폭력적인 상황을 뛰어넘어 인간 본연의 모습으로 되돌아 왔다. 그 속에서 그들은 영원히 기억될 초월적인 사랑을 나눈다. 전쟁이라는 전체주의적인 상황조차 죽음을 불사한 두 사람의 사랑을 막을 수는 없다. 그들은 스스로에게 소외된 자신들을 두 사람의 혼연일치된 사랑을 통해서 회복한 것이다.

추방당한 자들이 자신의 운명의 주인이 될 수 있는 길은 소외된 상황을 가져온 전체성까지 책임을 지거나 혹은 그 상황을 껴안는 길밖에 없다. 아웃사이더적인 자의식을 가지고 있는 지영이나 기훈은 조용히 자연과의 합일 속에서 인간의 존엄을 찾는 인간 본연의 모습을 찾는다. 그럴 때 그 폭력적인 상황에서 벗어날 수 있다. 왜냐하면 고향의 상실로 추방된 난민이 된 디아스포라가 가질 수 있는 꿈은 상실된 고향을 되찾는 길이다. 이것은 또 작가가 작중 인물 심산을 통해서 이야기한 '우리의 영혼이 진실로 해방'24) 되기 위한 길이다.

---

24) <시장과 전장>, 87쪽.

<시장과 전장>과 아나키즘

한점돌

1. 서론

1955년 단편 <계산>으로 등단하여 2008년 타계하기까지 50년 이상 왕성한 집필활동을 계속하여 온 박경리(1926-2008)는 특히 대하소설 <토지> 5부작(1994)을 25년에 걸쳐 완성해 냄으로써 한국 현대문학사상 대표적인 작가로 자기정립을 이룩한 작가이다. 이제 자신의 문학세계에 마침표를 찍은 박경리에 대해 그 총체적 면모를 파악하기 위한 본격적 연구가 다양하게 시도되어야 하겠지만 본고는 문학사상의 측면에서 박경리를 조명해 보고자 한다.

문학을 사상과 관련시켜 논의하는 것에 대하여 "모든 문학이란 사상의 형식"[1]이라거나 "문학은 철학의 한 형식"이라며 찬성하는 견해와 "문학에 대한 철학의 연관을 시인하지 않"으며 반대하는 견해가 대립하고 있지만[2] "작가의 정신구조로서의 발상법"[3]이라는 의미에서 문학사상은 일단 검토될 필요가 있다. 그것은 여타의 연구방법과 더불어 작품이나 작가의 총체적 이해를 위해 필수불가결하다고 생각되기 때문이다.

그런데 박경리의 경우 장기간에 걸쳐 단편, 장편, 대하소설 등 만만치 않은 분량의 소설을 산출했을 뿐만 아니라 시와 수필, 동화 등 여타 영역에서도 활발한 활동을 펼쳐왔기 때문에 그 문학사상을 일거에 간단히 진단해 낸다는 것은 필자의 역량을 넘어서는 과제이다. 그리하여 필자는 박경리의 문학사상이 점진적으로, 그리고 때로는 인식론적 단절을 거치면서

---

1) 김윤식, 『한국현대문학사상사론』, 일지사, 1992, 3쪽.
2) R. Wellek · A. Warren , 김병철 역, 『문학의 이론』, 을유문화사, 1985, 167쪽.
3) 김윤식, 『한국근대문학사상비판』, 일지사, 1978, 3쪽.

형성되고 발전되어 궁극적으로 <토지> 속으로 수렴되었을 것이라는 전제 아래 몇 단계로 나누어 작업을 진행하기로 하였다. 그 과정 속에서 비교적 초기작에 속하는 장편소설 <시장과 전장>(1964)이 아나키즘의 강한 자장 내에 있다고 보고 그 구체적 양상을 고찰해 본 것이 본고이다.

<시장과 전장>을 아나키즘의 맥락에서 검토해 볼 수 있는 근거로 우리는 이 작품에 현대소설사상 희귀한 사례이기도 한 석산이라는 아나키스트가 등장하여 6.25를 두고 주인공의 하나인 코뮤니스트 하기훈과 신랄한 논쟁을 벌인다는 점, 작가 역시 무정부주의라는 어사에 호감을 가지고 있다고 발언[4]하고 있을 뿐 아니라 6.25에 대해 개인주의와 전체주의라는 두 이념이 공방을 벌인 것이라고 제3의 시각에서 규정하고 있는 점[5], 또한 작가 스스로 좌우대립의 희생아이자 반항아라고 공언하고 있는 점[6] 등을 들 수 있다. 이처럼 절대적 자유를 위한 반항사상[7]이자 "사회주의와 자유주의의 합류점"[8]이라고도 평가되는 아나키즘이 6.25를 비판적으로 그리고 있는 장편 <시장과 전장>의 주도적 입각점이라는 우리의 가설이 입증된다면 이 작품은 한국 리얼리즘소설사에 있어 소중한 성과로 재인식되어야 할 것이다.[9]

---

4) 송호근, 「삶에의 연민, 한의 미학」, 『작가세계』, 1994, 가을, 박경리, 『가설을 위한 망상』, 나남, 2007, 330쪽.

5) 박경리, 「자유2」, 『Q씨에게』, 솔출판사, 1993, 70-71쪽.

6) 송호근, 앞의 글, 박경리, 앞의 책, 330-331쪽.

7) 김경복, 『한국 아나키즘시와 생태학적 유토피아』, 다운샘, 1999, 30-54쪽.

8) N. Chomsky, 이정아 옮김, 『촘스키의 아나키즘』, 해토, 2007, 58쪽.

9) 이 작품에 대해 인간적 관점에서 "경직한 선악이원론에 입각한 피아관(彼我觀)을 지양"했다거나(유종호, 「여류다움의 거절」, 조남현 편, 『박경리』, 서강대학교출판부, 1996, 49쪽), 60년대 당대로서는 "객관적이며 진보적"인 중립성을 확보했다는(조남현, 「<시장

그러면 이제부터 ＜시장과 전장＞이 6.25를 자유주의와 전체주의가 벌인 이념 대립의 '전장'으로 파악하고 제3의 시각10)에서 문제성을 드러낸 뒤 비판적 대안을 제시하고 있는 아나키즘 소설이라는 우리의 입론을 검토해 보기로 한다. 논의의 편의를 위해 먼저 박경리 아나키즘론의 골자를 파악하고 이를 기초로 6.25의 문제적 양상이 어떻게 그려지고 있으며 그 해결을 위한 방향성이 어떻게 제시되어 있는가를 작품의 전개과정을 통하여 살펴보기로 한다.

2. 박경리와 아나키즘

앞에서 잠깐 보았듯이 박경리는 아나키즘의 역어인 '무정부주의'라는 말과 그 어감을 좋아했고, 좌우대립의 철저한 희생자이자 반항아로 살아오면서 "이데올로기의 허망함"11)을 보고 "생존하는 것 이상의 진실은 없다"12)고 생각하게 되었으며, ＜토지＞의 주갑이란 인물이 완전한 자유인이기 때문에 제일 좋아한다3)고 고백한 바는 있지만 자유와 반항을 기조로 하는 아나

과 전장>론」, 『박경리』, 140쪽.) 긍정적 평가가 있지만 그 인간적 관점이나 중립성의 본질이 천착되지는 못하였다.

10) 6.25에 대해서는 선우휘의 ＜불꽃＞처럼 남한의 자유주의적 시각과 한설야의 ＜대동강＞처럼 북한의 전체주의적 시각이 문학상에서도 대립하고 있어(한점돌, 『현대소설론의 지평 모색』, 푸른사상, 2004, 123쪽, 김윤식, 『북한문학사론』, 새미, 1996, 68쪽.) 최인훈의 ＜광장＞처럼 남도 북도 싫다며 중립국을 선택하거나 박경리의 ＜시장과 전장＞처럼 남북의 공방으로 바라보는 제3의 시각은 특이한 경우에 속한다.

11) 박경리, 『가설을 위한 망상』, 나남, 2007, 331쪽.

12) 위의 책, 260쪽.

키즘에 대해 체계적 설명을 들려주지는 않는다. 그러나 박경리가 생리적으로 아나키즘에 친연성을 느꼈을 뿐 그 사상 내용에 대해 깊은 이해가 없었다고 판단하는 것은 성급해 보인다.

그것은 <시장과 전장>에 아나키즘 이론의 비조인 바쿠닌을 숭배하는 인물이 나와 권력 지향적이라는 이유에서 부르주아 독재나 프롤레타리아 독재 모두를 비판하면서 영혼의 진실한 해방을 위한 중간지점의 필요성을 역설[14]하고 있을 뿐 아니라, 한참 후의 일이기는 하지만 대하소설 <토지>에서도 일본의 대표적 아나키스트 오스기 사카에(大杉栄)[15] 및 고토쿠 슈수이(幸德秋水)[16], 한국의 아나키스트 박열[17]이 언급되고 있기 때문이다. 그러므로 우리는 아나키즘에 대한 일정한 식견을 가지고 있으면서도 '자유'와 '반항'이라는 공통성을 빼면 목표, 전략, 유형이 다양하여[18] 현실적으로 체계화가 불가능하기도 하고 체계화 자체를 억압적 권위의 일종으로 보아 스스로 기피하는 아나키즘의 속성을 파악했기에 박경리가 체계적 설명을 시도하지 않은 것으로 이해하는 편이 온당할 것이다.

따라서 박경리가 인지하고 있는 아나키즘 사상의 면목을 파악하기 위해서는 작가가 소설을 형상화해 나가는 과정에서 비체계적이고 간접적인 방식으로 작품 속에 산재시켜 놓은 아나키즘적 요소를 역으로 최대한 끌어모아 재구성하는 방법을 생각할 수 있다. 그리고 그 자료가 가장 많이 내

---

13) 위의 책, 281쪽.
14) 박경리, 『시장과 전장』, 나남, 2008, 83-92쪽.
15) 박경리, 『토지』 10권, 나남, 2009, 293쪽.
16) 위의 책, 14권, 262쪽.
17) 위의 책, 10권, 321쪽.
18) 김은석, 『개인주의적 아나키즘』, 우물이 있는 집, 2004, 33-34쪽.

장되어 있는 곳은 아나키스트 석산이 등장하여 코뮤니스트 하기훈과 치열한 논쟁을 벌이는 <시장과 전장>일 터인 바, 그것을 종합적으로 재정립하기 전에 <토지> 속에 아나키적 삶의 면모로서 제시되어 있는 부분을 인용함으로써 논의에 하나의 지표를 마련해 보고자 한다.

(1) "산에는 갈구리질하는 관속도 없고요, 채찍 들고 호령하는 상전도 없고 다락 같은 소작료, 못 내면 딸년이라도 내 놔라 할 지주도 없고 그래저래 해서 죄지은 사람 억울한 사람 잡아가두는 감옥도 없고 누가 하라마라 할 사람이 있소? 불질러 화전 부쳐먹다가 땅심 떨어지면 옮겨가고 임자 없는 열매, 임자 없는 산채."

"허니 무정부주의다."

"아암 암요."

"그러니까 선남선녀들이다,"

"무도한 인사가 없다 할 수는 없으나 빼앗아갈 재화가 산속에 있어야지. 하여도 명줄은 이어갈 수 있는 곳,"

"지상천국이구려."

"산에 맛을 딜이고 한번 인이 박혀버리면 산을 떠나지 못하는 것이 보통인데 시쳇말로 자유라는 것이 그렇게도 좋은 것이다, 그 말인데 신선이 무엇이겠소? 소위 자유인, 풀려난 사람 아니겠소이까? 어찌 사람뿐이겠소? 천지만물 생명 있는 것, 그 모두가 남에게서 풀려나면 나로부터도 풀려나는 게요. 수십 년 기나긴 성상 소지감 선생께서 헤매고 다닌 것은 무슨 까닭이요? 골육에서 풀려나고자, 윤리 도덕에서 풀려나고자 한 몸부림 아니외까?"[19]

---

19) 박경리, <토지> 16권, 63-64쪽.

(1)에서는 산 속의 삶으로 표상되는 '지배와 착취가 없고 인위적 윤리의 구속조차 벗어 버린 자유인적 삶'을 지상천국이자 무정부주의라 표나게 명명하고 있는 바, 우리는 이 대목을 박경리 아나키즘론의 한 바로미터로 이해해도 좋을 것이다. 말하자면 아나키즘을 단순히 여러 사상 중의 하나가 아니라 가장 살만한 세상을 보여주는 사상이라고 보고 있는 셈이다. 이렇게 볼 때 6.25를 배경으로 여교사 남지영의 피난과정과 코뮤니스트 하기훈의 투쟁과정을 교차 서술하면서 사건을 전개시키고 있는 <시장과 전장>이 두 주인공으로 하여금 삶의 막바지에서 다음처럼 말하게 했을 때 그것은 그들의 결락부분을 메워 줄 유토피아로서 아나키즘을 갈망하고 있음을 알 수 있다.

(2) 빙하, 어느 빙하인가. 유리같이 얼어붙은 길과 채마밭, 달빛이 미끄러진다.
(마음이여 마음이여 너 참 질기기도 하여라.)
얼음 바닥에 쭈그리고 앉아서
(그 말을 누가 했을까? 음, 음 누가 했을까?)
그는 그 생각에 골몰하여 추운 것도 잊고 그냥 쭈그리고 있다.
(그 말을 누가 했을까? 음 누가 했을까? 누가 했을까? 누가 했을까…….)
지영은 얼굴을 들고 하늘을 올려다 본다. 그리고 다시 사방을 살핀다. 신비스럽게 아름다운 은세계. 눈이 쌓이고 얼음이 되어버린 대지 위에 달빛만 소나기처럼 내리쏟아진다. 무릎으로 땅바닥을 짚고 가슴을 펴며 냇물처럼 흘러가는 무한히 무한히 긴 침묵을 - 지영은 땅에 엎드려 소리쳐 통곡한다.
(아무도 오지 말라! 이 땅에, 아무도 오지 말라! 이 땅에! 내 혼자 내

자식들하고 얼음을 깨어 한강의 붕어나 잡아먹고 살란다. 북극의
백곰처럼 자식들 데리고 살란다! 아무도 오자 말라! 아무도! 영원히
영원히 이 밤이 가지 말구…….)[20]

(3) 기훈은 가화의 머리를 쓸어넘겨준다. 머릿결이 참 부드럽다. 낮에
머리를 감더니.
"바보같이… 넌 참 바보다, 가화."
기훈의 눈에 눈물이 빙 돈다.
"너 같은 바보가 어디서 그런 용기가 났지? 뭐 할려고 이런 곳에 왔어?"
"선생…님 볼려구요. 이렇게 만나지 않았어요?"
"마을에서 소를 봤지. 어미소하고 송아지가 함께 가더군, 방울을 흔들
면서. 싸리나무 울타리에 저녁 짓는 연기가 나구, 농부는 외양간에
소를 몰아넣고 흙 묻은 옷을 툭툭 털겠지. 풋고추를 넣은 된장찌개
냄새가 부엌 쪽에서 나더군. 아낙이 밥상을 들고 나오고… 가화는 그
런 아낙이 되고 나는 그런 농부가 된단 말이야."
담배연기를 뿜어낸다.[21]

(2)는 내적 번민이라는 내면적 '전장'을 거친 여교사 남지영이 생존을 위
협하는 6.25라는 외면적 '전장'의 폐허 더미 위에서 '누구의 간섭도 받지 않
고 자식 기르며 소박하게 사는 자유로운 삶을 갈망하는 절규이다. (3)은
6.25의 역사적 필연성을 확신하는 코뮤니스트로서 투쟁의 선두에 서 있던
하기훈이 전세가 기울어 지리산 속에 은거할 때 위험을 무릅쓰고 자신을
찾아온 애인 이가화에 감동하여 잠시 신념을 접고 '평범한 농민 부부로서

---

20) 박경리, 『시장과 전장』, 429-430쪽.
21) 위의 책, 546-547쪽.

평화롭게 자족하면서 사는 정경'을 상상해 보는 대목이다. (1)은 작품 속 인물이 구현하고 있는 현실이고, (2)와 (3)은 인물들에게 스쳐가는 일시적 환각으로서 기능한다는 차이가 있지만 모두가 자율적이고 자족적인 삶을 본질로 한다는 점에서 아나키즘적 공통성을 가지고 있다.

앞에서 살펴본 내용을 통해 우리는 박경리가 생각하는 아나키즘적 이상향을 어느 정도 파악할 수 있다. 그러나 그것은 어디까지 지향하는 이상이지 현실은 아니다. 그러면 현실은 어떠한 양상으로 전개되고 있으며 그 속에서 아나키즘의 이상은 어떠한 위상을 갖는 것인가? "책에서 찢어내어 소중하게 액자에 끼운 바쿠닌의 사진"[22]을 걸어 놓고 지내는 아나키스트 석산의 입을 빌어 자본주의, 공산주의로 양분된 세계의 현실은 다음처럼 진단된다.

(4) 자본주의 사회는 트러스트와 신디케이트를 합리화시키기 위해 자유를 방패삼아 사람을 모조리 임금노예로 만들었고 공산주의 사회는 미래의 행복이라는 공수표 아래 자유를 박탈했어. 하나는 자본가가, 하나는 국가권력을 타고 앉은 공산주의 이론가들이 말이야. 일찍이 어느 누구도 감행하지 못한 거대한 힘으로 민중을 징발하고 (…) 마취제를 사용하여 민중들은 노동력과 자유를 박탈당하고 있단 말이야. (…) 나는 한 때 공산주의자로서 열광했던 일도 있었지만 그게 아니더군. (…) 컴니스트는 모든 것들을 사랑하지 않지만 완강한 믿음이 있지. (…) 맑스는 민중을 위한 사랑에서 유물론의 체계를 세웠다지만 컴니스트는 그 체계만을 모시고 그것만을 위해 그 밑에 깔려죽는 많

22) 위의 책, 83쪽.

은 사람들의 생각은 않고 있거든.23)

(5) 아무 것도 믿지 않으려는 개인의 힘이나 수가 더 크고 많다는 걸 명심하게 (…) 개인은 집단에 승리한 일이 없다. 승리 같은 것 생각지도 않고 살아왔는지도 모르지. 애당초 개인에겐 역사 같은 것 없었는지도 모르지. 허나 부르주아독재, 프롤레타리아독재, 이 양극 사이에는 아무것에도 가담하고 싶지 않은 개인이 너무나 많이 있단 말이야. (…) 그러니 개인은 역사 밖에 서 있을 수밖에.(…) 명목이 어떻고 다 소용없네. 우리가 숨을 쉬어야 한다는 것, 우리의 영혼이 진실로 해방되어야 한다는 것, 그것뿐이야.(…) 그것은 자네가 가져와야지. 서방도 동방도 아닌 것 말이야.24)

(4)에서는 두 진영으로 양분된 세계 속에서 어떤 의미에서든 자유를 저당 잡힌 노예로 전락된 개인은 어느 한쪽을 택하라고 강요받고 있는 것이 현실이라는 것이다. 그러나 (5)에서처럼 많은 개인은 아무 것도 믿으려 하지 않고 아무 것에도 가담하고 싶어 하지 않기에 역사를 내세우며 강박하는 현실 앞에서 개인은 역사 밖에 서 있을 수밖에 없고, 그곳은 서방도 동방도 아닌 그 중간지점에서 찾아지지 않으면 안 된다는 것이 석산의 주장이다. 그곳이야말로 자유를 본질로 하는 인간이 진실로 영혼의 해방을 맛보며 숨 쉴 수 있는 공간이기 때문이다.

이런 석산의 주장에 대해 승승장구 중이던 코뮤니스트 하기훈은 승복하지 않은 채 바쿠닌식 아나키 유행은 지난 지 오래인 환상일 뿐이고 "역사

---

23) 위의 책, 90-91쪽.
24) 위의 책, 90-92쪽.

는 결코 정지하고 있지 않'25)으므로 석산이야말로 "어릿광대, 모순덩어리, 지리멸렬한 이론가. 환상에 허위적거리는(…) 늙은이'26)로 격하한다. 그러나 위에서 이미 본 바 있듯이 패퇴하게 되는 상황 속에서 하기훈의 신념은 지속되지 못하였던 것이다. 그러므로 '역사 밖에서 명목에 구애받지 않고 해방된 영혼으로 숨 쉬며 사는 삶'으로 요약될 수 있는 (5)의 주장은 그대로 박경리 아나키즘론의 요체라 볼 수 있을 것이다.

그렇다면 6.25의 격랑을 비판적으로 그리고 있는 <시장과 전장>은 이러한 이상을 어떻게 추구하고 있는 것일까? (1)의 산 속이나 (2)의 강변, (3)의 농촌에서 그 이상향의 편린을 보인 바 있지만 전란의 와중에서 공방하는 이데올로기를 넘어설 수 있는 그 중간지점의 양태는 어떠하며 그 이상을 구현하는 인간은 어떠한 모습일 것인가? 그 중간 지점은 일단 이념 공방의 쌍방으로부터 벗어나 있는 민중의 영역으로 상정될 수 있을 것이다.

그런데 "지금까지 국군을, 그리고 대한민국을 공공연히 욕하는 사람은 아무도 없었다. 그와 마찬가지로 인민군을 욕하는 사람도 없었다. 마음속으로 이들 피란민은 관전하고 있었던 것이다.'27) 라는 묘사처럼 대부분의 민중에 있어 주된 관심은 이념이 아니라 '삶' 또는 '살아남는 것'에 있을 뿐이다. 그런데 '전장'은 삶을 파괴하고 '시장'은 삶을 지속 가능케 해 주므로 사람들은 살려고 시장으로 시장으로 몰려드는 것이다. 그러므로 박경리의 아나키즘적 이상은 6.25라는 이념분쟁 속에서 전장이 아니라 시장을 대안

---

25) 위의 책, 224쪽.
26) 위의 책, 92쪽.
27) 위의 책, 216쪽.

으로서의 중간지점으로 제시하고 있다고 볼 수 있다. 그러면 다음에서 구체적으로 이러한 사상의 작품적 구현과정을 살펴보기로 한다.

3. 내면적 '전장'과 외면적 '전장'

<시장과 전장>은 6.25를 배경으로 38선 인근 연백에서부터 서울을 거쳐 대구, 부산은 물론 빨치산 활동의 여러 근거지에 이르기까지 광범위하게 파노라마적 조망을 하는 작품으로 많은 인물이 등장하고 여러 사건이 뒤얽혀 있지만 소설의 중심축은 여교사 남지영의 피난과정과 코뮤니스트 하기훈의 투쟁과정이라 할 수 있다. 그래서 작품 전개도 대체로 남지영의 장과 하기훈의 장이 교차 서술되는 형태를 취하고 있다.

그렇다고 작품의 의미 역시 두 인물 속에서 찾아져야 하는 것은 아니다. 오히려 6.25에서 공방한 개인주의와 전체주의의 양 진영에 각각 속하는 남지영과 하기훈의 문제성을 전란을 거치면서 드러내고 그 과정에서 이가화 같은 아나키적 인간상을 창조하는 것이야말로 이 작품의 서사구조이자 참된 주제라고 파악되기 때문이다.

북에서 사상이 다르다는 이유로 애인으로부터 배반당하여 가족까지 잃게 된 이념의 희생양 이가화는 겨우 서울로 탈출하지만 뿌리내리지 못하고 삶의 의지를 상실한 채 유령처럼 헤매다가 우연히 호의를 베풀고 몇 차례 만나 사랑을 나눈 하기훈에 대한 사랑을 잊지 못해 빨치산 산채에까지 찾아가 이념과 생사를 초월한 충만한 삶의 감각 속에서 환희를 만끽하면서 산화하는 아나키적 여인이다. 그러기에 박경리도 "부정적 인물밖에 그릴 수 없었던 작자는 처음으로 이 작품 속에서 긍정적인 여자 이가화를 만날 수 있었다.'[28]고 '서문'에서 표나게 지적하고 있는 것이 아니겠는가?

그러면 이 장에서는 '전장'으로 표상되는 개인주의와 전체주의의 지향성과 그 문제점을 찾아보기로 하겠다. 6.25의 '전장'은 엄밀히 말하여 1950년 6월 25일이라는 특정일을 기하여 형성된 것이겠지만 <시장과 전장>을 읽어보면 그 이전에도 이미 여러 의미의 '전장'이 만들어져 있으며, 그 대표적인 것이 개인주의적 인물인 남지영의 심리적 내부 전장과 전체주의를 지향하는 코뮤니스트 하기훈의 암살테러 같은 노선 전장이다. 그 중 먼저 남지영을 심리적 병리학으로 이끄는 개인주의적 내부 '전장'에 초점을 두어 살펴보기로 한다.

남지영은 6.25가 일어나기 직전 38선 인근의 연안여고에 교사로 부임하는데 결혼하여 남편과 두 아이가 있고 친정어머니까지 모시고 있는 그녀는 가족을 서울에 남겨둔 채 처녀 행세를 하며 38선 부근까지 떠나온 것이다. 남지영이 어머니의 만류에도 불구하고 긴급하지도 않은 교사생활을 위해 위험지역에까지 간 이유는 "결혼을 염오"하고 "그것에서 도망치고 싶었던 마음'[29] 때문이었다.

그러면 그녀는 어찌하여 그런 지경에 이르게 되었는가? 여학교를 갓 졸업하고 정신대를 피하기 위해 잠시 고향 금융조합에 취직했다가 연애한다는 구설수에 오르는 것이 싫어 즉각 사표를 내던진 남지영은 결혼하면 정

---

28) 위의 책, 5쪽.
29) 위의 책, 158쪽.

신대에 끌려가지 않으리라는 계산에 대학생과 맞선을 보게 되는데 남자가
마음에 들지 않아 포기하고자 한다. 그러나 자기네보다 좋은 집안의 딸과
결혼하려 한다는 소문에 마음이 바뀌어 결혼을 승낙하고 신랑감 하기석과
왕래를 하게 되는데 그가 결혼 전에 마구 이름을 부르자 무교양에 염오를
느끼며 결혼 결정을 후회하기도 하고 일본 형무소에 있었다는 그의 이야
기를 듣고는 존경하는 마음이 드는 등 격심한 심리 변화에 우왕좌왕한다.
그러던 중 남편 하기석과 결정적으로 마음의 틈이 생기게 된 것은 다음과
같은 사건이 있고부터이다.

> (1) 결혼하고 두 달도 못됐을 거예요. 우리는 서울로 갔었지요. 전쟁이
> 막바지에 이른 백화점은 텅텅 비어 있더군요. 당신은 책을 세 권 샀
> 어요. 그런데 점원의 착각인지 그는 두 권의 책 값만 받지 않겠어요?
> 당신은 아무 말 않고 나왔습니다. (…) 그것만이라면 저는 당신이 모
> 르고 그랬다 생각하고 잊어버렸을지도 몰라요.
> 그런데 당신은 감자밭 옆을 지나면서 감자를 좀 파가자구 했어요. 저
> 는 기겁을 하고 말렸지만 당신은 부득부득 감자밭에 들어가서 감자를
> 팠습니다. 집에 돌아왔을 때 저는 당신을 바로 볼 수가 없었습니다.
> (…)
> 허탈한 한밤을 꼬박 새우고 아침이 왔을 때 당신에게 느낀 신비감과
> 저대로 소중히 간직한 우리의 생활이 전부 무너지고 만 것을 깨달았
> 습니다. 저는 앞산 싸리꽃 옆에 앉아서 참 많이 울었습니다. 그러는
> 중에 저는 입덧이 나고 쌀밥이 먹고 싶더군요.(…) 그래 어느 날 낮에
> 저는 완두콩을 두고 쌀밥을 지어서 혼자 먹었어요.(…) 당신이 저지른
> 일과 제가 저지른 일이, 이 조그마한 두 가지는 당신과 저 사이에 커
> 다란 강을 만들어놓고 말았습니다.[30]

이렇게 마음의 거리감을 느끼게 된 남지영에게 남편 하기석은 대학 나온 아내를 가지고 싶은 소박한 허영심에서 아이 엄마라는 사실을 숨기고 대학에 다니게 하고, 아내가 여학교 교사라는 말을 듣고자 삼팔선에까지 교사 자리를 마련해 준다. 그러나 "결혼하고 아이 엄마라는 사실을 감추고 학교에 다녀야했던 일"이 벅찼던 남지영은 "하늘을 바라보며(…) 영혼이 맑아서 무지개빛처럼 세상을 보며 혼자 걸어가다가 전차 소리에 문득 당신을 생각하면 그만 길 위에 깔려죽고 싶은 생각이 들"[31] 정도로 결혼에 대하여 병적 심리의 소유자가 되고 만다. 게다가 함께 모시고 살아야 하는 편모의 완벽한 주부 역할은 남지영으로 하여금 설 자리를 찾지 못하게 한다.

그러기에 남들은 서울로 올라가지 못해 안달하는 연안여고에 도착하는 날, 남지영은 "이제는 나 혼자, 나 혼자야, 이렇게 혼자 될 수 있는 걸……"[32] 하면서 홀가분해 하는 것이다. 그러나 이러한 일련의 심리적 드라마는 남지영 개인의 내면 속에서 주관적으로 전개되어 온 것이기 때문에 막상 당사자들에게 공감되고 이해될 수 있는 여지는 별로 없다. 그러기에 몇 달이 되도록 소식 한 자 전하지 않는 남지영을 남편 하기석이 학교로 찾아왔을 때 반기기는커녕 "초상집에 찾아온 거지처럼" 쫓아 보내도 그 이유를 알지 못하고 그는 머뭇거릴 수밖에 없는 것이다. 이처럼 개인주의의 주관적 울타리를 벗어나지 못하는 한 인간관계에 있어 소통은 단절되고 주체는 소외 속에서 왜곡된 환상만을 추구하게 되기에 이른다.

---

30) 위의 책, 153-154쪽.
31) 위의 책, 157-158쪽.
32) 위의 책, 46쪽.

(2) 지영의 반에 월남 가족의 아이가 편입되기는 이번이 처음이지만 이런 일들은 지영에게 차츰 압박감을 준다.

(만일 내가 이북으로 납치되어 영영 가버린다면?)

지영은 그런 불행한 사태에 대하여 어떤 기대 비슷한 것을 갖는다. 가족들과 아주 헤어져버린다는 무서운 욕망 때문에.

(바이칼호… 바이칼 호수…)

지영은 러시아의 호수 이름을 중얼거려본다. 소설에서 본 호수의 환상 그리고 다시.

(사하라 사막… 사하라 사막…)[33]

(3) (이젠 떠날 수 없다. 영영.)

가족들의 얼굴을 생각해 보려고 지영은 눈을 감는다.

돌을 던진 물 위의 그림자같이 부서져서 하나도 제 얼굴을 이루지 못한다. 헛된 노력. 그런데 눈앞이 삼삼하여 아주 말끔히 지워지지도 않는다. 부서진 부스러기는 날아오르고 가라앉곤 한다.

(내가 이곳에서 죽어버린다면?)

쓰러진 자기 자신의 시체가 아름다울 것 같은 생각이 든다.

(인민군에게 끌려간다면?)

시베리아 노동수용소, 그것도 무섭지 않고 아름다울 것 같다.

(그이는, 어머니는 뉘우치겠지. 오래도록, 심한 뉘우침 속에 살거야.)[34]

(2)는 월남자가 속출하는 등 정세가 악화되고 있는 상황 속에서 남지영

---

33) 위의 책, 131쪽.
34) 위의 책, 181쪽.

이 내보인 반응이다. 그녀는 공포나 탈출 욕망을 갖는 대신에 가족들과의 이산 욕망에 남북을 기대하는가 하면 전체주의 나라들에 대한 환상 속에서 바이칼 호수나 사하라 사막을 꿈꾸기도 하는 등 비현실적 환상 속을 헤맨다. 그러다가 (3)처럼 정작 전쟁이 터지고 허겁지겁 피난길에 오르다 난관에 봉착하는 상황 속에서도 남지영은 자신이 죽거나 인민군에게 끌려가는 일이 남편과 어머니에 대한 보복이 될 수 있으리라는 판단하에 그것을 미화하게 되는 이상심리까지 드러내게 된다.

이처럼 개인주의에의 몰입은 삶을 주관적 환상의 레벨에서 벗어나지 못하게 하는 한편, 삶의 의미를 주체의 만족 속에서 찾게 하고 전체 지향성에 거부감을 갖도록 유도한다. 그러기에 남지영의 동료 교사 정순이의 말처럼 개인주의적 인간에 있어 인생의 보람이란 별것이 아니고 따끈한 커피를 마시며 음악 감상의 도취경에 빠지거나 젊은 날의 회상에 잠기면 되는 것이다.35) 또한 다른 동료 교사 정혜숙이 지적하고 남지영이 동의하는 것처럼 모두 되도록 자기가 하고 싶은 대로 하고 살면 되는 것이지 사상이니 인민이니 하면서 '억지 봉사를 강요하는 것은 숨막히는 일로 치부되는 것이다.36) 이러한 생각 역시 앞에서 살펴 본 남지영의 환상 매몰과 근본에 있어 한 치도 다르지 않은 주관적 영역인 것이다.

그러나 나름대로 주관적 해결책을 강구하여 심리적 안정을 획득한 듯 보였던 남지영도 6.25라는 객관적 위기 앞에서는 무기력하게 난파될 수밖에 없어 가족이 있는 서울로 피난길에 오르게 되고 죽을 고비를 여러 차례

---

35) 위의 책, 52쪽.
36) 위의 책, 127쪽.

넘기는 등 수많은 고난을 겪은 후 겨우 집에 당도한다. 그러나 고난은 끝이 아니고 이제 시작에 불과하여 국군과 공산군이 진퇴를 거듭하는 과정 속에서 남편 하기석의 실종과 정세 변화에 따른 처신의 어려움, 폭파된 잔해 속에서의 연명을 위한 분투, 모친 윤씨의 처참한 죽음 등 계속되는 고통을 경험한 후에야 주관적 심리의 장벽을 거두고 가족 공동체 속에서의 자유롭고 자족적인 아나키적 삶의 지평에 눈뜨게 되는 것이다.

이상에서 살펴본 것처럼 <시장과 전장>의 서사구조에서 한 축을 담당하는 남지영은 개인주의와 전체주의가 공방한 6.25에 있어 개인주의의 특성을 보여주는 기능을 담당한다. 그러한 남지영의 특성은 심리의 미분화(微分化)와 내부 갈등으로 인한 내면적 '전장'이다. 이러한 그녀가 취할 수 있는 행동은 현실 도피나 환상에의 몰입으로 주관적 심리의 평형을 유지하는 일이다. 그러나 객관 정세로 말미암아 이러한 시도가 좌절되고 주관이 객관에 의해 말살의 지경에 이르러서야 남지영은 주관 속의 유폐를 파기하고 바람직한 객관상에 눈을 뜨게 되는 것이다. 그리하여 그녀는 눈앞의 이념 대립의 대안으로서 누구의 간섭도 없는 자족적이고 자유로운 가족 공동체적 삶이라는 아나키적 이상향을 갈망하기에 이르게 되는 것이다.

그러면 이념 전쟁의 다른 한 편을 담당한 전체주의의 경우는 어떠한가? "인간의 상품화, 상품의 물신성을 막고 인간을 해방하려는 맑시즘"[37]이 "새로운 사회를 조직하는 임무"를 위해 "격렬한 정열로써 완전히 가차없이 파괴하는"[38] 행동을 감행한 6.25는 "자기 자신을 위한 어떠한 이해관계도,

---

37) 위의 책, 292쪽.
38) 위의 책, 287쪽.

일도, 감정, 소유물, 이름도 없다. 우정과 사랑, 감사와 명예, 그런 것도 오직 혁명에 대한 냉혹한 정열로써 희생되어야 하며, 세속적인 법칙과 도덕, 습관하고는 아무 관계도 없다.'[39)는 신념하에 "사유재산제가 완전히 없어지고 영원한 낙원이 온다는"[40) 목표를 위해 "반동은 모조리 말살"[41)하자는 "호소와 규탄의 메시지, (…) 시민들의 서명 운동, 플랜카드와 시위행렬, 잇단 행사 또 행사"[42)를 반복하면서 전국을 '전장'으로 만들기에 이른다.

해방 이전부터 만주에서 코뮤니스트로 활동해 온 하기훈은 해방 후 서울에서 배반자 안핵동의 테러 지령을 받고 준비하던 중 그의 돌연사로 뜻을 이루지 못하자 다음 임무를 대기하다가 6.25를 맞는다. 그 과정에서 빈혈로 거리에 쓰러져 있던 이가화를 구조하고 그 인연으로 생의 의욕이 하나도 없어 보이는 이가화와 몇 차례 만나 관계를 갖기도 하지만 자신은 누구도 사랑하지 않는다며 이가화의 은근한 기대를 번번히 차단한다. 또 이가화로부터 사랑하던 남자의 손에 오빠와 아버지를 잃고 월남한 사실을 듣게 되었을 때도 인민의 적이라는 죄목 때문이었을 것이라며 이가화 애인을 두둔하는 등 냉랭한 반응을 보인다.

이처럼 전체주의 이념의 화신으로 기능하는 하기훈은 임무 수행에만 매진할 뿐 어떠한 감정이나 사랑, 도덕 등 인간적인 면모를 철저히 외면하려 든다. 그러기에 이가화에 대한 사랑의 감정을 억제하고 "모든 정치 조직은 일계급의 이익과 대중의 불이익을 나타내는 지배의 조직에 불과하며 프롤

---

39) 위의 책, 286-287쪽.
40) 위의 책, 225쪽.
41) 위의 책, 253쪽.
42) 위의 책, 244쪽.

레타리아가 권력을 점유하려는 것은 프롤레타리아 자신이 지배적, 착취적
계급이 되려는 것이다'[43]라고 커뮤니즘을 비판하는 아나키스트 석산 스승
을 체포할 뿐 아니라 격의 없이 지내던 석산의 아내 김여사의 석방 청원
조차 가차 없이 거절하는 것이다.

　그뿐만 아니라 하기훈은 혁명의 이름으로 감행되는 도처의 '전장'에서
숱한 죽음들이 쏟아져 나오는 것에 대해서도 "많은 사람들이 죽었습니다.
또 많은 사람들이 죽어갈 것입니다. 누구의 죄도 아닙니다. 본시부터 그렇게
되어 있으니까요.'[44]라고 그 필연성을 말하며 태연해 한다. 그러나 외부의
'전장'에서 계속되고 있는 살육의 드라마는 아래의 몇몇 경우에서 묘사되
듯이 내걸고 있는 명분과 추상적 당위성을 떠나 그 참혹함으로 말미암아
모두의 공분과 회의를 불러일으키기에 족할 정도이다.

　(4) 치료를 받는 부상병은 이를 악물고 운다. 시꺼멓게 기름때가 앉은
　뭉실한 코, 그 코끝에서 눈물방울이 뚝뚝 떨어진다. 땀냄새와 비린내
　가 코를 찌른다. 모두 그 광경을 묵묵히 지켜보고 있다.
　○○군단 야전병원에는 끊일 줄 모르게 부상병이 실려 들어왔다. 부상병
　들이 실려 들어오는 만큼 시체는 병원 밖으로 실려 나간다. 운반차
　속에서도 죽고, 들것 위에서도 죽고, 야전병원 뜰에서 뜨거운 햇볕을
　받으며 물 달라고 소리소리 치다가도 죽어갔다. 폭풍에 얼굴 살점이
　다 달아난 병사, 삐져나온 눈알이 흐물흐물 움직이며 연방 피가 쏟아
　지는 팔과 다리를 잃은 병사, 창자가 터져서 파리가 엉겨붙고 숨을
　쉴 때마다 분수처럼 피가 솟구치고, 먼지와 비린내와 땀, 카키빛 군복과

43) 위의 책, 171-172쪽.
44) 위의 책, 250쪽.

햇빛과 핏빛, 그 세 가지 강렬한 색채에 눌려 아비규환은 오히려 한낮 같은 적막으로 사라지는 것 같다.[45]

(5) 밤을 타고 마지막 공산당원들이 마을에서 사라진 뒤 숨어다니던 사람들은 돌아왔다.
비 오는 날에는 빗물만 괴고 맑은 날엔 햇빛만 비치고 사람의 그림자 하나 없던 빈 터, 국민학교 교정에 유엔군은 천막을 쳤다. 황폐한 벌판은 별안간 수풀이 되었다. 온갖 것이 다 돋아나서 모양과 소리는 뚜렷해진 것 같다. 재빨리 벌어진 시장에는 레이션박스의 물건들이 쏟아져나왔다. 아이들은 검둥이 뒤를 쫓아가며
"헬로우!"
하고 손을 벌린다. 한편 마을에서는
"빨갱이는 모조리 죽여라! 새끼도 에미도 다 죽여라! 씨를 말려야 한다!"
구십일 동안 두더지처럼 햇빛을 무서워한 사람들은 외치며 몰려나왔다.
"반동은 다 죽여라! 최후 발악하는 인민의 원수, 미제국주의 주구는 한 놈도 남기지 말고 무자비하게 무찔러라!"
― 산과 강물까지 말문을 닫게 했던 그 소리는 다시
"빨갱이는 죽여라! 씨를 말려라!"
메아리는 그렇게 돌아오고 피는 피를 부른다.[46]

(6) 밤과 낮, 밤과 낮, 마을과 마을……….
그 마을에서는 무서운 학살이 벌어지고 있었다. 도스토에프스키의 <악령> 속에 "농부가 간다. 도끼를 메고 무엇인지 무서운 일이 있을 것 같다." 그런 시는 안개에 묻힌 무거운 나라의 이야기. 머슴 출신의 열렬한 공산

---

45) 위의 책, 338쪽.
46) 위의 책, 310-311쪽.

당원들이 대창을 들고 핏발선 노한 짐승 같은 눈을 하고서 마을을 휩쓸고 다닌다.

"반동은 씨도 남기지 말라! 우리들의 원수 제국주의의 앞잡이! 죽여라! 죽여! 모조리 한 놈도 남기지 말고."

몇 대를 묵어 내려온 고가의 높은 담을 뛰어넘고 굳게 닫혀진 큰 대문을 때려부순다.

"반동새끼들 나오너라!"

짐승의 울음 같은 소리를 지르고, 도망치는 사람의 등을 수박처럼 찌른다. 고래고래 소리를 지른다.47)

⑺ 윤 씨와 김씨 댁 아주머니도 이제 더이상 묻지 않고 그들을 따라 뛰어간다. 그들이 간 곳은 한강 모래밭이었다. 강의 얼음은 아직 풀리지 않았다. 그 곳에는 여남은 명 가량의 사람들이 몰려 있었다. 사실은 배급이 아니었다. 밤 사이에 중공군과 인민군이 후퇴하면서 미처 날라가지 못했던 식량이 여기저기 흩어져 있었던 것이다. 사람들은 갈가마귀떼처럼 몰려들어 가마니를 열었다.(…) 김씨 댁 아주머니와 윤 씨도 허겁지겁 달려들어 쌀을 퍼낸다. 그리고 떨리는 손으로 자루 끝을 여민 뒤 머리에 이고 일어섰다. 그 순간 하늘이 진동하고 땅이 꺼지는 듯 고함소리, 총성과 함께 윤 씨가 푹 쓰러진다. 윤 씨는 외마디 소리를 지르며 쌀자루 위에 얼굴을 처박는다. 거무죽죽한 피가 모래밭에 스며든다.

"이 빨갱이 새끼들아! 피란 안 가고 무슨 개수작이야! 다 쏘아 죽여 버릴 테다!"

도망치던 사람들도, 쌀을 퍼내던 사람도, 일어서려던 사람도 땅에 몸이 붙은 듯 움직이지 못한다. 군인은 식량을 내려놓고 빨리 가라고 소리쳤다.48)

---

47) 위의 책, 375-376쪽.

(4)는 인민군 야전병원에서, (5)는 탈환 후의 서울에서, (6)은 패주하던 하기훈이 들른 마을에서, (7)은 중공군 후퇴 직후의 한강변에서 벌어진 죽음의 정경들이다. 제동력을 잃고 가해와 보복의 악순환 속에서 끝없이 펼쳐지는 이러한 죽음의 향연은 월북 후 참전한 커뮤니스트 장덕삼까지 살아 있다는 실감을 느낄 수 없게 만들고 "마을의 아이새끼 하나가 죽어도 까막까치까지 모여들어 어이어이 울"고 "강아지가 죽어도 우는 판"49)이었던 옛날을 떠올리게 만들 정도이다.

그러나 "사라져가는 민심을, 사라져가는 인민들의 불길을 억지로라도 되살리기에는 오직 승리가, 사람과 상품의 소모를 막아줄 결정적인 승리가 있을 뿐이라고" 생각하는 이념의 화신 하기훈만은 냉혈한처럼 투쟁의지를 불태운다. 그러면서도 이러한 외부적 '전장'을 겪으면서 하기훈도 전면적 변신은 아니지만 이따금 흔들림을 보이면서 인간적인 면모를 드러내게 된다.

(8) 대답이 없다. 한참 만에
"한 가지 부탁이 있는데,"
전쟁 얘기는 잊어버린 듯 딴전을 폈다.
"제수씨께서 사람 하나 맡아주시겠습니까?"
"네?"
"어떤 여자 한 사람을……"
하다가 말끝도 맺지 않고 다시 생각에 잠긴다. 부탁하기가 미안해서 그러는 것 같지도 않다.

---

48) 위의 책, 465-466쪽.
49) 위의 책, 284쪽.

"어떤 분인데요?"

"네?"

자기 한 말을 잊은 듯 기훈은 다시 지영을 가만히 쳐다본다.

"아아, 역시 그만두는 게 낫겠군요. 내버려둘랍니다. 내버려두죠."

일어섰다.50)

(9) 산허리를 깎아서 만든 길, 왼편 아득히 아래쪽에 마을이 있다. 초가
지붕과 포플러나무가 희미하게 보인다. 그리고 길 편에 고장난 트럭이
한 대 있다. 부상병들은 걸음을 멈추고 병신처럼 말없이 트럭을 바라
본다. 트럭 속에는 다 죽어가는 부상병들이 실려 있고 운전병이 차
밑에 누워서 차를 고치고 있었다.(…) 대열은 슬그머니 움직인다.

"이봐 내 어깨 위에 오르란 말이야. 알았어?"

기훈은 나직이 속삭이며 땅바닥에 쭈그리고 앉는다.

"꼬마! 어서!"

성한 어깨를 두들기며 기훈은 소년을 본다. 소년은 잠시 어리둥절하다가
기훈의 진의를 깨닫는다. 힐끔힐끔 다른 사람들을 살펴보며 기훈의 한쪽
어깨를 밟고 올라가서 트럭을 거머잡는다. 기훈은 일어선다. 얼굴을
찡그린다.

"삑 삑 울지 말고 빨리 올라가!"

엉덩이를 때려준다. 소년은 원숭이 새끼처럼 트럭을 타고 올라간다.
기훈은 상처받은 어깨를 누르며 일어선다. 소년에게 손을 흔들어주고
트럭 사이로 빠져나간다.51)

---

50) 위의 책, 263-264쪽.
51) 위의 책, 356-357쪽.

(8)에서는 사랑을 믿지 않으며 일시적인 바람기만이 자신을 움직이는 힘이라고 강변하던 하기훈이 '사랑'만이 모든 것인 이가화를 자신의 동생집에 맡기려고 잠깐 생각해 보는 장면으로 냉혹한 하기훈에게 약간의 변모가 움트고 있다. 그러다가 (9)에서 하기훈은 급박한 패퇴 상황에서 어린 부상병의 괴로워하는 모습을 보고 자발적으로 차량에 탑승하게 해주는 인간미까지 보여주기에 이른다.

그럼에도 불구하고 하기훈은 끝내 하산이나 전향을 거부하고 애인 이가화만을 전향한 장덕삼에게 넘겨주려다가 대원에게 발각되어 총격전의 와중에서 이가화를 죽게 할 뿐 이념의 경직성을 넘어서지는 못하고 있다. 이렇게 볼 때 <시장과 전장>에서 전체주의 지향성을 대표한 하기훈은 수많은 외부의 '전장'을 야기하면서 냉혹한 이념인으로 일관하고자 하지만 무참한 죽음의 양산과 민중과의 괴리라는 문제점만 확인시키고 인간미에 눈을 뜨면서 자멸의 길로 들어서는 것이다.

이처럼 개인주의의 내부 '전장'과 전체주의의 외부 '전장'이 각각 심리적 병리성과 파괴적 비인간성만을 남긴 채 주관의 극복과 객관을 가장한 비인간적 독선의 극복이라는 문제점을 해결 과제로 남기고 있다고 파악하는 것이 <시장과 전장>이다. 그러면 이 문제에 대한 해답이란 어디에서 찾아질 수 있는지를 살펴볼 차례가 되었다.

4. 축제적 '시장'과 '전장'의 해소

<시장과 전장>은 개인주의와 전체주의의 이념전쟁인 6.25를 내면과 외면

의 이원적 '전장'에서 묘사하면서 그 문제성을 아나키적 축제로서의 '시장' 이념으로 해결하고자 한 아나키즘 소설이라는 것이 우리의 입론이었다. 그리하여 개인주의란 결국 심리적 내면 전장에서 타자와의 소통부재로 귀결되는 병리학을 연출하고, 전체주의란 독선적 객관주의의 관철을 위한 외부 전장을 만들어 도처에서 비인간적 살상극을 연출하였음을 앞에서 살펴보았다.

그 과정에서 개인주의의 대표자 남지영이 피난의 고통을 겪으면서 자족적 가족 공동체의 발견으로 인식의 폭을 넓히고, 전체주의의 대표자 하기훈도 참혹한 투쟁과정에서 인간미의 일단을 회복하기는 하지만 문제의 궁극적 해결에는 미달함도 알 수 있었다. 그렇다면 양자의 지양태란 어디서 어떠한 양상으로 찾아질 수 있을 것인가?

앞에서 우리는 이념 대결의 현실을 비판하며 '역사 밖 중간지점에서 명목에 구애받지 않고 해방된 영혼으로 숨 쉬며 사는 삶을 대안으로 제시하던 석산의 주장이 그대로 박경리 아나키즘론의 요체라고 파악한 바 있다. 그리고 좌우대립의 희생자로서 이데올로기의 허망함과 생존하는 것 이상의 진실은 없다고 믿게 된 박경리의 고백도 주목하였다. 그렇다면 범박하게 말해 박경리가 추천하는 아나키즘적 이상향이란 '이념을 떠난 자유로운 삶을 보장하는 곳에 다름 아니고 그것은 곧 시장으로 표상되는 삶의 방식과 상통하는 것이다. 이념으로 야기된 전장은 삶을 파괴하지만 시장은 삶을 지속 가능케 하면서 아무 것도 가리지 않고 사람들을 불러 모으는 통합의 장이기 때문이다.

　　(1) 남대문, 사람의 물결 속으로 지영이 휩쓸려 들어간다. 시장에는

골목골목에 상품이 그득히 쌓여 있었다. 의류, 일상용품, 화장품, 신발 모두 옛날과 같이, 다만 식료품 앞에 사람들이 많이 모여들었으나 물건이 가난하다.

(…)

연방연방 옷가지를 싼 보따리가 시장으로 들어온다. 해방 직후의 시장터처럼 헌옷 장수들이 길을 메운다. 시골로 곡식 하러 가는 장사꾼들이 그것을 흥정한다.

떡 장수, 메밀묵 장수, 국수 장수, 활기에 넘치고 가지가지 소리가 있는 시장, 페르시아의 시장이 아니고 전쟁이 밟고 지나간 장터에도 음악은 있다. 장난감 파는 가게에 인민군들이 서 있고 그들이 돌아갈 때 누이와 동생, 아들과 딸들에게 선물할 장난감을 고르고 있지 않은가.50)

(1)에서처럼 전쟁의 와중에도 옷과 곡식과 음악과 활력이 넘쳐나는 곳, 물건을 거래하기만 할 뿐 그가 인민군이든 피난민이든 문제가 되지 않는 곳, 오로지 가족을 먹이고 입히고 선물을 주기 위해 사람들이 휩쓸리는 곳이 바로 시장인 것이다. 이념 전쟁이 한창이고 도처에 죽음이 넘쳐나는 살벌한 현실에서 이처럼 모두를 어울리게 해 주고 죽음이 아닌 삶의 방향으로 끌고 가는 시장이란 얼마나 경이로운 장소인가? 장사꾼과 구매자와 인민군과 구경꾼조차 시끄럽게 어울릴 수 있게 하는 시장이란 그대로 아나키적 축제의 장이라 할 수 있을 것이다. 이러한 시장은 타자와의 소통부재로 내면에 자신을 유폐시킨 개인주의자 남지영에게조차 해방감의 출구를 열어 주는 곳이 된다.

---

50) 위의 책, 235-236쪽.

(2) 시장은 축제같이 찬란한 빛이 출렁이고 시끄러운 소리가 기쁜 음악이 되어 가슴을 설레게 하는 곳이다. 동화의 나라로 데리고 가는 페르시아의 시장 — 그곳이 아니라도 어느 나라, 어느 곳, 어느 때, 시장이면 그런 음악은 다 있다. 그 즐거운 리듬과 감미로운 멜로디가. 그곳에서는 모두 웃는다. 더러는 싸움이 벌어지지만 장을 거두어버리면 붉은 불빛이 내려앉은 목로점에서 화해 술을 마시느라고 떠들썩, 술상을 두들기며 흥겨워하고. 대천지 원수가 되어 무슨 이로움이 있겠는가. 오다가다 만난 정이 도리어 두터워지는 뜨내기 장사치들. 물감 장수 옆에 책을 펴놓고 창호지에 담배를 마는 사주쟁이 노인도 서편에 해가 남아 있는 동안은 희망을 버리지 않는다. 온갖 인생, 넘쳐흐르는, 변함없는 생활이 이곳에서 소용돌이치고 있는 것이다.[51]

이처럼 떠들썩하고, 모두가 웃고, 싸우던 자들도 화해의 술을 나누며 흥겨워하고, 오다가다 만난 정이 두터워지고, 해가 있는 동안은 누구나 희망을 버리지 않는 '시장'은 온갖 인생이 넘쳐흐르며 생활이 변함없이 소용돌이치는 활력의 원천으로서 축제의 장인 것이다. 이러한 아나키적 융합을 가능케 하는 시장이야말로 내면의 늪에 빠져 허우적거리던 남지영이나 이념의 늪에 빠져 인간미를 상실했던 하기훈이 공존할 수 있는 접점이라 할 수 있을 것이다. 그런 의미에서 아나키스트 석산이 꿈꾸던 서방도 동방도 아닌 '중간노선'의 삶이란 결국 시장의 활기로 모든 이를 살맛나게 만드는 이런 시장적 삶이 아니었겠는가?

그러면 활력에 넘치는 시장처럼 아나키적 축제로 영위되는 삶이란 어떤 것일까? 그것이 장사치나 구매자로 나서서 시장의 메카니즘에 참여하는 삶

---

51) 위의 책, 131쪽.

만을 지칭하지 않는 것은 자명해 보인다. 여기서 '시장'이란 일종의 메타포로서 그것은 개인주의적 내면의 성곽이나 전체주의적 이념의 틀로부터 해방되어 자유롭게 삶을 구가하는 상태를 가리키는 것인 바, 그러한 삶의 양상이란 어떠한 것일까?

살육의 참상 속에서 늙은 농부가 그리워하는 "땅 파먹고 죄 안짓고 선영 모시고 자식 기르며 살아"[52])가는 삶, 모친을 잃고 무너진 집터에서 남지영이 "내 혼자 내 자식들하고 얼음을 깨어 한강의 붕어나 잡아먹고 살"[53])고 싶다는 삶, 전향자 장덕삼이 꿈꾸듯이 "이념이나 구호"나 "목숨에 대한 위협"이 없이, "사는 생명의 자유", "돌을 쪼개고 흙을 파도 사는 자유"가 있는 삶[54]) 등을 공약수로 하는 삶이야말로 거기에서 멀지 않을 것이다. 그리고 냉혹한 이념의 화신 하기훈이 꿈꾸어 본 "싸리나무 울타리에 저녁 짓는 연기가 나구, 농부는 외양간에 소를 몰아넣고 흙 묻은 옷을 툭툭 탈"며 나오면 부엌에서 아낙이 "풋고추를 넣은 된장찌개 냄새"나는 "밥상을 들고 나오"[55])는 목가적 풍경도 바로 그러한 삶의 연장선상에 있는 것이다.

그런 의미에서 석산이 역설한 '역사 밖 중간지점에서 명목에 구애받지 않고 해방된 영혼으로 숨 쉬며 사는 삶'은 바로 아나키적 축제로 영위되는 삶에 다름 아니고, 그러한 삶을 가장 극적으로 구현해 보여주고 있는 인물로 우리는 이가화를 들 수 있다. 그러면 자신은 빨갱이가 아니면서 그가

---

52) 위의 책, 298쪽.
53) 위의 책, 430쪽.
54) 위의 책, 541쪽.
55) 위의 책, 546-547쪽.

누군지, 살았는지 죽었는지도 모르는 사랑하는 사람을 "혹시 만날 수 있을는지도 모른다"는 한 가닥 희망만을 간직한 채 천덕꾸러기 취급을 받으며 입산하여 결국 상봉까지 하게 되는 이가화의 삶의 방식이란 무엇인가?

이념에 물든 애인에게 아버지와 오빠를 잃고 단신 월남하여 생에의 의욕을 잃은 채 빈사의 지경을 헤매던 이가화는 따뜻하게 자신을 구조해 주고 이따금 찾아와 신분을 숨긴 채 사랑을 나누고 사라지던 하기훈이 코뮤니스트임을 알게 된 후에도 그에 대한 무조건적 애정으로 위험한 빨치산 근거지까지 찾아간다. 그러나 하기훈으로부터 냉대만 당하는 그녀는 그가 살아있음을 확인한 것만으로 온 세상을 얻은 듯 기뻐하며 처지와 앞날을 생각지 않고 그 순간의 환희와 충만감에 몸을 맡기는 인물이다.

(3) 기훈은
(가화……)
다 해진 여자 군복을 입은 가화는 속절없이 한 마리의 산짐승이 되어 있었다. 더욱더 여위어서, 싸리나무처럼 여위어서, 그러나 이상하게 살아 있는 눈동자, 덤덤히 기훈을 바라본다.
"장덕삼 동무가 저들 속에 있을 게요."
기훈은 굴 앞에 서성거리고 있는 산사람들의 무리를 가리킨다. 그리고 그는 돌아서서 가버린다. 가화는 그 뒷모습이 바위 쪽에서 사라지는 순간 눈을 들어 확인하려는 듯 바라본다. 그 모습이 없어지자 사방을 둘레둘레 살핀다. 발 아래 꽃이 피어 있다. 가화는 펄썩 주저앉아 꽃을 와둑 잘라서 손에 들며
"아 아."
벙어리 같은 소리를 지른다.

"아 아."

그는 다시 벌떡 일어서며 공중에다 대고 두 팔을 뻗는다.

"사, 살아서, 아아."

그는 도로 주저앉으며 꽃이란 꽃은 모조리 잘라서 사방에 뿌리고 흩는다. 여윈 볼이 붉게 탄다. 꽃을 다 버리고 다시 꽃을 꺾어서 들고 한 곳에 서 있을 수 없는 듯 그는 숲 속을 마구 헤매어 돌아다닌다.[56]

자신의 안위는 아랑곳하지 않은 채 사랑하는 사람을 찾아 위험지역에 들어오고 그의 냉대에도 불구하고 생존 확인만으로 온 세상을 얻은 듯 기뻐할 수 있는 삶의 방식, 그것은 분명 내면에 유폐된 개인주의와도 거리가 있고, 이념만을 지고로 아는 냉혹한 전체주의와도 거리가 있는, 명목과 이념으로부터 해방된 자유 영혼의 삶의 방식일 터이다. 그러기에 이러한 삶의 방식은 이기적인 개인주의자나 냉혹한 전체주의자 누구에게도 '병신' 같아 보일 것이고 '바보' 이상일 수 없어 보일 것이다. 그러나 그러한 바보만이 이념의 화신 하기훈마저 바보로 만드는 어이없는 일을 할 수 있고, 이가화만은 살려야 한다는 마음이 들도록 할 수 있는 것이다.[57] 그것은 자신을 전향시키려던 장덕삼에게 독설로 맞서던 하기훈과 얼마나 다른 모습인가?

(4) 기훈은 가화의 머리를 쓸어넘겨준다. 머릿결이 참 부드럽다. 낮에 머리를 감더니.

"바보같이… 넌 참 바보다, 가화."

---

56) 위의 책, 481-482쪽.
57) 위의 책, 548쪽.

기훈의 눈에 눈물이 빙 돈다.

"너 같은 바보가 어디서 그런 용기가 났지? 뭐 할려고 이런 곳에 왔어?"

"선생…님 볼려구요. 이렇게 만나지 않았어요?"

(…)

담배연기를 뿜어낸다. 가화는 달맞이꽃을 꺾고 있다. 마을로 내려가

자는 기훈의 말에는 아무 흥미도 느끼지 않는 것 같다. 다만 행복한

얼굴로 달맞이꽃을 꺾고 있다. 한 묶음으로 엮어서 그는 기훈 곁으로

돌아왔다.(…)

"마을로 가자는 내 말이 믿어지지 않어?"

"지금이 좋은걸요. 더이상 욕심 안 부릴래요."

"그럼 안 가겠단 말인가?"

"아, 아 아니 선생님 하는 대로 할께요."

"그럼 나하고 함께……."

일어섰다. 그는 다시 가화의 손을 잡는다. 가화는 기훈에게 이끌린

채 산길을 타고 내려간다.(…)

가화가 허덕이는 것은 산길이 험한 탓이 아니다. 그는 행복에 숨이

가쁜 것이다.[58)]

이처럼 전쟁의 한복판에서도 이가화는 사랑하는 이를 만나 함께 있는

것만으로 만족할 뿐 그 순간의 충만감 이외에는 아무 욕심 부리지 않으며

행복에 겨워 가쁜 숨을 내쉬는 것이다. 그러므로 이가화는 발전이니 이념

이니 하는 것에 관심이 없는 역사 밖 존재이고, 사랑하는 사람과 함께 있

다는 것만으로도 전쟁터를 꽃의 축제장으로 받아들이는 아이 같은 해방된

영혼이며, 번민의 자아의식도 없고 이해득실도 따지지 않은 채 마음 가는

---

58) 위의 책, 546-547쪽.

대로 행동하는 자유적 삶의 구현자인 것이다.

그러나 이가화만은 하산시켜 살리려 하던 하기훈의 뜻이 변절로 오해 받아 총격전이 벌어지고 그 와중에 이가화는 숨을 거두게 된다. 이처럼 순수한 영혼을 지닌 이가화는 비록 세상을 떠나지만 그녀의 죽음은 이기와 이념을 신주처럼 모시며 대결한 6.25의 의미를 새삼 되묻게 만드는 희생양으로 기능하게 되는 것이다. 그리하여 개인주의니 전체주의니 하는 헛된 구호가 아니라, 명목을 떠난 해방된 영혼의 자유로운 삶이라는 그 아나키즘적 지향성이야말로 상처받은 당대에 대한 통렬한 비판이자 바람직한 치유책임을 이가화는 전존재로 보여주고 있는 것이다.

5. 결론

본고는 박경리의 문학사상을 탐구하는 작업의 일환으로서 박경리의 초기 장편 <시장과 전장>을 아나키즘적 맥락에서 살펴보고자 하였다. 이러한 착상은 작품에 아나키스트가 등장하여 코뮤니스트와 논쟁을 벌인다는 점, 작가가 무정부주의에 호감을 가지고 있다고 발언할 뿐 아니라 6.25에 대해 개인주의와 전체주의라는 두 이념이 공방을 벌인 것이라고 제3의 시각에서 규정하고 있는 점, 작가 스스로 좌우대립의 희생아이자 반항아라고 공언하고 있는 점 등에 기초한 것이었다.

절대적 자유를 위한 반항 사상이자, 사회주의와 자유주의의 합류점이라고도 평가되는 아나키즘이 <시장과 전장>의 입각점이라는 우리의 가설이 타당하다면 이 작품은 아나키즘적 시각에서 6.25의 참상을 비판하고 대안을 제시함으로써 1960년대 리얼리즘 문학의 지평을 한 단계 올려놓은 문학사적 공적을 재평가 받아야 할 것이다.

우리는 <시장과 전장>에 많은 인물이 나오고 여러 사건이 뒤얽혀 있지만 소설의 중심축은 여교사 남지영의 피난과정과 코뮤니스트 하기훈의 투쟁과정이라 보고, 6.25에서 격돌한 개인주의와 전체주의의 문제성을 두 진영에 각각 속하는 남지영과 하기훈을 통하여 드러내고 그것을 전란을 거치면서 이가화 같은 아나키적 인간상에서 변증법적 지양을 이룩하도록 한 것이야말로 이 작품의 서사구조이자 참된 주제라 파악하였다.

남지영은 개인주의의 특성인 심리의 미분화(微分化)로 내면에 '전장'을 지니고 있는 인물이다. 결혼생활, 남편, 어머니, 자녀 등 주변 세계와 심리적 갈등관계에 놓여 있는 그녀가 취할 수 있는 유일한 행동은 현실을 도피하거나 환상에 몰입하여 주관 속에서 심리적 평형을 유지하는 일이다. 그러나 전쟁이라는 객관 정세의 악화로 이러한 시도가 좌절되고 주관이 말살의 지경에 이르렀을 때 남지영은 주관 속의 자아 유폐로부터 벗어나 바람직한 세계상을 열망하기에 이른다. 그것은 누구의 간섭도 받지 않는 자족적이고 자유로운 가족 공동체라는 삶으로 아나키적 이상과 상통한다.

한편 하기훈은 역사 발전을 신봉하는 전체주의자로 자신의 이념을 실천하고자 수많은 외부적 '전장'에 뛰어들고 인정에 끌리지 않는 냉혹한 인물이다. 그리하여 아나키스트인 스승 석산과 그의 아내 김여사와의 인연을 차갑게 외면하고 사랑했던 이가화를 냉정하게 버릴 뿐 아니라 수많은 죽음들을 필연성의 이름으로 정당화하고자 한다. 그러나 패전과 민심의 이반, 처참한 전투, 이가화의 지고지순한 사랑 등에 마음이 흔들리며 일시적으로 목가적 농부생활을 동경하기도 한다.

이처럼 개인주의와 전체주의는 각각 내부 '전장'과 외부 '전장'에서 심리적 병리성과 파괴적 비인간성이라는 문제점과 한계를 드러내고 있는 것이다. 그러므로 자신의 입지에서 한 발짝도 물러나지 않는 한 공방 해결의 가능성은 요원하다고 볼 수 있다. 그러면 상호 대립하는 양자를 넘어설 수 있는 제3의 변증법적 지양은 불가능한 것인가? <시장과 전장>은 그것이 바로 '시장' 이념이라 보고 있다.

'시장'이란 떠들썩하고, 모두가 웃고, 싸우던 자들도 화해의 술을 나누며 흥겨워하고, 오다가다 만난 정이 두터워지고, 해가 있는 동안은 누구나 희망을 버리지 않는 등 온갖 인생이 넘쳐흐르며 생활이 변함없이 소용돌이치는 활력의 원천이자 축제의 장인 것이다. 이러한 융합을 가능케 하는 시장이야말로 내면의 늪에 빠져 허우적거리던 남지영이나 이념의 늪에 빠져 인간미를 상실했던 하기훈이 공존할 수 있는 접점인 것이다. 그런 의미에서 아나키스트 석산이 꿈꾸던 서방도 동방도 아닌 '중간노선'의 아나키즘적 삶이란 결국 시장의 활기로 모든 이를 살맛나게 만드는 그런 삶에 다름 아닌 것이다.

이처럼 '역사 밖 중간지점에서 명목에 구애받지 않고 해방된 영혼으로 숨 쉬며 사는 삶이 구현되는 곳이 바로 '시장'이라면 6.25의 와중에서 '시장'적 삶의 모습을 가장 극적으로 구현하여 보여준 인물이 바로 이가화이다. 스스로는 이념의 희생자이면서도 사랑하게 된 하기훈이 코뮤니스트임에도 불구하고 무조건적 애정으로 빨치산 산채까지 그를 찾아 나선 이가화는 하기훈의 생존 확인만으로 삶의 충만감에 몸을 떠는 여인이다. 그녀는 처지와 앞날을 생각지 않고 더 이상 욕심 내지 않으며 사랑하는 이와 함께 있는 그 순간의 행복감을 꽃장식으로 표현하며 행복의 가쁜 숨을 내쉴 뿐이다.

작가조차 처음으로 그려낸 긍정적인 여자라고 기뻐한 이가화야말로 아나키스트 석산이 꿈꾸던 삶의 구현자가 아니겠는가? 역사 밖에 서서 아무 것에도 가담하고 싶어 하지 않고 아무 것도 믿지 않으며 집단에 대한 승리 같은 것은 생각지도 않고 명목을 떠나 진실로 해방된 영혼으로 숨을 쉬는 삶, 이가화는 그러한 축제적 삶이 무엇인지를 보여주고 있는 것이다.

그러기에 이러한 순진무구성은 냉혹한 하기훈마저 움직여 그녀를 살리려는 행동을 하게 되고 대원의 오해로 벌어진 총격전에서 결국 이가화는 숨을 거두게 된다. 그러나 이가화의 죽음은 개인주의와 전체주의가 공방한 6.25가 휴전으로 귀결되면서 미해결로 남게 된 객관 현실의 문학적 반영으로 이해되어야 할 것이다. 그러나 이가화가 보여 주었듯이 '시장'으로 표상되는 '해방된 자유 영혼의 아나키적 축제로서의 충만한 삶'이라는 아나키즘적 이상은 개인주의와 전체주의를 다 같이 포괄적으로 넘어설 수 있다는 의미에서 아직까지도 진행형적 의의를 가지고 있다 할 것이다.

<시장과 전장>의 생존의 서사

박은정

1. 한국전쟁과 박경리 소설

한국전쟁 직후 한국 문단에 발표된 소설들은 전쟁의 영향력을 직간접적으로 받고 있다. 당시 한반도 사람들은 전쟁이 가져온 폭력 앞에 속수무책일 수밖에 없었다. 이는 오랜 식민지하의 위축된 글쓰기에서 벗어나 해방 공간에서의 새로운 창작 방법을 모색하던 작가들에게도 예외는 아니다. "전쟁의 한복판, 그리고 이후의 폐허 위에 선 작가들을 근본 구속한 것은 이렇듯 엄청난 지각변동이었다. 게다가 그들은 전쟁이라는 폭력에 속수무책으로 휘둘린 터라 냉정하게 현실을 탐구할 수 있는 여유를 확보하지 못했다. 전쟁터를, 포로수용소를, 적 치하 골방을, 대구·부산으로 이어지는 피난길을 익명으로 떠돌아 살아남아야 하는 극한 상황 속에 있었고, 전쟁이 끝난 뒤에도 그 경험의 자장으로부터 풀려나기란 쉽지 않았던 것이다."[1] 그러므로 전후 소설에는 이런 작가들의 직간접적 체험이 바탕이 되어 이들이 겪은 육체적·정신적 폭력과 이로 말미암은 상실감과 무기력이 담기게 된다.

전후세대 작가들[2]의 작품에서는 초토화된 현실을 반영하는 정신적, 육

---

1) 김윤식, 정호웅, 『한국소설사』, 문학동네, 2000, 348-349쪽.
2) 전후세대(1950년대)란 통상, 오영수, 김성한, 손창섭, 장용학, 한무숙, 유주현, 정한숙, 강신재, 박연희, 손소희 등 전쟁 이전에 『예술조선』, 『백민』, 『신천지』, 『문예』 등으로 등단한 작가와, 전쟁 이후 『사상계』, 『문학예술』, 『현대문학』 및 신춘문예를 통해 등단한 이호철, 김광식, 오상원, 서기원, 최상규, 하근찬, 박경리, 송병수, 선우휘, 이범선, 전광용, 추식, 강용준, 한말숙, 박경수, 오유권, 곽학송, 최인훈 등을 가리킨다. 전쟁이 끝난 뒤 『현대문학』, 『문학예술』, 『자유문학』 등의 문예지를 무대로 본격적으로 펼쳐진 그들의 작품 활동을 통해 비로소 전후문학이 성립된다.
위의 책, 361쪽.

체적 혹은 현실적 결핍이 발견된다. 특히 박경리 소설의 경우 지식인 여성이 가족 구성원의 결핍 상황에서 현실에 부딪히는 모습을 보이고 있다. 1950년대에 발표된 초기 단편에서는 주로 가족 상실을 겪은 지식층 전쟁미망인이 전후의 사회현실에 분투하는 모습을 비판적으로 그리고 있다. 전쟁미망인은 가족의 생계를 책임져야했지만 그들이 경제적인 활동을 할 수 있는 사회적 인프라는 거의 없는 현실이었다. 더구나 전통적 성역할에서 사회활동의 영역 즉 경제적 영역을 차지하고 있던 남성들은 지식인 여성의 사회진출을 자신들의 영역을 침범하는 것으로 인식했다. 지식인 전쟁미망인을 전후 사회의 희생자로 인식하는 것이 아니라 가해자로 인식하였기 때문에 그들의 경제활동은 이중 삼중의 어려움을 안고 있었다.

이런 배경으로 박경리 초기 소설에 대한 연구들 중 다수는 여성 인물에 주목하고 있다. 특히 한국전쟁과 관련된 박경리 소설 연구에서는 '전쟁미망'의 문제가 중심에 있었다. 서재원은 <흑흑백백>, <불신시대>, <표류도>를 전쟁미망인 당사자인 여성주체의 입장에서 창작을 함으로써 '전쟁미망인의 실존'을 그렸다고 보았다. 이 작품들을 통해 여성가장이 자신의 삶을 개척해 가는 여성을 주체로 형상화했다는 것이다.[3] 허연실은 <흑흑백백>, <전도>, <회오의 바다>, <벽지>를 대상으로 전후 여성 인물들이 겪는 갈등의 문제가 '전쟁'으로부터 기인한 것인가에 대한 의문을 제시한다. 그리고 이에 대한 답으로 전쟁미망인인 여성 인물들의 갈등의 원인이 전쟁에 있는 것이 아니라, 가부장 체제의 폭력성에 있다고 보았다.[4] 이선미는 박경리

---

3) 서재원, 「박경리 초기소설의 여성가장 연구─전쟁미망인 담론을 중심으로」, 『한국문학이론과 비평』제50집(15권 1호), 한국문학이론과 비평학회, 2011.

초기 소설의 특성으로 여성 가장의 저항의식을 꼽았다. 박경리 소설의 여성 가장은 가족의 생계를 위협하는 상황에서도 인간으로서의 존엄을 지키려 애쓴다는 것이다.5) 김예니 역시 전후 약육강식의 사회에서 여성을 비롯한 약한 존재들이 금력이나 권력 앞에 자존을 지키고 있다고 보았다. 이들은 세상을 등지지도, 타협하지도 않고 살아남는 방식으로 세상에 저항한다는 것이다.6) 김은하는 장편소설 <표류도>에서 전쟁미망인의 육체를 계도와 처벌의 대상으로 무력하게 위치 지어진 수동성이 아니라, 가부장제를 공격하고 해체하는 히스테리의 언어로 재발견했다.7) 유임하는 <애가>와 <표류도> 두 작품에 대해 전후 직업여성을 주인공으로 내세워 전후사회의 안팎을 조망하고 통찰하는 새로운 면모를 제시했다고 평가했다. 그리고 이 소설들이 박경리 초기소설에서 1인이 겪은 전쟁의 상처와 고통을 만인의 고통과 상처에 관한 이야기로 전환한 데서 큰 의미를 부여한다.8)

박경리 소설에서 '전쟁'과 관련해서는 <시장과 전장>을 통해 보다 다양하게 논의된다. <시장과 전장>이 발표될 시기의 연구를 살펴보면 코뮤니스트로 등장하는 하기훈의 이념적 면모에 주목한다. 이들 논의는 기훈이

---

4) 허연실, 「1950년대 박경리 소설의 '근대'와 '여성'」, 『한국문예비평연구』36, 한국현대문예비평학회, 2011.

5) 이선미, 「한국전쟁과 여성 가장 : '가족'과 '개인' 사이의 긴장과 균열-1950년대 박경리와 강신재 소설의 여성 가장 형상화를 중심으로」, 『여성문학연구』10, 한국여성문학회, 2003.

6) 김예니, 「박경리 초기 단편소설의 서사적 거리감에 따른 변화 양상」, 『돈암어문학』제27호, 돈암어문학회, 2014.

7) 김은하, 「전쟁미망인 재현의 모방과 반영 – 박경리의 <표류도>를 대상으로」, 『인문학연구』47, 조선대학교 인문학연구소, 2014.

8) 유임하, 「박경리 초기소설에 나타난 전쟁체험과 문학적 전환 – <애가>, <표류도>를 중심으로」, 『한국현대문학연구』46, 한국문학연구학회, 2012.

자신을 공산주의자라고 주장하지만 실상은 그렇지 않다는 데 의견이 모인다. 그는 공산주의자이기 보다는 그 성격을 알 수 없는 복합적 인물이거나[9] 전형적인 공산주의자가 아니라, 자칭 공산주의자[10]로 규정된다. 이후 기훈과 주변 인물들의 이념에 관해서는 보다 확장된 논의가 이어진다. 한점돌은 <시장과 전장>을 아나키즘적 시각에서 6.25의 참상을 비판하고 대안을 제시함으로써 1960년대 리얼리즘 문학의 지평을 한 단계 올려놓은 공적이 있는 작품으로 평가했다. 전쟁이 보여준 개인주의와 전체주의를 아우르는 아나키즘적 면모를 이가화를 통해 보여주고 있다고 보았다.[11] 김양선은 <시장과 전장>을 지영의 서사와 기훈의 서사로 나누어 살피면서 기훈과 가화의 낭만적 사랑과 좌절을 통해 '전쟁'에 대한 부정성을 드러낸다고 보았다.[12] 임경순은 전쟁으로 인한 인물의 변모에 성찰이 동반되지 않았음을 지적한다. 그리고 공산주의자 기훈을 이념을 매개로 한 초월적 인물로 그림으로써 이념과 현실 정치를 분리하고 있다고 했다.[13]

살펴본 바와 같이 한국전쟁과의 연관선상에서 논의된 박경리의 소설 연구는 전후 사회의 여성 문제와 이념의 문제로 정리된다. 기존 연구를 통해 박경리 소설이 초기 단편에서 장편으로 진행하는 과정에서 작가 개인의

9) 백낙청, 「피상적 기록에 그친 6.25수난」, 『신동아』, 동아일보사, 1965. 4.
10) 조남현, 「시장과 전장론」, 『박경리』, 서강대학교출판부, 1996.
11) 한점돌, 「박경리 문학사상 연구—<시장과 전장>과 아나키즘」, 『현대소설연구』42, 한국현대소설학회, 2009.
12) 김양선, 「한국전쟁에 대한 젠더화된 비판의식과 낭만성」, 『페미니즘연구』제8권 2호, 한국여성연구소, 2008.
13) 임경순, 「유토피아에 대한 몽상으로서의 이념」, 『한국어문학연구』제45집, 한국어문학연구학회, 2005, 8.

문제에서 시작해 사회 전반의 문제로 확장되어 감을 밝혔다. 특히 〈시장과 전쟁〉의 연구를 통해서는 한국전쟁의 특징인 이데올로기 문제와 관련한 의의와 한계를 밝힘으로써, 박경리 소설의 지평이 현실적 문제에서 이념적 문제로까지 넓혀졌음을 보여주었다. 이러한 기존 연구들은 박경리의 소설이 보여준 전후 인식의 넓이의 측면에서만이 아니라 깊이의 측면에서 확장하여 제시함으로써 큰 의미를 가진다.

본 연구에서 주목하는 부분은 전시 생존의 문제이다. 전쟁은 사람들의 생명을 위협하는 여러 변수들을 가지고 있고, 사람들은 그 변수들을 모두 피해야만 생존할 수 있다. 특히 한국전쟁은 이런 일반적 변수들 위에 사상의 문제라는 특수성이 더해진다. 〈시장과 전쟁〉에서는 이런 한국전쟁에서의 생존문제를 여실히 보여준다. 더구나 치열한 격전지도 아니며 사람들이 몰려든 피난지도 아닌 '서울'에서 생존을 위해 분투하는 모습을 보여준다. 한국전쟁에서 '서울의 점령'은 전세를 가늠하는 상징적 기준이 되었다. 서울이라는 공간 속에서 점령군들은 전쟁에서 생명을 위협하는 변수들을 피해 살아가는 사람들에게 자신들의 사상을 요구하였고, 이 문제는 또다시 사람들의 생존에 영향을 미쳤다. 다른 한편으로 서울은 사람들이 전쟁을 피해 떠나버린 빈 공간이었다. 이 공간 속에서 의식주를 해결하는 문제는 사람들의 생존을 보장하는 중요한 요소였다. 〈시장과 전쟁〉은 서울이라는 공간에서 사람들이 의식주를 해결하는 모습을 '시장의 형성을 통해 보여준다. 그동안 한국전쟁을 배경으로 하는 작품들에서 전시 생존을 위협하는 굶주림의 문제는 흔히 거론되었지만 '시장'을 전면에 내세운 작품은 〈시장과 전쟁〉 외에 찾아보기 어렵다.

이처럼 <시장과 전장>은 한국전쟁 당시 '서울'이라는 공간 속에서 생존을 모색하는 사람들의 이야기를 담고 있다. 이런 작품의 특성을 좀 더 천착해서 파악해 나간다면 그동안 연구된 <시장과 전장>의 의미를 보다 폭넓게 이해하는 데 도움이 될 것이다. <시장과 전장>은 박경리 전후소설이 '전쟁미망인'의 영역에서 한정되어 파악되거나, '이데올로기'의 문제에서 비판적으로 평가되었던 것에서 벗어나 한국전쟁에 대한 새로운 면모를 보여준 작품이다. 따라서 <시장과 전장>은 한국 전쟁 소설에서 새로운 의미를 파악해 낼 수 있는 작품으로 다각도의 연구가 필요한 작품이다. 본 연구에서는 <시장과 전장>에서 보여주고 있는 생존의 측면을 파악함으로써 한국전쟁에 대한 작가의 생각의 폭이 '사회적', '경제적' 영역에까지 확장되어 있음을 밝히는 계기가 될 것으로 기대한다.

2. 사상 검열의 허구성과 생존의 모색

한국전쟁을 흔히 '이데올로기 전쟁'이라고 한다. 이는 제2차 세계대전 이후 세계정세가 냉전의 기류에 휩싸인 상황에서 한반도의 남과 북이 자본주의 진영의 미국과 공산주의 진영의 소련, 중공 등을 업고 치른 전쟁이기 때문이다. '자본주의니 공산주의니 하는 이데올로기가 실상 남과 북의 그것인가'라는 문제와는 무관하게 이 전쟁에서 많은 사람들이 이데올로기의 문제로 인해 고통받은 것은 사실이다. 그렇기 때문에 한국전쟁을 다룬 많은 작품들이 이데올로기의 문제를 거론하고 있다.

박경리의 소설 <시장과 전장>은 하기훈을 중심으로 이념 문제를 거론한다. 하기훈은 공산당원으로 당의 지령을 받아 활동을 하고, 전쟁에서 인민군으로 활동하기도 한다. 그러나 하기훈은 자신이 공산주의자임을 입증할 근거도 없이 그냥 자신의 '이념을 사랑'[14]한 한 사람으로만 존재한다. 그의 사회주의자로서 혹은 당원으로서의 활동은 구체성을 결여하거나 좌절된 결과로 나타난다. 한 예로 하기훈이 당의 지령으로 변절자 안핵동을 암살하는 작전에 투입되지만, 작전 도중 안핵동이 비만과 숙취로 사망함으로써 그가 지령받은 활동은 무산된다. 암살 지령을 수행하는 동안에도 이가화를 지속적으로 찾아가는 등 실제 공산주의 활동에서 벗어난 행동들을 보인다. 이런 하기훈의 행동은 공산주의자로서 그의 정체성에 의문을 갖게 한다.[15]

하기훈과 주변 인물들이 보여주는 사상과 죽음의 관계는 비교적 명확한 기준을 가지고 있다. 그들은 '공산주의'라는 사상을 가진 사람들이고, 이 사상으로부터 벗어났을 때 '죽음'으로 응징한다. <시장과 전장>에서 공산주의자들은 외부로 드러나지 않은 조직이 있고, 그 조직에 대한 배신은 곧 죽음이라는 공식이 있다. 이런 공식은 안핵동에 대한 암살 시도에서도 볼

---

14) 박경리, 『시장과 전장』, 마로니에북스, 2013, 255쪽. 이후 텍스트 인용은 본문 내 페이지 표시.

15) 공산주의자로서의 하기훈에 대해서는 기존 연구에서 그는 자칭 공산주의자일 뿐 현실로부터 벗어난 존재로 인식된다. 김은경은 작품 속에서 장덕삼이 하기훈을 '볼세비크', '레닌', '스탈린' 등의 컴니스트와 구별되는 휴머니스트로 보고, 이가화 역시 하기훈이 공산주의자임을 부정하고 있다는 점에 주목했다. 그러나 하기훈 자신은 주변 인물들에 의해 인식된 자신과 분리되어 스스로의 정체성을 자칭 컴니스트로서 일관되게 유지하고 있음은 그가 현실과 유리된 존재임을 의미한다고 보았다. 김은경, 「박경리 장편소설에 나타난 인물의 '가치'에 대한 태도와 정체성의 관련 양상」, 『국어국문학』 146, 국어국문학회, 2007.

수 있고, 공산주의에서 무정부주의로 변신한 석산 선생의 경우에서도 나타난다. 무엇보다 하기훈 역시 가화와의 사랑이 조직에 있어 배신으로 보여짐으로써 죽임을 당한다.

그러나 하기훈이 스스로 커뮤니스트를 자칭하고 있음에도 불구하고 그가 보이고 있는 행동과의 불일치로 인해 한국전쟁이 가지고 있는 이념의 허구성이 드러난다. <시장과 전장>에서 제시되는 이념의 허구성은 소시민16) 이라 할 수 있는 남지영 주변 인물들을 통해 보다 현실적으로 나타난다. 한국전쟁을 겪었던 사람들 중 대부분은 공산주의자도 아니고 다른 어떤 이념을 가진 자도 아니었다. 하지만 아무 이념도 가지지 않았던 많은 사람들이 한국전쟁을 통해 실체도 없는 이데올로기의 문제로 고통 받았고, 그 현실을 <시장과 전장>에서 제시하고 있는 것이다. <시장과 전장>에서 남지영 주변 인물들은 사회주의 또는 자본주의를 선택한 적도 없고, 선택을 원한 적도 없다. 오히려 그것이 무엇인지도 정확하게 모른 채, 이를 피해 살아남는 방법을 모색할 뿐이다.

<시장과 전장>에서 남지영의 활동 공간은 주로 '서울'이다. 가족과 떨어져 연안에 머물던 지영은 한국전쟁 발발과 함께 가족들이 있는 서울로 돌아온다. 이후 지영과 가족들이 머물게 된 '서울'은 격전지 '전장'은 아니지만 그렇다고 '후방'일 수도 없다. 서울은 한국전쟁의 발발과 함께 국군이

---

16) 1960년대 한국문단에서 전후세대와 68세대 간에 '소시민' 혹은 '소시민' 문학에 관한 논쟁이 일어났다. 하지만 여기서 사용되는 '소시민'의 의미는 일반적 의미로서의 쁘띠 부르주아를 의미한다. <시장과 전장>에서 남지영 주변 인물들은 단순히 이데올로기와 상관없는 인물로 등장할 뿐 이 무관함이 탈이데올로기에 대한 인식으로까지 나아가지는 않았기 때문이다.

후퇴한 뒤, 인민군과 국군, 연합군과 중공군이 번갈아 점령함으로써 문제적 공간이 된다. 이들은 서울을 차지하기 위한 치열한 전투 끝에 비로소 점령군이 되고, 이 과정을 거치는 동안 서울은 전투가 지나가는 길목이 된다. 치열한 전투가 지나가고 점령군이 바뀔 때마다 서울에 남아있던 사람들은 '이데올로기의 검증'이라는 관문을 통과해야 한다. 이 관문은 생존 자체를 위협한다. 이때 이들에게 적용되는 이데올로기는 남쪽 사회에서 '빨갱이'이데올로기로 인식되었던 '반공'이데올로기였다. 그리고 이에 비견되는 것은 북쪽 사회의 '반동'이데올로기이다.[17] 서울의 점령군이 바뀔 때마다 서울을 떠나지 않고 살아남은 사람들은 새로운 점령군의 검열을 거쳐야 했다. 인민군의 치하에서 살아남은 사람들은 국군이 들어왔을 때 '부역자'라는 이름으로 처형되거나 처벌을 받았다.[18] 또한 인민군 치하에서는 국군 치하에서 살아남은 사람들이 반동분자로 인식되어 죽임을 당하거나 고초를 겪었다. 이들은 새로운 점령군이 들어올 때마다 '반공' 혹은 '반동'이데올로기의 잣대가 언제 어떻게 적용될지 알 수 없었기 때문에 불안정한 일상을 반복해야만 했다. 지영처럼 피난을 하지 않고 서울에 머물렀던 사람들은 전쟁의 향방에 상관없이, 양측의 이데올로기 속에서 '생존'만을 목적으로 견뎌내고 있었다. 이들이 통과해야 하는 이데올로기의 검열에는 일정한 기준도 존재하지 않았다.

---

17) 김재용, 「'반동'이데올로기와 민중의 선택」, 『역사문제연구』, 역사문제연구소, 2001. 6. 98쪽.
18) 국군이 남하한 뒤 서울에 남아 인민군에 협력한 사람을 '부역자'라고 칭한다. '반역분자', '공산분자' 또는 '가담 협력자'라는 용어는 1950년 10월에 들어서 일제히 '부역자'로 바뀌었다. 이임하, 「한국전쟁기 부역자처벌」, 『전쟁 속의 또 다른 전쟁-미군 문서로 본 한국전쟁과 학살』, 선인, 2011, 144쪽.

지영은 전쟁이 발발하기 전 삼팔선 부근 연안의 여학교에서 교편을 잡고 있었다. 남과 북의 접경지역인 연안은 언제든 "이북에서 밀고"(125쪽) 올 수 있다는 불안에 휩싸여 있다. 특히 군인이 주둔하고 있는 백천은 북쪽으로부터 대남방송이 들리는 가운데 "험악하고 무거운 기류가"(101쪽) 가득 차 있다. 하지만 이들이 가진 공포는 북측에서 밀고 내려오게 되면 "옷 입는 것까지 나라 정책에 따라야 하는, 사상이 어떻고 인민이 어떻고"(125쪽) 하는 정도에 머물러 있다. 이때의 불안은 그 사상이라는 것이 무엇인지 모르는 상황에서 현재의 사회와는 다르다는 막연한 두려움에 기인한 것이다. 6.25가 발발한 뒤 서울로 오기 전까지 지영에게 인민군은 그다지 두려운 존재는 아니다. 인민군은 막연한 존재이고, "시베리아 노동수용소, 그것도 무섭지 않고 아름다울 것 같"(180쪽)은 비현실적 사고 속에 머물러 있다.

지영에게 남과 북의 이데올로기가 '생존'의 문제가 되는 것은 전쟁 이후의 일이다. 인민군을 뒤로 하고 서울까지 피난을 온 지영은 가족들과 함께 남쪽으로 피난을 시도한다. 이들이 피난을 떠난 것은 전쟁 발발 나흘째인 6월 28일이다. 피난길에 나섰다가 한강다리가 폭파되어 집으로 돌아온 사람들은 인민군 치하의 삶을 받아들인다. 이들은 해방 후 삼팔선이 생기고, 자신들의 의지와는 상관없이 삼팔선 이북의 사람은 북측 체제를 받아들이고, 이남에 있었던 사람들은 남측 체제를 받아들였듯이 국군이 남하하고 인민군이 지나갔다는 이야기를 들었을 때도 현 상황을 받아들이는 소시민의 태도를 보인다.

지금까지 국군을, 그리고 대한민국을 공공연히 욕하는 사람은 아무도 없었다. 그와 마찬가지로 인민군을 욕하는 사람도 없었다. 마음속으로 이들 피란민은 관전하고 있었던 것이다. 관전 중 그들이 한마디의 의견도 없었다는 것은 그들이 현명했기 때문이다. 피란민 중에 이북군 유격대가 있을 수 있고 대한민국의 정보원이 있을 수도 있다. 이제 태세가 뚜렷이 나타남으로써 대한민국을 비난하지만 실상 그 사람의 속마음은 알 수 없고, 맞장구를 치면서도 서로 의심과 경계로써 살펴보며 말 한 마디 한 마디에 저울질을 한다. (중략) 대한민국에 불만하고 여러 가지 압제에 증오를 느끼면서도 그들은 이북군을 진정한 해방자로서 맞이하지 못하는 착잡한 심정의 소시민인 것이다. 진정 민중들은 어느 쪽에 가담하고 있는 것일까?(217-218쪽)

이들 소시민들은 남측이나 북측 어디에도 기울지 않고 주어진 체제에서 생활을 이어나가고자 했으나 이들의 "불편부당"은 인정되지도, 허락되지도 않았다. 미군의 인천상륙작전으로 서울을 점령했던 인민군들이 북쪽으로 혹은 남쪽으로 쫓겨 가고 국군이 서울을 점령하자, 서울은 거센 소용돌이에 빠진다. 이들은 "빨갱이는 모조리 죽여라! 새끼도 에미도 다 죽여라! 씨를 말려야 한다!"(317쪽)는 구호와 함께 서울로 들어온다. 이들이 외치는 '빨갱이'는 기훈과 같은 '이념가'만을 의미하는 것은 아니다. 인민군 치하에서 살아남았던 사람들은 모두 '빨갱이'의 범주에 들어가 잔인한 보복을 당한다. '부역자'로 불렸던 이들의 부역 기준은 자발성이냐 비자발성이냐에 있지 않았다. 비자발성을 가졌더라도 그 결과 적(敵)에게 도움을 주었다고 판단되면 '부역자'로 간주되었다. 그러므로 피신한 자와 지하운동을 한 자를 제외하고 모두 '부역자'라 간주했다.[19]

"대한민국이 달아날 적에 많은 사람들을 죽였지요. 인민군이 들어왔을 때 그들은 또 많은 사람들을 죽였어요. 그들이 달아날 적에도 많은 사람들을 학살했어요. 그런데 대한민국은 다시 돌아와서, 지금 그것이 되풀이 되고 있는 거예요. 또 뒤집혀보세요. 달아나는 자는 또 죽이고 승리자 또한 죽일 거예요."(371쪽)

국군이 '부역자'로 간주하는 사람들은 대한민국 정부가 서울에 버리고 간 사람들이었다. 개전 초기 약 150만 명의 서울 시민 중 약 40만 명이 '도강' 했지만, 나머지는 '잔류'하게 되었다. '잔류'한 사람들 중에는 북한군의 서울 '점령'을 고대하면서 적극적으로 '잔류'한 사람들도 없지 않지만, 대부분은 피난할 때를 놓친 사람들이었다.[20] 실제 전황과 괴리된 허위방송, 정부의 피난·소개, 무계획과 무대책, 군경 수뇌부의 무능력, 한강교 조기 폭파 등의 상황들이 복합적으로 작용한 결과였다. 한국 정부는 남하하면서 한강을 폭파했다. 한강 폭파로 한강 이북에서 격전을 벌이던 국군은 후퇴로를 잃었고, 한강다리 주변에 있던 800여 명으로 추산되는 사람들이 목숨을 잃었다.[21] 인민군은 서울을 점령한 뒤 남아 있던 군경 가족과 자산가들을 처형했다. 그리고 유엔군이 들어오자 다시 인민군 치하에 남아 부역했던 사람들을 처형했다. 그들은 한국 정부가 남하할 때 한강다리를 폭파함으로써 피난길

---

19) 이임하, 앞의 글, 145쪽.
20) 서울 탈환 후 서울을 벗어나 피난을 한 사람과 서울에 남아있었던 사람들 사이에는 '도강파'와 '잔류파'라는 구분이 지어지지만 이들을 이분화할 수는 없다. 흔히 '잔류파'라고 하는 사람들 중에는 스스로 잔류를 원했던 것이 아니라 어쩔 수 없이 잔류할 수밖에 없었던 사람들이 다수였기 때문이다.
21) 강성현, 「한국전쟁기 한국정부와 유엔군의 피난민 인식과 정책」, 『전장과 사람들』, 선인, 2010, 124쪽.

이 막혀 서울에 남을 수밖에 없었던 사람들이었다. 인민군 치하에서 살아남을 수단으로 부역을 했지만 이는 다시 국군으로부터 처형당할 명분이 된 셈이다.

이처럼 전쟁에서 남한의 민중들에게 남의 일인 양 '내전'을 관조하듯 방관적인 태도를 취하는 것은 허락되지 않았으며, '중도'를 유지하는 것도 불가능했다. 양 정권으로부터 '아(我)'가 될 것인지 '적(敵)'이 될 것인지를 강요받았고, 그 선택이 단지 살아남기 위한 방편이었다 할지라도 그 결과는 상대편의 보복으로 돌아왔다.

관악산으로 피난을 갔던 지영의 가족들은 서울로 돌아와 인민군 치하에서 다시 생활인이 되었다. 지영은 삽을 들고 부역을 나가고, 지영의 남편 기석은 전쟁 이전처럼 회사에 나가 엔지니어로서 연구 업무를 이어간다. 기석은 형 기훈을 잘 알고 있다는 동료의 권유로 공산당 입당원서를 제출하지만 과거 일본에서의 사소한 사건이 문제되어 입당은 거절된다. 기석은 "아무것에도 속해 있지 않"지만 "내가 하고 싶은 일을 열심히 하고 내 가정을 지키기 위해서"(269-270쪽) 입당원서를 넣었다. 하지만 그 행위는 기훈에 의해 비겁함으로 규정된다. 공산당원으로서 신념도 없으면서 입당원서를 넣는 것에 대한 비난이다. "비겁한 자에겐 반드시 교활함이 따라야" 하는데, 그렇지 못한 기석의 입당행위는 "쁘띠부르주아의 생활신조"(270쪽)일 뿐이다. 기훈의 우려는 연합군의 점령으로 현실이 된다. 기석은 공산당에 입당 원서를 제출한 사실이 발각되어 가족들도 모르는 사이에 수감된다. 지영 또한 부역자로 간주되어 통행권을 발급받지 못하므로 기석의 행방을 확인할 길이 없다. 부산에서 올라온 송 영감의 힘을 빌어 권력에 기대어보지만,

지영의 통행권이 겨우 허락될 뿐 공산당에 입당하려 했던 기석을 구제하기에는 '반공'이데올로기의 위력이 너무 컸다.

한국전쟁에서 2차 피난은 중공군의 개입으로 국군이 다시 남하함으로써 이루어졌다. 한국전쟁 발발 직후 1차 피난 때에는 아무 것도 모른 채 단순히 전쟁을 피하기 위해 '도강'을 하거나 '잔류'를 했던 사람들이 2차 피난 때는 1차 피난 때의 학습효과로 대부분 '도강'쪽으로 기울었다. 서울에 남아있었다는 이유만으로 '부역자'가 된다는 것을 체험했던 이들이 대부분 피난길에 오르고 서울은 유령도시로 변했다. 그러나 이때에도 '도강'과 '잔류'를 자유롭게 선택하지 못하고, 어쩔 수 없이 잔류해야했던 사람들의 개인적 사정이 <시장과 전장>에서 드러난다. 지영은 남편의 생사와 행방을 탐문하다 피난 시기를 놓치고 만다. 주변에 몇몇 남은 집은 병든 아이가 있다거나 거동이 힘든 노인이 있는 집들이었다. 그들은 피난해야한다는 것은 알지만 현실적인 어려움으로 잔류할 수밖에 없었던 사람들이었다.

국군이 떠난 서울은 잠시 공백 상태로 지나간다. 하늘에서 퍼붓는 폭격과 중공군이 지나갔다는 이야기만 들려올 뿐 서울은 국군, 인민군, 연합군, 중공군들 중 누구도 점령하지 못했다. 하지만 이때 서울에 잔류해 있던 사람들에게는 점령군이 없는 이 공백의 시간조차 용서되지 않았다. 중공군의 후퇴와 국군의 배급 소식을 듣고 강가로 나간 지영의 어머니 윤 씨는 중공군이 남기고 간 쌀을 가져오다가 국군의 총에 맞아 목숨을 잃는다. 총을 쏜 군인은 "이 빨갱이 새끼들아! 피란 안 가고 무슨 개수작이야! 다 쏘아 죽여버릴 테다!" "너희 새끼들은 다 죽여도 말 못한다. 이 빨갱이 새끼들아!"(474쪽)를 외치며 윤 씨의 살해를 정당화한다.

이처럼 '반공' 이데올로기는 빨갱이로 지목된 사람들에게 즉결 처형까지 가능한 힘을 가졌다. '반공' 이데올로기는 전쟁의 수행 과정에서 싹트고 커진 적개심과 공산당으로부터 가족이나 동료를 잃은 원한으로 인해 극대화 되었고, 이로 인해 '빨갱이'에 대한 잔인한 복수는 암암리에 허용되었다. 특히 전시 상대방이 '적'으로 규정될 때 적을 공격하는 것은 당연한 조치로 생각되었다. 이는 북측에서도 마찬가지다. 미군이 북한지역에서 철수한 후 치안대에 가담했던 사람들에 대한 피 학살자 가족의 보복이 시작되었다. 치안대에 가담한 사람들 중에서 일부는 월남했지만 그렇지 않은 많은 사람들은 그곳에 머물렀고, 따라서 피 학살자 가족을 비롯한 일반 민중의 보복은 전 지역을 통해 진행되었다.22)

<시장과 전장>에서는 서울에 잔류한 사람들의 생존과정을 통해 사상 검열의 문제점을 보여준다. 지영의 남편 기석과 지영의 어머니 윤 씨를 통해 아무 기준도 없이 이데올로기의 잣대를 들이대던 당시의 현실에 대해 보여준다. 이로써 하기훈을 통해 드러난 공산주의 이념의 허구성이 남 지영 주변 인물들을 통해 한국전쟁 당시의 이념적 허구성으로 확대됨과 동시에 현실화되어 나타난다. <시장과 전장>은 실체도 없는 '이념' 앞에 맹목적으로 살아남기만을 위해 분투했던 사람들을 보여줌으로써 '전쟁'에

---

22) 사상에 따른 사적 보복이 일반화 되면서 이를 그대로 방치해서는 안 된다는 시각이 대두했다. 그리하여 1950년 12월에 열린 당 중앙위원회 제3 차 회의에서는 치안대 가담자들에 대한 처벌지침이 내려졌다. 그것은 크게 두 가지였다. 하나는 사적인 복수가 아닌 공개적 심판을 통해야 한다는 점이고, 다른 하나는 '악질분자'와 '비 악질분자'를 구분하여 처리해야 한다는 점이다. 즉 당시 사적인 복수로 보복이 이루어지고 있던 행태를 금하고, 치안대 가담자들 중에서 죄행이 무거운 경우와 가벼운 경우를 구분해서 처리해야 한다는 점이다. 김재용, 앞의 글, 99-100쪽

대한 비판적 의식을 드러내고 있다.

3. 전시(戰時) 서울의 시장 형성과 생존

전쟁 중 '생존'은 사상 검열의 문제를 피해가는 것만으로 해결되지 않는다. 전쟁으로 생업을 잃은 사람들은 먹고 살기 위한 모색을 해야만 했다. 사람들이 피난을 떠나는 이유는 전쟁터에서의 무차별적 폭력을 피할 목적도 있지만, 의식주를 해결할 곳을 찾아 떠난다는 의미도 있다. 의식주를 해결하는 일은 피난을 떠난 사람들이나 남겨진 사람들에게도 매우 절실한 일이었다. 더구나 전쟁의 길목에서 전세에 따라 점령군이 뒤바뀌는 곳에서 기본 소비재를 확보하는 것은 생존과 직결된다. <시장과 전장>에서는 이런 전시 의식주를 위한 소비재의 확보 문제를 '시장'을 통해 제시한다. 한국전쟁 당시 서울은 생산은 없고, 소비만 있는 곳이었다. 전쟁이 길어질수록 서울에 남은 소비재는 줄어들고, 사람들의 소비는 생존에 필요한 것으로 한정될 수밖에 없었다. 피난을 떠나는 사람들은 가지고 갈 수 없는 물건들을 처분하고자 했고, 남아있는 사람들은 이를 확보하고자 했기 때문에 그들 사이에 거래가 이루어졌다. <시장과 전장>에서는 전쟁의 흐름에 따른 시장의 형성과 거래 양상을 남지영을 통해 보여준다.23) 전쟁 발발 전,

---

23) <시장과 전장>에서 지영이 '생존의 자각을 통해 현실로 나아가고 있다'는 장미영의 논의는 본 연구에서 제시하고자 하는 두 가지 생존의 문제 즉 '사상 검열의 문제'와 '시장 형성의 문제'를 '지영'의 축에서 찾는 단서를 마련해준다. 장미영, 「박경리 소설 연구 - 갈등 양상을 중심으로」, 숙명여자대학교 박사학위논문, 2002, 77쪽.

어머니와 남편으로 인해 가정 내에서 위치를 상실했던 지영은 전쟁으로 인한 남편의 부재 속에서 가족들이 생존하기 위한 식량 확보를 책임지고 있다. 생산이 중단된 서울에서 식량의 확보는 그 공급로를 인식하는 것으로부터 시작된다. 식량의 공급은 배급을 통해서 혹은 '시장'을 통해서 이루어지는데, <시장과 전장>에서는 배급보다는 시장거래를 통한 식량 확보의 모습을 보여준다.

<시장과 전장>에서 '시장'과 '전장'은 남지영을 축으로 하는 현실의 공간 '시장'과 하기훈을 축으로 하는 이념의 공간 '전장'이라는 대립항으로 보일 수 있다. 그러나 지영이 보여주는 '시장'은 일상으로서의 시장이 아니라 전쟁 상황 속의 시장이다. 전쟁 상황에서도 '시장'이 형성되지만 일상에서의 '시장'과는 다른 모습을 보인다. 그러므로 <시장과 전장>에서의 시장과 전장은 대립되는 곳이 아니라 전장 속의 시장이 되는 것이다. "전장(戰場)과 시장(市場)이 서로 등을 맞대고" 있어도 "그 사이를 사람들은 움직이고 흘러"(246쪽)간다. '전장'과 '시장'은 모두 영속성을 지닌 것이 아니라 상황에 따라 발생하고 소멸한다. 그리고 그 사이를 움직이는 사람들로 인해 유기성을 지니게 된다.

전쟁 발발 직전 지영이 수업 후에 들렀던 연안의 시장은 낭만이 있는 '페르시아의 시장'이었다. "시장은 축제같이 찬란한 빛이 출렁이고 시끄러운 소리가 기쁜 음악이 되어 가슴을 설레게 하는 곳이다."(129쪽) 시장에는 물감집, 잡화상, 철물점, 국수장수, 떡장수, 사주쟁이가 모여 있다. 지영은 낯선 도시, 낯선 거리, 그리고 낯선 사람들이 있는 이 시장을 지날 때 안심하고 기쁨을 느낀다. 전쟁 발발 초기만 해도 서울의 시장에는 낭만이 존

재한다. "전쟁이 지나간 장터에도 음악은 있다. 장난감을 파는 가게에 인민 군들이 서 있고 그들이 돌아갈 때 누이와 동생, 아들과 딸들에게 선물할 장난감을 고르고 있"(239쪽)다. 하지만 전쟁이 길어지면서 '시장'에서의 낭만성은 점차 사라지고 생존만이 남는다.

전쟁은 '시장'의 거래 물품과 거래 방법에도 영향을 미친다. 전쟁 초기 피난을 떠나는 지영의 가족이 피난 짐으로 가장 먼저 챙긴 것은 식량이었다. 그리고 피난지에서 지영의 어머니 윤 씨는 개장국을 사는데, 이 또한 보유하고 있는 양식을 아끼기 위함이었다. 아직 전쟁 초기이고, 피난을 떠나는 사람 대부분이 식량을 챙겼기 때문에 식량 확보에 대한 큰 우려는 없지만, 그래도 "보리밥 한 덩이에 부르는 게 값이"(215쪽)될 만큼 전시의 식량은 민감한 문제로 인식된다. 그렇지만 피난을 떠나는 사람들이 곡식을 다 짊어지고 갈 수는 없기 때문에 식량을 파는 사람이나 비싸게 사는 사람 모두 억울한 심정이다. 곡식을 파는 사람은 비싸게 팔기는 하지만, 한국정부가 남하하고, 인민군이 서울을 장악하게 되면 "남한 화폐의 가치가 어떻게 될지, 휴지가 될지도 모"(215쪽)르기 때문에 식량을 주고 화폐를 가지는 것은 불안하다. 그래서 "농민들은 벌써부터 쌀을 팔 때, 돈을 받는 것을 원치 않았고 피란민 보따리에서 의복가지가 나와야만 쌀을 내놓았다. 한편 피란민들은 되도록이면 의복 대신 돈으로 쌀을 구하려고 애를"(215쪽)썼다.

지영 가족은 국군을 따라 남하하는 일에 실패하여 집으로 돌아오고, 인민위원회가 들어선 서울에서는 다시 일상이 시작된다. 지영의 남편 기석은 회사에 출근을 하고, 지영은 옷을 사기 위해 남대문시장으로 향한다. 공산

치하에서 배급에 대한 기대와 함께 시장은 여전히 활성화되어 있다. 시장의 그릇가게에는 커피세트, 은 스푼, 미제 과도, 스테인레스 냄비, 오븐 등의 물건이 있다. 싸구려 음식점이나 식료품 가게 앞에는 사람이 모이고, 떡장수, 메밀묵 장수, 국수 장수가 시장에 활기를 불어넣고 있다. 한 차례 전쟁이 휩쓸고 갔지만, 인민군이 들어온 서울은 질서가 재편되어 시장은 활기를 띠는 것처럼 보인다. 하지만 시장에 나온 커피세트니 은 스푼이니 하는 중고물품들은 당장 필요한 물건은 아니기 때문에 팔려고 나온 사람만 많을 뿐, 이들 물건을 곡식과 바꾸려고 하는 사람은 없다. 농사꾼조차 곡식을 내놓지 않아 시장에서 곡식은 찾아보기 어렵게 된다.

생산이 없는 곳에서의 소비는 축적된 재화를 통해서나, 물물교환을 통해서 이루어진다. 매일 소비해야하는 식량이 바닥날 경우, 시장을 통한 거래에 의존할 수밖에 없다. 시장은 화폐를 가진 사람이 필요한 물건을 구매하는 것으로 존재하지만, 화폐가 기능을 하지 못하는 사회에서는 필요한 물건을 다른 물건과 교환하는 것으로 대신하게 된다. 이때 교환하려는 물건 사이에는 '가치'의 우열이 가려지고, 가치 우위의 물건을 지닌 사람이 거래의 주체가 된다. "교환은 그 자체로서 독특한 사회학적 현상이며 사회생활의 본원적인 형식과 기능이다. 그것이 효용과 희소성이라 불리는 사물들의 그러한 질적·양적 측면들의 논리적 결과가 아니다. 반대로 효용과 희소성은 교환이 전제될 때 비로소 가치형성의 요소로서의 중요성을 획득한다. 만약 다른 사물을 획득하기 위하여 한 사물을 기꺼이 희생하는 행위인 교환이 미리 배제되어 버린다면, 욕구된 사물의 희소성은 결코 경제적 가치를 생산할 수 없다. 한 개인에 대해 대상이 갖는 중요성은 항상 대상에 대한 욕구에 의해서 결정되며, 대상의 효용은 대상의 질적 속성에 의존한다."24)

<시장과 전장>에서 지영을 통해 보여지는 시장의 변화는 거래 물품의 효용성을 잘 보여준다. 물론 '식량의 효용성은 처음부터 끝까지 변함이 없지만, 시장에 공급된 물건들은 전시 상황에 따라 변화하는 모습을 보인다. 전쟁 초기 시장은 식량과 옷가지는 물론 기념품과 사치품이 함께 공급되고, 시장을 찾는 사람들의 관심을 받지만, 전쟁이 진행될수록 거래품목은 옷가지에서 식량으로 한정된다.

> 남대문. 사람의 물결 속으로 지영이 휩쓸려 들어간다. 시장에는 골목
> 골목에 상품이 그득히 쌓여 있었다. 의류, 일상용품, 화장품, 신발 모두
> 옛날과 같이, 다만 식료품 앞에 사람들이 많이 모여들었으나 물건이
> 가난하다. 붉은 지폐가 벌써 나돌고 몸뻬 입은 장사꾼 아주머니는,
> "인민군은 지금 어디까지 내려갔죠?"
> 물건을 사려고 서성거리는 인민군에게 묻는다.
> "막 밀고 내리가디요. 부산까디 며칠 안 남았시오."
> 땀내를 풍기며 대꾸한다.
> "수고하십니다. 어서어서 끝장이 나야 할 건데 식량 때문에 야단이에요."
> "밀어붙이기만 하면 문데없디요. 북반부에 식량 많소. 그동안 참아보
> 자우요."(237-238쪽)

시장의 변화는 매우 빠르고 민감하다. 시장에 거래되는 물건은 점점 빈약해지고, 그동안 서울에서 사용되던 남한의 화폐는 더 이상 효용가치를 찾지 못한다. 국군이 있는 남쪽으로 피난을 떠나면서 곡식을 내놓는 사람

---

24) 게오르그 짐멜, 안준섭 외 역, 『돈의 철학』, 한길사, 1983, 129쪽.

들조차도 남한의 화폐 대신 옷가지를 얻고자 했고, 인민군이 점령한 서울의 시장에서는 벌써 북한의 붉은 지폐가 유통되기 시작한다.

시장의 상인들은 물건을 사러온 인민군을 통해 전세의 추이를 파악하고자 한다. 이렇게 수집된 정보는 곧바로 시장에 반영된다. 시장은 전세의 변동에 따라 붉은 지폐를 유통시키기도 하고 정지시키기도 한다. "사라져가는 민심을, 사라져가는 인민들의 불길을 억지로라도 되살리기에는 오직 승리가"(246쪽) 필요할 뿐이다. 민심의 촉각은 매우 예리하다. 전세의 향방에 따라 즉각적으로 민심이 움직이고, 민심이 사라지면 시장에서 붉은 지폐는 금방 그 효용을 잃게 된다. 이런 민심이 바로 시장은 통해 나타나는 것이다.

특정 지폐의 효용뿐만 아니라 금권의 효력도 전쟁 중에는 민감하게 나타난다. 지영의 이모부 송영감은 '부역자로 지목되어 수감된 기석을 구명하는 수단으로 '권력'과 '돈'을 이용한다. 송영감이 선택한 '권력'은 국회의원이며 변호사인 친척이다. '권력'이 발휘되면 기석을 사면시킬 수 있는 위력이 되겠지만, '돈'은 수감된 지기의 안부를 확인할 수 있는 정도의 미력으로 작용한다. 하지만 <시장과 전장>에서 '권력'은 힘을 발휘하지 않는다. 송 영감의 부탁을 받은 송의원은 처음부터 소극적인 자세를 취하다가 기석이 공산당 입당원서를 썼다는 사실을 알고 간여를 꺼린다. '공산당 입당'의 문제는 '권력'에게도 위협이 되는 반공이데올로기의 문제이기 때문이다. 그는 "하여간 정세만 좋아지면 괜찮겠지만 지금 사태가 자꾸 나쁘게만 돼"(418쪽)간다는 불분명하고 부정적 견해를 제시할 뿐이다. 송 의원의 견해는 권력과 상관없는 형무소의 마당에서도 들을 수 있는 내용이다. 형무소 밖에서 수감된 가족들에게 새옷을 넣고, 헌옷이 나오기를 기다리는 사람들은 전쟁의 형세에 민감하다. 전세가 국군에게 유리해지면 수감자들에게도 별 탈이 없겠지만, 다시 전세가 역전되면 수감된 사상범들에게 가혹한 처벌을 할 수밖에 없다는 것은 수감자나 가족들이나 모두 알 수 있는 내용이다. "정세만 좋으면 풀려나올 사람들이" "중공군 놈들 땜에 다 죽"(420쪽)게 생겼다는 푸념이 형무소 마당에 떠돌고 있다. 이들의 푸념이나 권력의 힘을 보여줄 수 있는 국회의원의 발언이 별반 다를 바가 없다. 결국 <시장과 전장>에서 기석을 구하기 위한 노력으로 제시되었던 '권력'과 '돈'의 방식 중 '권력'은 작동하지 않는 것으로 처리된다.25)

그러나 '돈'의 힘은 미약하나마 즉각적으로 확인된다. 송 영감은 지영의 시민증을 만들고, 지영은 지석에게 넣어줄 사식과 옷을 마련한다. 이는 모두 돈이 있어야만 되는 일이다. '돈'을 통한 거래는 물건에 국한 된 것이 아니라 정보의 교환이나 혹은 인신에 관한 문제에까지 확대되어 돈을 통한 시장의 거래는 매우 확장된 형태로 드러난다.

과연 떡값에 따라 떡이 기석에게 들어가는지, 모든 것이 뒤범벅이 되고 허물어지고 부서지고 피가 천지를 물들이는 곳에 미친개처럼 몰려서 이 광장에 모여든 사람, 쓰레기같이 쌓여 있는 감방의 죄수들,

---

25) 임경순은 <시장과 전장>에서 기훈을 이념과 정치의 분리를 자신의 형상 안에 체현하는 인물로 보았다. 기훈이 공산주의 운동에 복무하면서 정치적이지 않은 이유는 정치가 이념과 상관없는 권력다툼의 추악한 현실이므로 기훈의 이념이 현실정치와 분리되어야만 가치를 가질 수 있기 때문이다. 임경순, 앞의 글.
이와 같은 맥락에서 볼 때 송상인 씨는 기석을 억울함 속에서 구제해줄 권력을 갖고 있지만, 그 일이 자신에게 '득'보다는 '실'을 가져올 가능성이 크기 때문에 소극적 태도로 일관한 것으로 보인다.

떡이, 돈이, 옷이 제대로 들어갈까? 사람들은 그것을 믿으려고 하지도 않고 안 믿으려 하지도 않는다.(404쪽)

"아무 말씀 마시고 떡이나 넣어주십시오. 넣기만 하면 틀림없이 들어옵니다. 날씨 추운 거야 체력으로 이기니까. 거 참 이상하더군요. 떡만 먹고 나면 속에서 더운 기운이 확 솟아옵디다그려."하며 그는 수감자들을 위해 떡을 넣으라는 말을 몇 번이나 되풀이 했다.(421쪽)

수감된 사람을 위해 쓰는 돈이 제대로 들어가는지에 대한 의문은 형무소에서 석방된 사람의 입을 통해 풀린다. 이는 〈시장과 전장〉에서 제시하고 있는 시장성과 상통한다. 시장은 정직하게 수요와 공급의 원리를 따르고, 감옥으로 들어가는 돈조차 속임수 없이 바깥에서 가족이 넣으면 수감자에게 전달된다는 것이다. 형무소는 질서가 잡히지 않아 죄수들에게 밥을 제대로 제공하지 않기 때문에, 가족과 연락이 닿지 않은 죄수들은 영양실조로 죽어간다. 그렇기 때문에 바깥의 가족들은 떡을, 돈을, 옷을 넣어주어야 하고, 안에서 천대를 받지 않도록 돈을 주고 변호사를 사야한다. 정치범을 수용한 형무소는 죄수와 가족들을 위해 물품 거래의 장소이면서 전시 사회 돈의 흐름을 보여주는 곳이 되기도 한다. 죄수의 행방을 알아보기 위한 뇌물과 죄수를 위한 사식과 변호사 비용 그리고 옥바라지를 하는 사람들이 먹고 쓰는 돈의 유통이 이루어지는 것이다. 그래서 형무소 주변은 또 하나의 시장을 형성하게 된다. 형무소에 수감된 가족의 생사를 확인하고, 그들을 살리기 위한 교제를 위해 형무소로 모여든 사람들도 때가 되면 먹어야만 했다. 서대문형무소 마당은 면회를 통해 가족의 생사를 확인하고자

하는 사람들로 가득 차 있고, 이들에게 떡이며 국수를 파는 장사치들도 '돈'을 위해 모여 들었다. '돈'은 수감된 사람이나 이들에게 장사를 해서 먹고 사는 사람 모두에게 위력을 보여준다.

> 형무소 넓은 뜨락에 물결처럼 사람들이 넘실거린다. 독립문에서 서대문 형무소에 이르는 너절한 양쪽 길에도 오가는 사람들로 길이 메인다. 찌부러진 국숫집, 빵집이 번창한다. 형무소 뜨락에도 매점 이외 떡장수, 고구마장수가 목판을 벌여놓고 있었다.
> 도둑과 살인자와 사기꾼 그리고 정치범들이 살던 붉은 벽돌집은 지금 반역자들로 가득 차고 광장에는 그 반역자들의 가족으로 가득 차 있다. 꽃시절이 되면 창경원 울타리 밖에까지 매표구를 늘여 한철을 재미 보는 것처럼, 꽃바람은 가고 지금은 초겨울, 누더기 걸친 구경꾼 아닌 가엾은 무리들이 임시로 마련된 창구 앞에 차례를 기다리고 서 있다.(399쪽)

이처럼 전쟁 중 시장은 언제 어디서든 형성될 수 있지만 이는 사람들이 모여야만 가능하다. 전쟁이라는 특수한 상황에서 사람들의 다양한 소비활동이 중단되지만 생존을 위한 최소한의 소비는 막을 수 없고, 사람이 모이는 곳에서는 이 최소한의 소비재를 공급해줄 사람이 나타난다. 이런 소비와 공급의 관계는 규모의 차이가 있을 뿐, 전시에도 평시와 다를 바 없다.

<시장과 전장>에서는 전시 시장에 공급되는 먹거리의 변화도 보여준다. 국군이 서울을 탈환한 뒤의 '시장' 모습은 작품 속에서 거의 묘사되지 않는다. 하지만 국군의 서울 탈환과 함께 사람들이 피난지에서 서울로 돌아오고, 시장은 잠시 활력을 얻었을 것으로 보인다. 특히 밀가루의 시장

유통은 등장인물들의 자연스러운 대화를 통해 나타난다. 인천에서 기석의 체포 소식을 가지고 온 평양댁 아주머니는 '밀떡'으로 요기를 했다고 하고, 지영의 이웃에 사는 여의사는 딸에게 저녁거리로 '밀가루'를 사오라고 한다. 이는 밀가루가 쌀을 대신할 식량으로 시장에 나왔음을 알 수 있는 부분이다.

이런 시장 거래 물품의 변화는 이후 연합군의 서울 입성 때 다시 드러난다. 연합군은 부산을 통해 전투식량과 보급품을 공급받았고, 연합군이 서울로 들어올 때 이들 물건도 함께 들어와 시장에 공급됨으로써 시장은 다시 활기를 찾게 된다. 연합군으로부터 보급된 전쟁구호물자와 미군부대로부터 빼돌린 물건들로 인해 시장은 통조림과 과자 같은 먹거리가 유통된다.

이는 연합군의 등장이 피난했던 많은 사람들을 다시 서울로 끌어들였기 때문에 가능한 것이었다. 서울에 아무리 많은 물자들이 보급된다 하더라도 서울에 사람이 모여들지 않는다면 이런 물건들을 거래할 시장이 형성되지 않기 때문이다. 연합군 등장 이전, 중공군이 서울을 장악했을 때, 지영은 서대문 형무소에 있던 남편의 생사를 확인하지 못해 피난을 떠나지 못하고, 또다시 서울에 잔류할 수밖에 없었다. 사람들은 인민군과 국군의 서울 점령을 번갈아 겪으면서, 적의 치하에서 살아남는 것 자체가 '부역'이 된다는 것을 학습했기 때문에 후퇴하는 국군과 함께 피난을 떠나고, 서울은 사람을 찾아보기 힘들 만큼 텅 비었다.[26] 지영의 가족은 사람들이 떠나버린

---

26) 김동춘은 한국전쟁 발발로 인한 '1차 피난을 정치적 · 계급적 성격의 피난으로 보고, 국군과 유엔군이 후퇴하는 과정에서 나타났던 피난을 '2차 피난으로 부르면서 이는 생존을 위한 피난이었다고 규정한다. 김동춘, 『전쟁과 사회: 우리에게 한국전쟁은 무엇이었나』, 돌베개, 2000. (강성현, 앞의 글, 126쪽에서 재인용)

서울에 고립된 채 남아있어야 했다. 이렇게 모두가 떠나버린 서울에는 더 이상 시장이 형성되지 않는다. 서울에는 더 이상 팔 물건도 남아있지 않지만, 물건을 살 사람도 팔 사람도 남아있지 않기 때문이다. 결국 시장은 피난을 떠났던 사람들이 돌아와야만 다시 형성 될 수 있기 때문에 그들을 애타게 기다린다.

윤씨는 지영의 팔을 잡고 내려온다. 지영이 드럼통 위로 올라가서 가만히 바라본다. 과연 피란 보따리가 돌아온다. 한강 마루턱 고갯길에. 해가 비치는 곳에 보따리를 인 여자와 류색을 짊어진 사나이들이 돌아온다. 한 사람, 두 사람, 세 사람, 손가락만 한 그들의 모습을 지영은 똑똑히 볼 수 있었다. 윤씨는 턱을 쳐들며,
"오지, 응, 오지?"
아이들이 나란히 유리창 속에 서 있다.
피란 짐은 언덕의 양옥집 뒤로 사라졌다. 그리고는 아무것도 다시 보이지 않는다. 지영은 그대로 서서 아득한 서울 쪽을 바라보고 있다.
"왜 돌아올까?"
중얼거린다.
"왜라니? 돌아와야지. 사람들이 돌아와야 우리가 살지!"
왜 그런 말을 하느냐는 듯 윤씨는 기쁘고 화가 나서 소리를 지른다.
"중공군이 많이 밀고 내려간 모양이에요."
"중공군이 내려가거나 올라가거나 무슨 상관이고. 사람이 와야 우리가 살지. 옷 한 가지를 팔아먹어도."
"이 복판에서 우린 굶어 죽을지 몰라요."
"와 굶어 죽어. 사람만 오믄 양식도 따라온다."(444쪽)

사람이 없는 곳에서는 식량을 구할 방법이 없다. 그렇지만 사람들이 모이면 그 중에는 식량을 가진 사람도 있고, 어떻게든 식량을 확보할 수 있는 길이 생기게 된다. 전쟁은 사람을 단순하게 만든다. 모든 신경이 자신과 가족이 살아남는 것에 집중되기 때문이다. "먹을 것만 찾는데도 짐승 같지 않고 도둑질을 하는데도 도둑놈 같지 않고 사람을 죽여도 살인자 같지 않"(267쪽)게 하는 것이 전쟁이다. 일반사람들에게 있어서 전쟁에서 누가 이기고 지고는 문제가 되지 않는다. 중공군이 올라가거나, 내려가거나 하는 것은 관심 밖의 일이다. 다만 이웃들이 돌아와 시장이 형성되는 길만이 생존을 기대할 수 있는 길이 될 뿐이다.

지영의 가족은 남하했던 국군과 함께 사람들이 서울로 돌아오는 것이 살아남는 길이라고 생각했지만 오히려 국군의 서울 입성은 지영의 어머니를 죽음으로 몰아넣게 된다. 국군의 입성은 또다시 '부역'의 문제를 야기한다. 윤 씨는 중공군의 개입으로 텅 비었던 서울에서 굶주림에 허덕이던 가운데 국군의 배급 소식을 듣고 한강 모래밭으로 나가지만, 중공군 치하에서 살아남은 '빨갱이'로 몰려 죽임을 당한다. 적의 치하에서 살아남는 것은 여전히 '사상'을 의심받는 일이고, 윤 씨는 현장에서 즉살됨으로써 '자신이 원했던 것이 굶주림을 면할 식량이었다는 해명조차 할 기회가 없었다. 사람들이 돌아와야 생존을 보장받을 '시장'이 형성된다고 생각했던 윤 씨는 결국 돌아온 사람들에 의해 죽음을 맞게 되는 것이다. 윤 씨의 죽음은 <시장과 전장>에서 생존의 문제가 이데올로기의 문제와 식량 확보의 문제를 구분하지 않고 있음을 보여준다. 이는 <시장과 전장>이 나타내는 두 축 '시장'과 '전장'이 서로 대립하는 것이 아니라, 공존하고 있음을 의미한다.

전시 서울의 시장은 전쟁 상황에 따라 거래 물품이나 양, 가격을 조절한다. 전시에도 사람만 모이면 평시와 같이 시장이 형성되지만 시장은 상황에 따라 민감하게 변화하는 모습을 보인다. 하지만 서울을 벗어나면 시장은 서울과는 완전히 다른 모습을 보인다. 기석의 실종과 윤 씨의 죽음으로, 홀로 아이들을 돌보게 된 지영은 살 길을 찾아 뒤늦은 피난길에 오를 수밖에 없다. 지영을 데리러 온 최 영감은 송 영감으로부터 받아 온 삼십만 원으로 짐꾼을 사고, 대폿집을 들르고, 기차를 타고, 달구지와 차편을 구한다. 최 영감이 지닌 화폐는 시장이 활성화 된 피난길에서 그 가치를 발휘한다. 아이들을 데리고 피난의 엄두를 내지 못했던 지영은 최 영감이 가진 화폐의 위력으로 비로소 피난길에 동참할 수 있게 된다.

이들이 부산으로 내려가는 길에는 곳곳에 시장이 열린다. 영등포에는 서울로 입성한 군인들을 위한 대폿집이 영업을 하고, 김천에는 피난민을 상대로 하는 시장이 열린다. 사람들이 몰리는 피난지의 시장은 서울에서 열리는 시장과는 달리 활기를 띤다. 사람들이 떠나버린 서울에서의 시장은 화폐가 제 기능을 하지 못했지만 지방에서는 화폐로 지영의 가족이 필요로 하는 재화와 용역을 구할 수 있다. 화폐는 곧 지영이 힘을 들이지 않고 피난길에 오를 수 있는 길을 열어주는 것이 된다. 인민군과 국군이 교대로 점령한 서울에서 화폐는 언제든지 무가치한 것으로 전락할 수 있었지만, 시장이 활성화되면 비로소 돈은 교환 가치를 측정하는 수단으로 제 기능을 하게 되는 것이다.

화폐가 교환 가능성을 크게 가질 수 있는 것은 안정성 때문이다. 그 가치기준이 오늘과 내일, 혹은 수시로 달라진다면 어느 누구도 상품과 돈을 교환하려 하지 않을 것이다. 이 사실은 화폐의 이중성을 의미한다. 즉 화폐는 교환의 순환에 기여하는 만큼 유동성을 크게 가지면서 동시에 교환의 기준으로서 안정성을 갖는다.27) 피난민이 빠져나간 서울에서는 화폐의 가치가 유동성을 가지고 있기 때문에 불안정성을 가진다. 그러므로 시장에서 화폐는 제 기능을 하지 못한다. 하지만 사람들이 몰려드는 곳에서는 화폐가 급속히 제 기능을 회복하여 안정성을 되찾게 된다. 그러므로 지영의 피난길을 인도하는 최 영감은 시장 기능이 회복된 곳에서 '돈'의 힘으로 짐꾼을 사고, 술과 음식을 향유한다. 시장 형성은 사람들의 움직임에 따라 민감하게 반응하고, 화폐의 기능 역시 시장의 형성에 따라 그 가치를 잃거나 회복하게 되는 것이다.

<시장과 전장>에서 지영은 전쟁 전 시장을 통해 낭만성을 향유하고, 전시의 서울에서는 시장을 통해 극한의 생존을 모색하며, 피난길에서 다시 회복한 시장의 기능을 경험한다. 이 과정에서 시장을 통해 보이는 경제의 흐름은 점령군의 성격과 전세에 따른 거래 물품과 거래 방식의 변화, 화폐의 가치 차이 등으로 나타난다. 이는 전쟁에 따른 경제의 변화를 시장을 통해 민감하게 보여주는 것이다.

<시장과 전장>이 '시장'을 통한 지영 가족의 생존 방법 모색의 과정을 보여줌으로써, 한국전쟁 당시 서울의 경제적 흐름을 제시하고 있다는 점에서 다른 전후 작품들과 차별된 가치를 가지게 한다.

---

27) 게오로그 짐멜, 앞의 책, 119쪽.

4. 전시 소시민의 생존 문제

본 연구에서는 박경리의 <시장과 전장>에 나타난 전시 생존의 문제를 살피고자 했다. <시장과 전장>은 하기훈을 중심으로 한 서사와 남지영을 중심으로 한 서사로 이루어졌다. 공산주의자 하기훈을 중심으로 한 서사는 이념에 따른 갈등과 반목을 보여준다. 이들 사회주의자들은 보이지 않는 조직에 의해 움직이고, 이들에게 배신은 곧 응징이라는 공식이 존재한다. 하지만 이들이 보여준 이념은 그 실체가 드러나지 않는 이상적 이념에 그 침으로써 한국전쟁이 가진 이념의 허구성을 보여준다. 한편 남지영을 중심으로 한 서사는 어떤 사상도 가지지 않은 소시민의 삶을 보여준다. 이념에 무지한 소시민이 이념의 잣대에 의해 평가되고, 목숨을 위협받는 상황을 보여줌으로써 하기훈의 서사를 통해 보여주었던 이념의 허구성을 현실적으로 제시했다.

<시장과 전장>의 공간적 배경은 삼팔선 부근부터 지리산까지 넓게 펼쳐져 있지만, 이 중 남지영을 중심으로 한 서사는 서울을 중심으로 전개된다. 당시 서울은 전세에 따라 점령군이 바뀌던 곳으로, 이곳에서는 생존의 문제가 중요하게 인식되었다. <시장과 전장>에서 지영의 서사를 통해 서울에 잔류한 사람들의 생존 문제에 주목하고 있다.

이 중 첫 번째로 꼽을 수 있는 문제는 '사상의 검열'이다. '사상 검열'의 문제는 이념이나 사상과는 아무런 관련이 없는 사람들의 생명이 점령군들에 의해 결정되는 것으로 드러난다. 지영의 남편 기석은 인민군 치하에서 공산당 입당원서를 썼다는 이유로 가족들도 모르는 사이에 구속되었고, 생

사조차 알 수 없다. 지영의 어머니 윤 씨는 중공군이 서울에서 물러가고 국군이 식량배급을 한다는 이야기를 듣고 식량을 구하러 갔다가 빨갱이로 낙인 되어 총살당한다. 이들은 '빨갱이'라는 '반공'이데올로기의 검열을 넘지 못하고 죽거나 실종된다. 이들의 죽음은 당시 사상의 검열에 기준이 없었기 때문이다. 한국전쟁 당시 사상 검열의 문제는 많은 사람들의 생존을 위협했고, ＜시장과 전장＞에서는 기석과 윤 씨를 통해 한국전쟁 당시의 사회적 상황을 보여주고 있다.

＜시장과 전장＞의 다른 생존 문제는 '의식주 해결'이다. ＜시장과 전장＞은 의식주 해결을 통한 생존 문제를 '시장'의 형성을 통해 제시한다. 시장은 작품의 처음부터 마지막까지 계속 등장한다. 전쟁이 진행되는 상황에서 사람들이 모이는 곳에는 거래가 이루어진다. 전시 서울의 시장은 전쟁의 진행 상황, 서울에 남아있는 사람의 수 등에 따라 시시각각 변한다. 이 속에서 식량을 확보하는 것은 생존의 문제와 연결된다. 따라서 서울에 남아 있던 사람들은 식량 확보를 위해 서울로 사람들이 돌아오기를 기다린다. 사람들이 돌아온다는 것은 그들이 가진 재화의 거래를 의미하는 것이다.

＜시장과 전장＞에서 제시하는 '사상 검열'과 '시장 형성'은 전시 생존이라는 의미에서 분리되어 생각될 문제가 아니다. 기석이 공산당에 입당원서를 낸 것은 '자기 일을 하면서 가족과 함께 살기 위해서'였다. 윤 씨 부인은 서울에 사람이 들어와야 산다는 생각으로 사람들을 기다려왔다. 그러나 윤 씨가 기다리던 사람들이 국군과 함께 서울로 들어왔지만 윤 씨는 기다리던 국군에 의해 죽임을 당한다. 윤 씨의 죽음은 ＜시장과 전장＞에서 다루는 두 생존의 문제 즉 '반공'이데올로기와도 관련되어 있지만 또 한편

곡식의 유통과 확보의 문제와도 복합적으로 관련된다. 그러므로 <시장과 전장>에서 드러난 전시 두 생존의 문제는 서로 연관을 맺고 있다.

살펴본 바와 같이 <시장과 전장>에서는 한국전쟁 당시 서울에서의 생존이 '이념'이라는 '사회적 문제'와 '시장의 형성'이라는 '경제적 문제' 속에서 파악되어야 함을 보여준다. 전쟁에서 살아남는 일은 개인적인 문제가 아니라 사회 구조의 문제였고, 그 가운데 경제적 원리가 담겨있음을 알 수 있다. 본 연구는 그동안 박경리의 <시장과 전장>이 지식인 여성의 문제, 공산주의나 아나키즘과 같은 사상의 문제에서 논의된 것에 덧붙여 전시 '이념'과 '시장의 형성' 문제로 확장하여 살폈다. <시장과 전장>은 소시민의 생존이라는 문제를 통해 한국전쟁 당시의 상황을 사회적, 경제적 측면에서 살핀 의미 있는 작품이다. 이는 <시장과 전장>이 여타 한국 전후소설과의 차별성을 보여주는 부분이다.

참고문헌

■ 서재원, 박경리 초기소설의 여성가장 연구 –전쟁미망인 담론을 중심으로

1. 기본 자료

박경리, 『불신시대』, 지식산업사, 1987.
_____, 『표류도』, 나남출판사, 1999.

2. 논문 및 단행본

고지혜, 「박경리 소설의 낭만적 특성 연구」, 고려대학교 석사학위논문, 2008.
권보드래, 『아프레걸 사상계를 읽다』, 동대출판부, 2009.
김은경, 「박경리 문학 연구–가치의 문제를 중심으로」, 서울대학교 박사학위논문, 2008.
김종욱, 「한국전쟁과 여성의 존재양상–염상섭의 미망인과 화관 연작」, 『한국근대문학
        연구』5권1호, 한국근대문학회, 2004.
배경열, 「가치의 상실과 죄의식의 문제: 박경리」, 『한국문예비평연구』25, 한국현대문예
        비평학회, 2003.
서지영, 「카페, 근대 유흥 공간과 문학」, 『한국여성문학연구의 현황과 전망』, 소명출판, 2008.
심진경, 「전쟁과 여성 섹슈얼리티」, 『현대소설연구』39, 한국현대소설학회, 2008.
여성문화이론연구소, 『페미니즘과 정신분석』, 여이연, 2003

이금란, 「가족 서사로 본 박경리 소설 연구-초기 단편을 중심으로」, 『현대소설연구』 19, 한국현대소설학회, 2003.

이덕화, 『박경리와 최명희 - 두 여성적 글쓰기』, 태학사, 2000.

이명순, 「1950년대 한국 여성담론-젠더화된 여성인식과 여성성의 재현을 중심으로」, 경희대학교 석사학위논문, 2010.

이미정, 「1950년대 여성작가소설의 여성담론 연구: 강신재, 한말숙, 박경리 소설을 중심으로」, 서강대학교 석사학위논문, 2002.

이선미, 「한국전쟁과 여성 가장: 가족과 개인 사이의 긴장과 균열」, 『여성문학연구』10, 한국여성문학학회, 2003.

이윤경, 「박경리·박완서 소설의 여성 정체성 연구」, 이화여자대학교 석사학위논문, 2008.

이임하, 『여성, 전쟁을 넘어 일어서다』, 서해문집, 2004.

임은희, 「1950-60년대 여성 섹슈얼리티연구 -『여원』에 나타난 간통의 담론화를 중심으로」, 『여성문학연구』18호, 한국여성문학학회, 2007.

장미영, 「박경리 소설 연구 - 갈등 양상을 중심으로」, 숙명여자대학교 박사학위논문, 2002.

정혜경, 「한국현대소설에 나타난 여성 정체성의 변모 과정」, 부산대학교 박사학위논문, 2007.

정희모, 「1950년대 박경리 소설과 환멸주의」, 『박경리』, 새미출판사, 1998.

최유찬 외, 『한국 근대문화와 박경리의 토지』, 소명출판사, 2008.

허 윤, 「한국전쟁과 히스테리의 전유」, 『여성문학연구』21, 한국여성문학학회, 2009.

뤼스 이리가라이, 이은민 역, 『하나이지 않은 성』, 동문선, 2000.

엘렌 식수, 이봉지 역, 『새로 태어난 여성』, 나남, 2008.

쥬디스 버틀러, 김윤상 역, 『의미를 체현하는 육체』, 인간사랑, 2003.

케이트 밀렛, 김전유경 역, 『성 정치학』, 이후, 2009.

토리 모이, 임옥희 역, 『성과 텍스트의 정치학』, 한신문화사, 1994.

■ 김은하, 전쟁미망인 재현의 모방과 반역 -박경리의 <표류도>를 대상으로

1. 기본 자료

박경리, 『표류도』, 나남출판사, 1999.

2. 논문 및 단행본

김영화, 「추모수기-고 김백일장군미망인의-」, 『새가정』2호, 1954.

김은하, 「전후 국가 근대화와 "아프레 걸(전후 여성)" 표상의 의미:여성잡지『여성계』, 『여원』, 『주부생활』을 대상으로」, 『여성문학연구』16, 2006, 12.

_____, 「전후 국가근대화와 위험한 미망인의 문화정치학: 정비석의 <유혹의 강>(1958)」, 『한국문학비평과 이론』49, 한국문학이론과 비평학회, 2010.

김진아, 「몸주체와 세계」, 『여성의 몸』, 창작과비평사, 2005.

박정석, 「상이군인과 유가족의 전쟁경험」, 『전쟁과 사람들: 아래로부터의 한국전쟁연구』, 한울아카데미, 2003.

이건우, 「버려야 할 미망인들의 팔자소관」, 『동광』11호, 어린이재단, 1967.

이명호, 「히스테리적 육체, 몸으로 글쓰기」, 『여성의 몸』, 창비, 2005.

_____, 「공감의 한계와 혐오의 미학:허만 멜빌의 「서기 바틀비」를 중심으로」, 『영미문화』9, 한국영미문화학회, 2009.

이임하, 『전쟁미망인, 한국현대사의 침묵을 깨다』, 책과함께, 2010.

전진성, 「조국을 위한 희생」, 『당대비평』25, 생각의 나무, 2004.

앤디 맥도월 저, 여성과 공간 연구회 역, 『젠더, 정체성, 장소』, 한울아카데미, 2010.

■ 허연실, 1950년대 박경리 소설의 '근대'와 '여성'-전쟁미망인과 지식인 여성을 중심으로

1. 기본 자료

박경리, 『불신시대』, 동민문화사, 1963.
_____, 『환상의 시기』, 나남, 1994.

2. 논문 및 단행본

김경일, 『한국의 근대와 근대성』, 백산서당, 2003.
김경일, 『여성의 근대, 근대의 여성』, 푸른역사, 2004.
윤해동·천정환·허수·황병주·이용기·윤대석 엮음, 『근대를 다시 읽는다』2, 역사비
        평사, 2006.
이임하, 『전쟁미망인, 한국현대사의 침묵을 깨다』, 책과 함께, 2010.
이종구 외, 『1950년대 한국 노동자의 생활세계』, 한울, 2010.
이진경 편, 『문화정치학의 영토들』, 그린비, 2007.
이효재, 『분단시대의 사회학』, 한길사, 1985.
허연실, 「'토지'에 나타난 근대에 관한 연구1」. 『한국문예비평연구』30, 한국현대문예
        비평학회, 2009, 12.
슬라보예 지젝(S.Zizek), 이현우 외 역『폭력이란 무엇인가』, 난장이, 2011.

■ 유임하, 박경리 초기소설에 나타난 전쟁체험과 문학적 전환

1. 기본 자료

박경리, 『불신시대』, 박경리문학전집 19권, 지식산업사, 1987.
_____, 『애가』, 박경리문학전집 9권, 지식산업사, 1981.

_____, 『표류도, 성녀와 마녀』, 박경리문학전집 12권, 지식산업사, 1980.

_____, 『Q씨에게』, 박경리문학전집 16권, 지식산업사, 1981.

2. 논문 및 단행본

김만수, 「자신의 운명을 찾아가기-'김약국의 딸들'을 읽고」, 『작가세계』, 1994, 가을호.

김명신, 「박경리 소설 비평의 궤적」, 『현대문학의 연구』6, 한국문학연구학회, 1996.

김병익, 「6.25와 한국소설의 관점」, 『상황과 상상력』, 문학과지성사, 1976.

김양선, 「전후여성 지식인의 표상과 존재방식-박경리의 '표류도'론」, 『한국문학이론과
　　　비평』45, 한국문학이론과비평학회, 2009.

김영애, 「박경리의 '표류도 연구」, 『한국문학이론과비평』34, 한국문학이론과비평학회, 2007.

김윤식, 『박경리와 토지』, 강, 2009.

김해옥, 「여성적 자존과 소외 사이에서 글쓰기: 여성주의적 관점에서 본 1950년대 박
　　　경리 소설」, 『현대문학의 연구』6, 한국문학연구학회, 1996.

김치수, 『박경리와 이청준』, 민음사, 1982.

류보선, 「비극성에서 한으로, 운명에서 역사로」, 『작가세계』, 1994, 가을호.

서재원, 「박경리 초기소설의 여성가장 연구」, 『한국문학이론과비평』50, 한국문학이론
　　　과비평학회, 2011.

손종업, 『전후의 상징체계』, 이회, 2001.

송호근, 「삶에의 연민, 한의 미학」, 『작가세계』, 1994, 가을호.

오상원, 『상처투성이의 가방』, 한국현대문학전집 31권, 삼성출판사, 1978.

이상진, 「여성의 존엄과 소외, 그리고 사랑-1960년대 박경리 소설의 여성주의적 연구」,
　　　『현대문학의 연구』6, 한국문학연구학회, 1996.

이승윤, 「1950년대 박경리 단편소설 연구」, 『현대문학의 연구』18, 한국문학연구학회,
　　　2002.

이임하, 『여성, 전쟁을 넘어 일어서다』, 서해문집, 2004.

장경렬, 「슬픔, 괴로움, 고독, 사랑, 그리고 문학」, 『작가세계』, 1994, 가을호.

정희모, 「현실에의 환멸과 삶의 의지-박경리의 '표류도' 연구」, 『현대문학의 연구』6, 한국문학연구학회, 1996.

허연실, 「독백의 서사와 이중구조-박경리의 '시장과 전장' 연구」, 『한국근대문학연구』 14, 한국근대문학회, 2006.

허 윤, 「한국전쟁과 히스테리 전유-전쟁미망인의 섹슈얼리티와 전후 가족질서를 중심으로」, 『여성문학연구』21, 한국여성문학학회, 2009.

미셸 푸코, 오생근 역, 『감시와 처벌』, 나남, 1994.

재크린 살스비, 박찬길 역, 『낭만적 사랑과 사회』, 민음사, 1985.

Erich Kahler, The Tower and The Abyss, New Brunswick(U.S.A.) and London, Transaction Publishers, 1957(1980).

■ 이덕화, <시장과 전장>의 주인공들의 자의식

1. 기본 자료

박경리, 『시장과 전장』, 마로니에북스, 2008.

2. 논문 및 단행본

권영민, 『한국현대문학사』, 민음사, 1993.

김복순, 「<시장과 전장>에 나타난 '개인의식 연구」, 『<토지>와 박경리 문학』, 한국 문학연구회, 1996.

김우종, 『한국 현대 소설사』, 성문각, 1987.

민족문학사연구소, 『1960년대 문학연구』, 깊은샘, 2001.

백낙청, 『피상적 기록에 그친 6. 25 수난』, 신동아, 1964, 4.

정명환, 「폐쇄된 사회의 문학」, 『한국 작가의 지성』, 문학과 지성사, 1996.

조남현, 「<시장과 전장>의 이념 검증」, 『한국의 전후 문학』, 태학사, 1981.

진순애, 「전쟁과 해체 미학의 정치성」, 『전쟁과 인문학』, 성균관대학교 출판부, 2006.

이나영, 「박경리의 <시장과 전장>에 나타난 '개인의식' 연구」, 『어문논총』38, 한국문
학언어학회, 2003.

임헌영, 「전후 문학에 나타난 한국전쟁 인식의 변모」, 『한국전쟁연구』, 태임, 1990.

한점돌, 「박경리 문학사상연구-<시장과 전장>과 아나키즘」, 『현대소설연구』42, 한국
현대소설학회, 2009.

■ 한점돌, <시장과 전장>과 아나키즘

1. 기본 자료

박경리, 『시장과 전장 기타』, 한국문학대전집 14, 태극출판사, 1976.

_____, 『Q씨에게』, 솔출판사, 1993.

_____, 『가설을 위한 망상』, 나남, 2007.

_____, 『시장과 전장』, 나남, 2008.

_____, 『토지』 10, 14, 16권, 나남, 2009.

2. 논문 및 단행본

김경복, 『한국 아나키즘 시와 생태학적 유토피아』, 다운샘, 1999.

김윤식, 『한국근대문학사상비판』, 일지사, 1978.

_____, 『한국현대문학사상사론』, 일지사, 1992.

_____, 『북한문학사론』, 새미, 1996.

김은석, 『개인주의적 아나키즘』, 우물이 있는 집, 2004.

송호근, 「삶에의 연민, 한의 미학」, 『작가세계』, 1994, 가을.

박경리, 『가설을 위한 망상』, 나남, 2007.

유종호, 「변모와 성장–박경리의 작품세계」, 『시장과 전장 기타』, 한국문학대전집 14, 태극출판사, 1976.

조남현, 「<시장과 전장>론」, 『박경리』, 서강대학교출판부, 1996.

한점돌, 『현대소설론의 지평 모색』, 푸른사상, 2004.

N. Chomsky, 이정아 역, 『촘스키의 아나키즘』, 해토, 2007.

R. Wellek · A. Warren , 김병철 역, 『문학의 이론』, 을유문화사, 1985.

■ 박은정, <시장과 전장>의 생존의 서사

1. 기본 자료

박경리, 『시장과 전장』, 마로니에북스, 2013.

2. 논문 및 단행본

강성현 외, 『전장과 사람들』, 선인, 2010, 1.

김양선, 「한국전쟁에 대한 젠더화된 비판의식과 낭만성」, 『페미니즘연구』8, 한국여성연구, 2008.

김예니, 「박경리 초기 단편소설의 서사적 거리감에 따른 변화 양상」, 『돈암어문학』27, 돈암어문학회, 2014.

김윤식 · 정호웅, 『한국소설사』, 문학동네, 2000.

김은경, 「박경리 장편소설에 나타난 인물의 '가차'에 대한 태도와 정체성의 관련 양상」, 『국어국문학』146, 국어국문학회, 2007.

김은하, 「전쟁미망인 재현의 모방과 반영 - 박경리의 <표류도>를 대상으로」, 『인문학 연구』47, 조선대학교 인문학연구소, 2014.

김재용, 「반동이데올로기와 민중의 선택」, 『역사문제연구』, 역사문제연구소, 2001, 6.

백낙청, 「피상적 기록에 그친 6.25수난」, 『신동아』, 동아일보사, 1965, 4.

서재원, 「박경리 초기소설의 여성가장 연구 - 전쟁미망인 담론을 중심으로」, 『한국문학이론과 비평』50 (15권 1호). 한국문학이론과 비평학회, 2011.

유임하, 「박경리 초기소설에 나타난 전쟁체험과 문학적 전환 - <애가>, <표류도>를 중심으로」, 『한국현대문학연구』46. 한국문학연구학회, 2012.

이선미, 「한국전쟁과 여성 가장: '가족'과 '개인' 사이의 긴장과 균열 - 1950년대 박경리와 강신재 소설의 여성 가장 형상화를 중심으로」, 『여성문학연구』10, 한국여성문학학회, 2003.

이임하 외, 『전쟁 속의 또 다른 전쟁-미군 문서로 본 한국전쟁과 학살』, 선인, 2011.

임경순, 「유토피아에 대한 몽상으로서의 이념」, 『한국어문학연구』45, 한국어문학연구학회, 2005.

장미영, 「박경리 소설 연구 - 갈등 양상을 중심으로」, 숙명여자대학교 박사학위논문, 2002.

조남현, 『박경리』, 서강대학교출판부, 1996.

한점돌, 「박경리 문학사상 연구 - <시장과 전장>과 아나키즘」, 『현대소설연구』42, 한국현대소설학회, 2009.

허연실, 「1950년대 박경리 소설의 '근대'와 '여성'」, 『한국문예비평연구』36, 한국현대문예비평학회, 2011.

게오르그 짐멜, 안준섭 외 역, 『돈의 철학』, 한길사, 1983.

박경리와 전쟁

ⓒ토지학회, 2018

초판 1쇄 인쇄일 | 2018년 5월 14일
초판 1쇄 발행일 | 2018년 5월 19일

지은이 토지학회
발행인 이상만

펴 낸 곳 | 마로니에북스
주 소 | (03086) 서울특별시 종로구 대학로 12길 38
전 화 | 02)741-9191 (대) 02)744-9191 (편집부)
팩 스 | 02)3673-0260
홈페이지 | www.maroniebooks.com
I S B N | 978-89-6053-557-2
         978-89-6053-376-9(세트)